TRES DÍAS DE AGOSTO

JORDI SIERRA I FABRA

TRES DÍAS DE AGOSTO

PLAZA JANÉS

Primera edición: marzo, 2016

© 2016, Jordi Sierra i Fabra
© 2016, Penguin Random House Grupo Editorial, S. A. U.
Travessera de Gràcia, 47-49. 08021 Barcelona
© de la ilustración de p. 317, Getty Images

Printed in Spain – Impreso en España

ISBN: 978-84-01-01687-5
Depósito legal: B-814-2016

Compuesto en Comptex & Ass., S. L.

Impreso en Cayfosa
Barcelona

L016875

Penguin
Random House
Grupo Editorial

A Deborah Blackman

Día 1

Miércoles, 23 de agosto de 1950

1

Abrió un ojo cuando notó las cosquillas en las plantas de los pies.

Pero como le encantaba que ella lo hiciera, se quedó quieto, resistiendo las ganas de reír o de encoger las piernas.

El cosquilleo siguió unos segundos más.

—Sé que estás despierto —le dijo Patro finalmente.

Continuó inmóvil.

—Miquel...

Nada.

—Y además, sé que estás vivo porque hace un rato roncabas.

—Yo no ronco —protestó arrastrando la voz por el pantano de su boca.

—¡Oh, sí, querido: roncas!

—Antipática.

Patro dejó de hacerle cosquillas.

—Sigue —le pidió él.

—No, las antipáticas no hacemos esas cosas.

Le tocó abrir los ojos y darse la vuelta en la cama. No había sábana que resistiera el calor, así que dormían sin taparse. Tenía el pijama empapado. Patro ya se había vestido.

Recordó que era día de playa.

—¿Tienes prisa? —gruñó con un deje de amargura por no poder relajarse en la cama con ella al lado.

—No, pero no vamos a llegar a las tantas, digo yo.

—El mar no se va a mover.

—¿Qué quieres, que nos den una caseta peor?

—Si todas son iguales.

—Eso lo dirás tú. ¿O has olvidado la de hace un mes, al lado de la piscina de la entrada, con todos los niños gritando?

—Ni que fuéramos a quedarnos en ella. Sólo es para cambiarnos. —Se sentó en la cama mientras la veía ir de un lado a otro de la habitación, recogiendo las toallas, los bañadores, un gorro para protegerse el cabello...—. Hoy es día de entre semana. Hay casetas de sobra.

Patro puso los brazos en jarras.

—¿Y bañarte solo y tranquilo antes de que llegue más gente no te gusta?

Estaba preciosa.

El vestido ceñido, moldeando su silueta eternamente juvenil, recogiendo y dando forma a su pecho, entallándole la cintura, mostrando al final de la falda sus piernas esculpidas por un Miguel Ángel celestial, las sandalias abiertas ofreciendo la desnudez de los pies que tanto le gustaba acariciar. El color blanco del vestido le daba luz a la cara. Un resplandor. Seguía pareciendo la misma novia con la que se había casado un soplo de tiempo antes.

Él.

Asombroso.

Patro se echó a reír.

—Si vieras la cara que pones...

—De sorpresa.

—De bobo.

—Desde luego...

Ella se sentó a su lado, en la cama, y le dio un beso rápido y dulce en los labios.

—Va, no seas malo. Ya sabes que me encanta ir a nadar.

—Me asombra tu vitalidad en verano, con este calor.

—No te hagas el viejo, que no me vale.

—Anoche tardé en dormirme —quiso justificarse Miquel.

—¿Y yo qué? Lo mismo. Piensa que en menos de una hora estarás en el agua, fresquito.

—Vamos a los de San Sebastián —le propuso.

—Eso, tú de rico. —Abrió los ojos Patro—. ¡Sabes que son más caros que los de San Miguel! ¡A mí ya me están bien!

—Pero esa piscina interior de los baños de San Sebastián...

—¡Sí, muy bonita, pero el agua está helada, no me digas! ¡Debes de tener piel de elefante si no te da frío! ¡Yo es que no puedo ni meter un pie en ella, ya lo sabes, aunque estemos en agosto!

Le encantaba verla expresarse con pasión.

Lo malo es que estaba lento, todavía con sueño pegado a los párpados. Quiso abrazarla, pero Patro se zafó con agilidad.

—¡Ah, no, ni hablar, encima! ¿Para eso me he levantado antes y te he dejado dormir? ¡Ya tengo hasta los bocadillos y la tortilla de patatas hecha! ¡Todo a punto de marcha! ¿Quieres levantarte de una vez? ¡Nos prometimos un día libre, al completo!

El paraíso.

Un día libre, al completo, significaba ir a la playa por la mañana, comer allí, tomar un poco el sol por la tarde, cuando ya no quemaba, tal vez darse un último baño, y a eso de las seis o las siete ir al cine. Programa doble.

También significaba que quien decidía las películas era ella.

—¿Qué iremos a ver?

—*Murieron con las botas puestas* y *Scherezade*, en el Alondra.

—No se dice «Scherezade», sino «Sherezade».

—¡En el periódico lo pone así! ¿Sabrás tú más que ellos?

Mundo cruel.

—¿Quieres ver una del Oeste en la que los indios masacran a los del Séptimo de Caballería? —la pinchó por otro lado.

—¿Lo ves? ¡Serás...! —exclamó Patro con disgusto—. ¡Ya me has contado el final!

—Mujer, que todo el mundo sabe la historia del general Custer.

—¡Pues yo no! —Se molestó todavía más—. ¡Y vamos a ir igualmente! ¡Quiero ver a Errol Flynn, ya sabes que me gusta mucho! ¡Y a ti Yvonne de Carlo, que hace la otra! ¡Con lo bien que las he escogido!

Se había enfadado.

Y era lo que menos le convenía.

Miquel se puso en pie.

—No sé por qué discuto contigo. —Suspiró—. Siempre pierdo.

—Estabas tú muy acostumbrado a ganar.

—Pues claro.

—Cállate, inspector de pacotilla —le riñó.

Miquel salió de la habitación con los ecos de la burlona palabra «inspector» revoloteando por su cabeza. ¿Inspector? A partir de enero del 39 ya no, y había llovido mucho desde entonces, aunque se había metido en suficientes problemas tras su regreso a Barcelona en julio del 47, tres años antes, volviendo a sus mejores días de policía por mucho que fuese obligado por las circunstancias, como si atrajera los líos.

Cuando se detuvo frente al espejo del lavadero se miró la cicatriz del hombro. Todavía le dolía un poco la articulación del brazo. La bala disparada el 24 de abril había dejado su huella. La bala del maldito espía ruso que iba a matarle.

Confiaba en que fuera su último «caso».

Abrió el grifo del lavadero y metió la cabeza bajo el chorro de agua fresca.

Julio del 47, agosto del 50.

Tres años y un mes de libertad.

Feliz.

Casado, sorprendentemente.

Sí, Patro merecía todo lo que hiciera por ella. Todo y más. Los ocho años y medio de esclavitud en el Valle de los Caídos, trabajando en aquel maldito mausoleo, siempre con el miedo de que se cumpliera la sentencia y lo fusilaran, estaban siendo compensados por aquel renacer, su segunda vida, su última oportunidad.

El amor de la vejez era tan distinto al amor de la juventud...

¿O era porque Patro apenas si era una niña de treinta años, tan llena de vida?

Tanta que se la contagiaba a él.

En invierno tiritaba de frío al lavarse. En verano lo agradecía. Lo incómodo, y más a sus años, era subirse al lavadero y meterse dentro. ¿Por qué no se hacían un cuarto de baño, como en las casas nuevas? Un cuarto de baño con una bañera.

Un sueño.

O no. La mercería iba relativamente bien. Ni siquiera se trataba de un lujo, sino de una necesidad. Calidad de vida.

—Date prisa o me voy sin ti. —Oyó la voz de Patro.

Se dio prisa.

Una vez lavado a medias, axilas y poco más, que por algo iba a estar en remojo en menos de una hora, como decía ella, regresó a la habitación y se vistió.

Que su mujer estaba combativa después de contarle el final de la película, se hizo evidente al verle.

—¿Vas a ir así a la playa?

Miquel se quedó quieto.

—Pues... sí, ¿qué pasa?

—¡Ponte algo más cómodo, hombre! Parece que vayas a la oficina.

—Pero ¿a ti qué te ha dado hoy? —Frunció el ceño él.

—¿A mí? Nada. Eres tú el que va con esos pantalones y esa camisa.

Miquel se acercó a ella.

Ahí sí seguía siendo un buen policía.

Todavía captaba los detalles, el brillo de una mirada, la verdad o la mentira, la manera en que el alma podía deslizarse a flor de piel por encima de una persona, traicionándola, revelando sus secretos o su estado de ánimo.

—Sí, a ti te pasa algo.

—¿Qué va a pasarme? —Intentó despistar Patro.

—Los ojos te echan chispas.

—Es porque se hace tarde y parece que te lleve al matadero en lugar de ir a pasarlo bien a una playa.

—No hablo de eso. Ayer estabas igual. Y anteayer. Ahora me doy cuenta.

—Mira el experto. —Plegó los labios en una mueca irónica.

—Seré un inspector de pacotilla, pero inspector al fin y al cabo.

—Te has picado, ¿eh? —Puso cara de mala.

—No te hagas la loca y dime qué te pasa.

—¡Que te digo que nada! ¡Estamos en verano y nos tomamos un día libre! ¿Qué más quieres?

Esta vez sí logró abrazarla.

Y se lo dijo:

—Estás rabiosamente guapa.

—Lo de rabiosamente...

Miquel le selló los labios con un beso.

Patro no sólo le correspondió, sino que se pegó a él, entregándose como únicamente ella sabía hacerlo.

16

Fueron cinco, diez segundos de olvido.

Con la cabeza al otro lado del universo y la mente del revés.

Sí, tres años con ella eran el pleno renacimiento.

—Venga, ponte algo menos serio y, mientras, voy a darle un recado a Teresina. —Se separó Patro—. Nos vemos abajo.

—Si vas a la tienda te liarás —la previno.

—Que no —le aseguró ella—. Me olvidé de decirle una cosa, eso es todo. Y no digas «la tienda», hombre. Es una mercería.

Estaba orgullosa de ser la dueña de algo.

Ella.

—Baja tú la bolsa con las cosas de la playa y la comida —le recordó antes de salir de la habitación.

—De acuerdo.

—¡Y no tardes! ¡Cinco minutos!

—¡Bien!

Se quedó solo.

¿Qué tenían de malo unos zapatos negros, cómodos, unos pantalones grises y una camisa blanca con las mangas arremangadas?

Bueno, un poco clásico sí.

Pero al menos no llevaba corbata.

2

Se puso unos pantalones menos «serios», marrones. Y una camisa de manga corta, azulada. Patro ya no le dejaba llevar camiseta en verano. Insistía en que no era «moderno». Los días de Clark Gable en *Sucedió una noche* habían quedado olvidados. Cosas de «antes de la guerra». Lo que más le había costado era renunciar a la corbata.

Era un clásico readaptado.

Si Quimeta le estaba viendo desde el cielo, se estaría riendo de lo lindo.

Buena era ella.

Miquel se miró en el espejo.

Como se descuidara, Patro le haría vestir todavía más «a la moda». Y él le haría caso, por supuesto. ¿Cómo enfrentarse a su vitalidad y derroche de energía?

Aquel brillo en los ojos...

Algo le sucedía.

Algo que la mantenía todavía más viva, despierta, feliz.

¿Se habría enamorado de un hombre de su edad?

Apartó de golpe aquel pensamiento traidor y absurdo. Ese era su miedo. Sólo suyo. La Patro del presente ya nada tenía que ver con la del pasado, la que había reencontrado en julio del 47. Ahora era una mujer casada. Cuando a veces le abrazaba de noche y le decía que la había salvado, lo decía de verdad. Y no se trataba de gratitud. Era amor. El amor de dos mitades capaces de volver a formar un solo cuerpo.

—Fíjate —le dijo a su otro yo reflejado en el espejo de la habitación.

A su edad, su padre ya había muerto.

Él seguía vivo.

Después de una guerra, después de un largo cautiverio, después de perderlo todo, un hijo, una esposa, casi, casi, la dignidad.

—¿Cuándo vas a dejar de asombrarte?

Tal vez nunca.

Ocho años y medio en el Valle de los Caídos representaban casi tres mil cien días, tres mil cien amaneceres inciertos, tres mil cien anocheceres todavía vivo, tres mil cien momentos de derrota. La compensación era hermosa, pero seguía pensando que todo era un sueño, que seguía allí.

O peor, o mejor, que estaba muerto.

Habían pasado los cinco minutos.

No quería un nuevo enfado de Patro, así que recogió la bolsa, las llaves, la cartera, y salió del piso para bajar al vestíbulo. La bolsa pesaba debido a la fiambrera con la tortilla de patatas. En el merendero de los baños pedían la bebida y listos, así estaba fresquita.

Patro aún no había llegado.

Tampoco vio a la portera en su cubículo acristalado.

Aquella mujer siempre parecía tener un cohete en el trasero. No paraba cinco minutos quieta. Entraba y salía, subía y bajaba, todo menos hacer guardia mucho rato en su puesto.

Miquel se asomó a la calle.

No tenía que haber ido a la mercería. Teresina siempre le venía con problemas. De cinco minutos nada.

—Habrá que coger un taxi. —Se encogió de hombros.

Aún era temprano para que hiciera un calor excesivo, pero

la idea lo animó. Mejor eso que ir a por el tranvía, qué caramba. Ya que ella no quería ir a los baños de San Sebastián por caros...

¿Cuántas veces había pensado en el mar en los veranos del Valle?

Achicharrado, viendo morir a los compañeros como moscas.

—¿A qué viene pensar ahora en eso? —Se agitó inquieto.

A veces el pesimismo salía a flote, lo mismo que un corcho sumergido en el fondo del mar. Un pesimismo que le dolía, porque ya no tenía el menor sentido.

Diez minutos.

—La que tenía tanta prisa —gruñó.

Miró la hora. La primera alternativa era que hubiera problemas. La segunda, que Teresina todavía no hubiese llegado para abrir la tienda... la mercería. La tercera y más improbable, que Patro se hubiera encontrado a alguien por la calle.

Suspiró y se puso en marcha, agarrando bien la bolsa con la mano derecha.

Una bolsa con toallas playeras.

Un jubilado de oro.

Se olvidó del aparente ridículo y de la culpa de ir a la playa en día laborable. Caminó a buen paso calle abajo. La tercera opción, la del encuentro de Patro con alguien, quedó eliminada. Al abrir la puerta de la mercería, Teresina se levantó de un salto.

Desde lo de abril, cuando la había pillado escaqueándose del trabajo con un novio indeseable, casado y cara dura, estaba como una seda.

—Buenos días, señor Mascarell.

—¿Y la señora?

—No sé. —Teresina se encogió de hombros.

—¿Cómo que no sabes? —se extrañó él—. Si ha venido a decirte no sé qué hace cinco minutos.

—¿La señora? —Más cara de sorpresa—. Yo no la he visto. Y he abierto la puerta puntual. —Quiso dejárselo claro.

—Teresina, te digo que ha venido hace un momento. —Empezó a enfadarse.

—Señor, que no. —Unió las dos manos en un primer ramalazo de nerviosismo—. Ni siquiera ha entrado una clienta desde que he abierto, y no me he movido de aquí.

Miquel se envaró.

—¿En serio?

—Se lo juro.

No se molestó en despedirse. Cerró la puerta y subió calle arriba, de vuelta a casa, ahora con el paso mucho más vivo.

¿Era posible que, nada más salir, Patro hubiera cambiado de idea para ir primero a la tienda de ultramarinos?

Tenía que ser eso.

Mucha prisa, mucha prisa, y luego...

Llegó a la esquina de Gerona con Valencia y se metió en su portal. La portera había reaparecido. Barría el vestíbulo enérgicamente, como si por allí hubiera pasado una procesión de Semana Santa. Miquel se detuvo frente a ella.

—¿Ha visto a mi mujer?

—Sí, hace un momento. —Dejó de barrer.

—¿Se ha fijado hacia dónde iba? Quiero decir si ha echado a andar hacia la derecha, la izquierda...

La respuesta tuvo el mismo efecto que si un cuchillo de hielo lo atravesara.

—Ha subido a un coche.

Miquel parpadeó.

—¿A un coche? —repitió como un tonto.

—Sí, con un hombre.

Debió de poner cara de idiota, porque la portera levantó

ligeramente las cejas. Se aferró a la escoba como si fuera una escopeta y ella montara guardia al pie de su fortaleza.

—¿Está segura? —insistió.

—Pues claro.

—Pero si nos íbamos a la playa.

El silencio fue incierto. La mirada de la mujer, solemne. Flotaron cinco segundos entre ambos.

—Perdone que insista, pero es que... —Dejó la bolsa en el suelo y abrió la otra mano con impotencia—. ¿Cómo iba mi mujer a irse sin...?

—Mire, ha salido a la calle, y entonces, él, aquí mismo, la ha abordado. Primero le ha dicho algo al oído y luego la ha cogido del brazo...

No pudo terminar su explicación. Un niño entró en el portal y se detuvo frente a ellos. Tendría unos diez u once años y cara de pilluelo, ojos chispeantes, cabello casi al cero. Vestía unos pantalones cortos con tirantes y una camisa que necesitaba un lavado urgente. Llevaba un sobre en la mano.

El niño se lo tendió a ella.

—¿Es usted la portera?

—Señora portera.

—Bueno, pero ¿lo es?

—Sí.

—Esto es para un señor que vive aquí y se llama Mascarell.

Miquel sintió un ramalazo de frío.

Si algo había aprendido en sus años de policía era que nada solía ser casual. Y más cuando las cosas se torcían.

Como en aquellos momentos.

Con una mano cogió el sobre. Con la otra agarró al chico.

—Yo soy el señor Mascarell —le dijo—. ¿Tú quién eres?

El niño probó a soltarse.

No pudo.

—Me llamo Jordi. —Le miró con el ceño fruncido, un poco de súbito miedo y una buena dosis de desparpajo.

—¿Quién te ha dado esto?

—Suélteme.

—¡¿Quién te ha dado esto?!

—¡Un hombre! ¡Ay, me hace daño!

Aflojó la presión sin soltarle.

—¿Cómo era?

—No sé. —Se encogió de hombros—. Un hombre normal.

—Descríbelo.

—Pues... bajo, ojos muy juntos, nariz gorda... Oiga, yo no he hecho nada. —Forcejeó un poco más sin éxito y el miedo aumentó gradualmente—. ¡Sólo me ha pedido que le diera esto a la portera!

—¿Le habías visto antes?

—¡No!

—¿Qué te ha dicho exactamente?

El niño miró a la portera, como si esperase ayuda por su parte, pero ella estaba tan sorprendida como él.

—Me... me ha dicho que esperase diez minutos y trajese esto aquí. —Señaló el sobre—. Me ha dado tres pesetas.

Mucha propina para un encargo.

—¿Bajo, ojos juntos, nariz grande?

—¡Sí!

Miquel se dirigió a la portera.

—¿Era el mismo del coche?

—No. —La mujer empezó a inquietarse al ver que sucedía algo malo—. Bueno... yo estaba en la garita, tampoco es que le haya visto muy bien la cara, pero a mí me ha parecido alto. Al asomarme ya estaba de espaldas. Ha sido cuando les he visto entrar en el coche.

A Miquel la cabeza empezó a darle vueltas.

Siempre había sabido reconocer el peligro, por puro instinto. A veces bastaban unos pocos indicios. Allí empezaba a haber demasiados.

El sobre tembló en su mano.

El niño tiró de él. Seguía reteniéndole.

Le soltó.

Y mientras el pequeño salía de allí a la estampida, Miquel recogió la bolsa de la playa e hizo lo propio, disparado escaleras arriba para llegar cuanto antes a su piso.

3

Abrió la puerta jadeando por la rápida ascensión, sin aliento y ya empapado en sudor, temblando, con el corazón a mil. Dejó la bolsa en la misma entrada y se precipitó hacia el comedor, para tener luz de día cuando examinara el misterioso sobre. No abultaba mucho. Un simple sobre de carta con una hoja de papel en su interior.

Una vez en el comedor, junto a la ventana, lo sostuvo en la mano.

Su nombre en la parte frontal, nada más.

Escrito a mano y con letra muy pulcra.

Se sentó en una silla y lo miró al trasluz antes de rasgarlo por uno de los lados, para no estropear lo que contenía. La experiencia policial quedaba atrás. Nada de actuar con más precauciones. Extrajo la carta y lo primero que notó fue que estaba escrita a máquina.

Correcta, sin tachaduras.

Empezó a leer.

Inútil.

Lo hacía a trompicones, sin enterarse de nada.

Volvió a intentarlo.

Se pasó una mano por los ojos. El sudor le empapaba ya la frente. Hizo un verdadero esfuerzo por concentrarse.

Y esta vez, aunque a duras penas, lo logró.

Señor Miguel Mascarell:

Ante todo permítame decirle que siento todo esto, pero es la única forma de que hoy, tantos años después, se haga justicia. No esperamos que lo entienda, pero haga un esfuerzo por comprenderlo.

El día 17 de marzo de 1938, a las dos de la tarde, durante los bombardeos que la aviación italiana hizo sobre Barcelona aquellos cruentos días, una bomba destruyó la confluencia de la Gran Vía con la calle Balmes, junto al cine Coliseum. La explosión alcanzó fortuitamente un transporte militar cargado con dinamita que circulaba en ese momento por allí, de manera que la deflagración fue todavía mayor y los efectos más demoledores. Media manzana se vino abajo. En los minutos siguientes muchas personas se acercaron a los escombros para prestar auxilio a los posibles supervivientes. Allí se encontró al poco el cuerpo sin vida de un hombre que no había muerto a causa de la explosión, sino asesinado minutos antes. Era uno de los primeros que se había acercado a socorrer a las víctimas. Un crimen deleznable. Alguien había aprovechado el caos para ajustar una cuenta pendiente. ¿Quién? ¿Por qué?

Usted, señor Mascarell, entonces inspector, fue asignado al caso. ¿Lo recuerda?

El muerto se llamaba Indalecio Martínez, hijo de un importante prohombre ya en aquellos días, lo mismo que lo es ahora en grado superlativo, porque muchos de los que entonces jugaron a dos bandos se beneficiaron posteriormente con eso que ellos llaman paz. Quizá le suene el nombre: Marcelino Martínez.

Lamentablemente, usted se puso enfermo ese mismo día y, según se dijo, tuvo que ser hospitalizado un tiempo. De la investigación se hicieron cargo el inspector Valentí Miranda y el subinspector Pere Sellarés. Presionados por sus superiores, detuvieron a los tres días a Ignasi Camprubí, amigo de Indalecio, que murió a las pocas horas en comisaría mientras era interrogado. Ignasi sufría del corazón, razón por la cual no pudo ir a la guerra. Sencillamente no resistió todo aquello, máxime ante el horror de ser acusado de algo que él no había hecho, como matar a un compañero.

Porque Ignasi, señor Mascarell, era inocente. Jamás pudo haber asesinado a Indalecio, en primer lugar porque era su amigo, y en segundo lugar porque habría sido incapaz de matar a una mosca. Él era el ser más sensible del mundo, aborrecía la violencia. Tampoco era físicamente fuerte. Indalecio sí. Todo un guerrero. ¿Cómo iba Ignasi a poder con él?

Indalecio Martínez era un soldado republicano, un combatiente fiero, fiel, apasionado, antifascista absoluto, leal, condecorado por su valor. Es por ello por lo que es inútil pedir justicia hoy. El inspector Miranda murió, pero el subinspector Sellarés sigue vivo. Reside en la calle Valladolid número 4, planta baja. Éste es el único indicio que podemos facilitarle.

Cuál no sería nuestra sorpresa cuando hace unos días le vimos a usted por la calle. Vivo. El gran inspector Mascarell. Fue... una revelación. Pensamos que quizá no fuese tarde para hacer justicia. Si usted hubiera seguido con el caso, muy posiblemente no se habría precipitado deteniendo a un inocente por más presiones que tuviera. Su fama era la de un buen policía. Habría investigado más. Pero su inesperada hospitalización lo apartó de todo aquello, así que, lo quiera o no, tiene su parte de responsabilidad. Y a ella apelamos.

No vaya a la policía. Sabe que no harán nada. No podemos ni imaginar cómo sobrevivió a las represalias del régimen, pero por lo que hemos investigado, ahora no es más que un hombre de a pie, con la vida rehecha. Un hombre que, sin embargo, fue lo que fue, y dicen que quien tuvo retuvo. Es de lo que deberá valerse ahora.

Tiene usted tres días, lo mismo que se tardó en detener injustamente a Ignasi Camprubí, para demostrar su inocencia y descubrir al culpable. Tres días. Ni uno más. Han pasado doce años, mucho tiempo, pero la verdad sigue ahí, a la espera de que alguien dé con ella. Encuéntrela y le devolveremos a su esposa.

Seguiremos en contacto, no se preocupe.

El sudor era ahora muy, muy frío.

Notó una gota bajándole por el pecho, invadiendo de cosquillas su piel.

Se dio un manotazo.

—Dios... —gimió.

¿Qué clase de locura era aquélla?

Doce años.

Patro secuestrada y amenazada para obligarle a esclarecer el caso que su maldita apendicitis no pudo resolver en 1938.

Lo recordaba, claro, aunque ya hubiera olvidado los nombres.

Cerró los ojos.

Valentí Miranda era un arribista capaz de lo que fuese por hacer méritos. Inteligente, rápido, listo, y por supuesto presto a detener a quien fuera si se sentía presionado. Si encima el sospechoso se le moría, caso cerrado y una medalla. Había recibido muchas felicitaciones por resolver aquel crimen. Por el contrario, Pere Sellarés tenía fama de calmado y callado. Ideal como complemento de Miranda. Obedecía y punto.

Una buena pareja.

No eran sus amigos, sólo trabajaban juntos, como Miquel hacía con otros muchos de la comisaría antes y durante la guerra.

Doce años después, alguien le reconocía por la calle y le devolvía al pasado, utilizando a Patro como reclamo.

Miquel cerró la mano libre con rabia.

No quiso romper la carta.

Volvió a mirarla.

La leyó una segunda vez, más despacio.

No había faltas de ortografía. Quien la hubiese escrito tenía estudios. Utilizaba bien las palabras. Sabía expresarse.

Y hablaba en plural.

«Podemos», «nuestra», «pensamos», «apelamos»...

¿Los dos hombres que se habían llevado a Patro, uno alto y el otro bajo?

Miquel se resistió a llorar.

No era momento para la derrota.

Tres días.

Pero siguió anonadado en la silla.

Ya no era policía, aunque, curiosamente, hubiera resuelto media docena de casos desde su regreso a Barcelona. Casos o problemas. Al otro lado de las paredes de su casa había una España nueva y desconocida, una España aplastada por la bota de una dictadura. Sus posibilidades eran mínimas.

—En el 48 buscaste la tumba perdida de un chico y la encontraste —se dio ánimos—. Cinco días, pero lo hiciste.

La diferencia era que ahora se sentía peor, más viejo.

La bala de Pavel había hecho algo más que atravesarle el hombro. Le había enfrentado a la muerte cuando menos la deseaba, porque ahora era demasiado feliz para renunciar a la vida.

Y todo por Patro.

Pero si no la salvaba él...

Quienes hubieran orquestado todo aquello tenían que estar locos. O desesperados. O creer en los milagros fuera de tiempo.

Intentó levantarse y no pudo.

Intentó reaccionar y no lo consiguió.

Le dolía la cabeza, el pecho, el estómago, las articulaciones.

Así que vomitó, allí mismo, incapaz de incorporarse, doblado hacia delante y prematuramente vencido.

Luego pensó en Patro.

Asustada.

Muy asustada.

Pero sabiendo que le tenía a él, y que no la abandonaría.

—Mierda... —Escupió las últimas babas de bilis.

¿Hasta cuándo le perseguiría su pasado?

Miquel miró la hora.

Tres días. El plazo expiraba el viernes por la noche.

¿Serían capaces de hacerle daño a Patro si no lo conseguía?

No podía arriesgarse.

Esta vez sí, logró levantarse. Fue como un autómata a la cocina para llenar un cubo con agua y buscar una bayeta. Y como un autómata recogió su vómito y lavó el suelo. Todo para que Patro no se enfadase al regresar y ver que la casa olía mal. Después se metió en la habitación y se cambió la ropa, empapada. Hacía calor, pero se llevó una chaqueta. Ya no era un día de playa.

Era un día de perros.

Salió del piso con la cabeza del revés después de guardarse la carta en un bolsillo y bajó la escalera despacio, tratando de ordenar el caos. Siempre llegaba a la calma incluso en plena carga de histeria nerviosa. Era una de sus habilidades. La maldita calma que le había sacado de no pocos líos. La calma capaz de permitirle pensar.

Pensar.

La portera parecía no haberse movido de donde la había dejado unos minutos antes. Su cara se veía atravesada por un sesgo de preocupación.

—¿Sucede algo, señor Mascarell? —le preguntó nada más verle aparecer.

Hizo un último esfuerzo para parecer relajado.

—No lo sé —dijo—. Espero que no.

—¿Le ha pasado algo a la señora? ¿Quiere que llame a la policía?

—No, no, tranquila. A lo peor es un pariente que se ha puesto enfermo.

—Pero ella le habría dejado un recado, ¿no?

—Hábleme de ese hombre. —Hizo como que no la había oído.

—No paro de darle vueltas. —Se llevó una mano afectada al pecho—. Ahora que lo pienso, creo que ella se sorprendió bastante cuando se le acercó y le habló. Él se le pegó mucho, ¿sabe? La agarró del brazo...

—¿Tiró de ella?

—No, creo que no, pero la mantuvo sujeta. Caminaron juntos hasta el coche, que estaba en la esquina. La señora tenía la cabeza baja, eso sí. ¡Fue todo tan visto y no visto!

—¿Qué clase de coche era?

—¡Ay, eso no lo sé! Para mí todos son iguales. Pero lo que sí parecía era viejo. Al arrancar echó una nube de humo negro por el tubo de escape, y hacía un ruido...

—¿Conducía el mismo hombre?

—No, otro.

—¿Le vio?

—No, no señor. —Se angustió un poco más.

Mejor irse.

—Gracias, y tranquila. Siempre hay una explicación para todo.

No la dejó muy convencida.

Pero no esperó más.

Salió a la calle y detuvo el primer taxi con el que se encontró casi de bruces.

4

El taxista se dio cuenta de inmediato de que su cliente no sólo no quería hablar sino que no estaba para gaitas. A la que dijo lo de «¡Qué calor!, ¿verdad?», se encontró con la mirada más gélida que pétrea de Miquel. Así que se aplicó a la conducción y el trayecto fue tan breve como plácido.

La casa donde vivía Pere Sellarés era de los años treinta, discreta y vulgar, de fachada plana, sin balcones en las ventanas. La portería permanecía cerrada y la puerta de la planta baja se hallaba situada al fondo, por detrás de una estrecha caja en la que se había conseguido incrustar un ascensor. Cuando se detuvo para llamar, Miquel comprendió que era el primer paso para meterse en un nuevo lío. Otra investigación «ilegal». Una nueva vuelta de tuerca a su condición de ex preso franquista indultado con sentencia de muerte conmutada.

Ya no había marcha atrás.

Imposible que la hubiese con Patro en peligro.

Imaginársela asustada y muerta de miedo le hizo apretar las mandíbulas y llamar a la puerta con mayor fuerza de la normal.

Le abrió una mujer de unos cincuenta y cinco años. Pere Sellarés era algo más joven que él, a lo sumo diez años. Nunca le había tratado tanto como para conocer a su esposa. Y, sin embargo, algo le dijo que era ella, como si las mujeres o ex mujeres de los policías tuvieran una pátina común, un deje de tristeza y ansiedad en la mirada. Se lo quedó mirando sin decir nada, sin preguntarle nada. Una espera incómoda.

—¿Pere Sellarés?

Nadie debía de llamarle ya Pere. Ahora sería Pedro. La mujer no alteró un ápice su expresión indiferente.

—¿Para qué quiere verle?

—Soy un viejo amigo suyo, del cuerpo.

Del cuerpo.

Los ojos se le cargaron dos o tres años más.

La tristeza se mezcló con la sorpresa.

—No se encuentra muy bien. —Intentó disuadirle con poca energía.

—Es importante, señora.

—¿Importante para quién?

—Puede que para los dos.

Última resistencia.

Ella se encogió de hombros.

—Pase.

La obedeció. La mujer cerró la puerta y conectó la luz del recibidor. El espacio era pequeño. En la puerta que daba al pasillo ya no había ni marco.

—Gracias.

—Espere aquí, por favor.

Desapareció por las entrañas del piso sin preguntarle el nombre. Miquel agudizó el oído, pero no pilló ningún sonido, ninguna palabra. La espera tampoco fue muy larga. Un minuto. Reapareció sin hacer ruido, como si caminara descalza.

—Venga.

El pasillo tenía dos puertas a cada lado. Dos puertas sin puertas. Miquel lo comprendió cuando, al final del mismo, en el comedor, se encontró con Pere Sellarés, confinado en una silla de ruedas que no era precisamente un último modelo de comodidad y diseño.

El antiguo subinspector descolgó la mandíbula inferior al verle.

—Mascarell —pareció exhalar.

Miquel le tendió la mano.

Un apretón recuperado a través del tiempo.

—¿Cómo está, Sellarés?

—¿De dónde sale usted?

—Del infierno.

—Enhorabuena.

—Gracias.

—Se lo digo porque yo sigo en él. —Mostró una amarga sonrisa antes de decirle a su mujer—: Todo está bien, Elena. Déjanos solos.

Elena le obedeció en silencio. Miquel no esperó a que lo invitara. Se sentó en una silla, frente al paralítico. Por la ventana abierta, a la búsqueda de un poco de viento que aliviara el calor, se escuchaba la música de una radio y, por encima de ella, la voz de alguien entonando la misma canción. Incluso había arte en el juego de filigranas vocales de la intérprete vocacional. El pequeño patio de la planta baja, al que daban la ventana y la puerta situada un poco más allá, tenía las paredes altas, así que no se veía apenas nada. Sólo la parte más elevada de algunas casas circundantes.

Los dos hombres se quedaron mirando.

Reconociéndose.

—Parece que la vida le ha tratado mejor que a mí. —Suspiró el antiguo subinspector.

—No crea. Pasé ocho años y medio en el Valle de los Caídos.

—¿Tanto?

—Sí.

—¿Y no le fusilaron?

—Alguien quería mantenerme vivo. Es una larga historia.

—Sí, claro. —Soltó un pequeño resoplido—. Todos tenemos la nuestra. —Volvió a mirarle—. ¿Cómo me ha encontrado?

Hora de pasar al ataque.

La cuenta atrás ya había empezado hacía rato, desde el momento en que ellos se llevaron a Patro y él recibiera la maldita carta.

—¿Recuerda el caso de Indalecio Martínez?

Pere Sellarés mostró toda la sorpresa que la pregunta le producía.

—Joder... —Suspiró.

—La bomba de Gran Vía y Balmes, 17 de marzo de 1938.

—Claro que lo recuerdo.

—Tenía que haberlo investigado yo, pero me operaron de urgencia y les pasaron el caso a Miranda y a usted.

—Con un cohete en el trasero —agregó él.

—Necesito que me hable de ello —disparó Miquel.

—¿En serio? —No pudo creerlo—. ¿Doce años después?

—Sí.

—¿Por qué?

—Porque alguien cree que el hombre al que detuvieron y murió en comisaría era inocente, y han secuestrado a mi mujer para obligarme a resolverlo.

Pere Sellarés se enfrentó a sus ojos.

Comprendió que no estaba loco, que hablaba en serio.

Aun así, lo dijo:

—Usted no era de los que bromeaban, ¿verdad?

—No bromeo.

—¿Y han secuestrado a su mujer...?

—Por favor. —Evitó que repitiera el tema.

—No irá a la policía, claro.

—Tengo tres días para dar con el verdadero culpable. Y no, no iré a la policía. El muerto era un antifascista declarado. ¿A quién va a interesarle esto hoy?

—El inspector Miranda estaba seguro de la culpabilidad de aquel muchacho.

—Ignasi Camprubí.

—El mismo.

—¿Y usted?

Sellarés miró por la ventana. La mujer que cantaba hacía florituras con la voz en la parte final de la canción. Pura pasión vocacional.

—Recuerdo al joven. —Evocó la memoria de doce años antes—. Lloraba, decía que él no había sido, suplicaba... Pero las pruebas estaban ahí.

—¿Qué pruebas?

—Móvil, oportunidad...

—¿Confesó en algún momento?

—No. Murió de pronto y eso fue todo.

—¿Le interrogaron... a fondo?

—¿Qué quiere decir? —Se envaró.

—Miranda era de los que daban más de una bofetada.

—Y de dos —asintió.

—¿Murió por eso, por los golpes?

—No. No fue para tanto. Estaba muy asustado, eso es todo. No sabíamos que padecía del corazón. Apenas fueron un par de horas.

—La carta que me han mandado asegura que el padre del muerto hizo mucha presión.

—Y así es. —Soltó un bufido—. Menudo tipo. De los que ponían ya entonces una vela a Dios y otra al diablo. Poderoso con la República aquellos días y poderoso hoy con el régimen. Todo un quintacolumnista. A Miranda y a mí nos dijeron que teníamos que resolverlo todo en un abrir y cerrar de ojos, o acabaríamos de uniforme en la calle.

—¿Por qué no me cuenta la historia?

—Coño, Mascarell, ¿después de tanto tiempo?

—Lo que recuerde, por favor. Usted es mi única pista. La carta que me han mandado sólo menciona su nombre.

—Así que, si no estuviera inválido, a la que habrían secuestrado es a mi Elena.

—No lo sé.

—Déjeme ver esa carta.

Se la pasó. Pere Sellarés la leyó con rapidez. Lo único que exclamó al terminar y devolvérsela fue un lacónico:

—Es increíble.

—No dispongo de mucho tiempo. Si tienen razón y no fue Camprubí, he de dar con el que lo hizo.

—¿No ve que es algo imposible? A saber dónde estarán los implicados, y si vivirán. Al acabar la guerra, entre los que murieron, los que acabaron en la cárcel y fusilados o los que se marcharon al exilio...

—¿Me vio dejar un caso alguna vez?

—No. Era una puñetera hormiga.

—Pues empiece a hablar.

Sellarés plegó los labios. Dejó de mirar hacia fuera para hacerlo hacia adentro. Transcurrieron una decena de segundos antes de que el hilo de sus pensamientos se hiciera voz.

—Veamos... —dijo despacio—. Indalecio Martínez estaba en Barcelona recuperándose de una herida. Eran ya los últimos días antes de incorporarse de nuevo al frente. Según su historial, era todo un héroe de guerra, de los que mueren por sus ideales. Eso pareció quedar muy claro, y no deja de chocar teniendo en cuenta que luego el padre resultó ser un fascista. Unos días antes de su muerte se peleó con Ignasi Camprubí, que no luchaba en la guerra debido a su salud. Según indagamos, el motivo de la pelea fue que Camprubí le dijo que la guerra estaba perdida, que nunca se podría vencer al ejército de Franco, mejor alimentado, más unido y mejor equipado que el de la República. Martínez enfureció, enloquecido. Le llamó cobarde, derrotista, y le puso verde por no confiar en los «heroicos defensores de la libertad». —Lo pronunció con sarcasmo—. Según Martínez, era mejor morir en el frente que en casa. Camprubí le respondió que lo mejor siempre era vivir. Total, que la disputa fue a más y en un arrebato, aun siendo amigos, Martínez le golpeó, fuera de sí.

—¿Y ya está? —preguntó Miquel al ver que se detenía.

—Ése fue el móvil, sí. Camprubí herido en su amor propio, golpeado por su amigo, ridiculizado, avergonzado... Llámelo como quiera. Y tuvo su oportunidad. Ese día le vieron por el centro. Una vez detenido, no tenía la menor coartada. Dijo que paseaba solo. Miranda pensó que lo que hacía era seguir a su víctima a la espera de una oportunidad. ¿Pasear mientras caían bombas? Vivía con sus padres, pero como los bombardeos eran continuos, cada tres horas, sin que nadie supiera si las sirenas anunciaban el fin de una tanda o la llegada de otra, ellos se pasaban el tiempo en el refugio. ¿No recuerda cómo fueron aquellos cuatro días de marzo?

Miquel tragó saliva.

Quimeta muerta de miedo; las explosiones, indiscriminadas, salpicando la ciudad aquí y allá. Una locura.

El bombardeo de civiles con la idea de provocar el terror.

—Lo recuerdo, sí.

—Miranda y yo investigamos, nos hablaron de la pelea, detuvimos a Camprubí y tras acusarle...

—Va y se muere. Caso cerrado. De perlas.

—Sí —convino Sellarés.

—¿No se investigó más?

—¿Para qué?

—Para estar seguros.

—Todo parecía bastante claro.

—De acuerdo —se resignó—. Necesito nombres y direcciones, o no sabré por dónde empezar.

—¿Cree que tengo un maldito archivo en la cabeza?

—Fue un caso especial —dijo Miquel—. Y sí, todos nosotros lo tenemos. ¿Quién encontró el cadáver?

—Un tranviario desescombrando las ruinas. Está claro que Indalecio Martínez entró de los primeros. El asesino le siguió y le mató.

—Yo no tuve tiempo ni de ver las pruebas. —Miquel chasqueó la lengua—. ¿Cómo lo hizo?

—Pedrada en la cabeza, desde luego sorprendiéndole por la espalda, y luego, ya inconsciente, le ahogó con las manos. Por eso, aunque Camprubí era poquita cosa, pudo hacerlo.

—¿Recuerda el nombre de ese tranviario?

—No, lo siento.

—¿Alguien podría dármelo?

El viejo subinspector sembró su rostro de luces mortecinas. La amargura que destiló fue absoluta.

—No queda nadie, Mascarell, ¿es que no se da cuenta? —Le tembló la voz—. ¿Cree que no busqué al acabar la guerra? Estamos solos. Y por supuesto no hay archivos, no queda nada.

—¿Qué juez llevó el caso?

—Puigpelat. Rosendo Puigpelat.

—¿Se interrogó a alguien más?

—Los padres de Camprubí, los de Martínez, la novia de Indalecio y también su hermana, Narcisa Martínez, así como su novio, que era otro de los amigos del muerto. Ellos fueron testigos del incidente entre Ignasi e Indalecio.

—¿Sólo ellos?

—Sí, Narcisa, el novio y la novia de Indalecio.

—¿Alguna dirección que recuerde?

—Marcelino Martínez residía en la parte alta, en la avenida de la Victoria, cerca del Monasterio de Pedralbes, el último edificio subiendo a la derecha. Estuvimos allí. A Camprubí le detuvimos en casa de sus padres, donde vivía. Eso sí se me quedó grabado: calle Mariano Cubí esquina con Santa Petronila. Mi abuela se llamaba Petronila. No recuerdo el número exacto, pero estaba al lado de una carbonería.

—¿Qué edad tenían?

—Veintitrés los dos. Los amigos, más o menos lo mismo.

—¿Qué amigos?

—Bueno, el novio de la hermana y otro, también herido en la guerra.

—¿Nombres?

—Los he olvidado, por Dios. Se me quedó el de Narcisa por lo curioso y nada más. Sólo estaban ahí, en los informes. Todo se resolvió muy rápido. ¿Cómo voy a recordarlos ahora?

—Hay algo que no me encaja —reflexionó Miquel—. ¿Cómo es posible que Indalecio Martínez fuera tan antifascista, soldado, peleón y hasta fanático según todos los indicios, y que tuviera un padre sospechoso que vivía nada menos que en Pedralbes?

—Es que por mucho que Marcelino Martínez presionara para que se descubriera al culpable del asesinato, él y su hijo no se llevaban bien. Indalecio vivía con una abuela. A mí también me pareció extraño. Ahora lo entiendo, claro. Un hijo republicano y leal, con un padre que se quita la máscara y sale de derechas... Choque generacional en estado puro. Pero era su hijo. Removió cielo y tierra para que el caso se resolviera cuanto antes. ¿Qué padre no quiere a su hijo, aunque le salga rana?

—¿La abuela...?

—Vivía en la calle Taulat, en el número 35, frente al cementerio del Este. Lo sé porque la llevé en el coche uno de aquellos días y me repitió las señas una docena de veces. Una buena mujer. Probablemente ya esté muerta, claro.

Miquel buscó más preguntas.

Descubrió que no le quedaba ninguna.

No frente al vacío mental de Pere Sellarés.

Él mismo se dio cuenta de ello.

—No le he resultado de mucha ayuda, ¿verdad?

—Suficiente para empezar —dijo Miquel.

—Veo que sigue con sus hábitos.

—¿Y cuáles eran mis hábitos?

—Nunca tomaba notas.

—Lo hacían los subinspectores que me acompañaban.

—Todos decíamos que tenía una memoria de elefante, y que era el más minucioso y detallista de nosotros.

—Era mi forma de actuar.

—Sigue sintiéndose policía.

No se trataba de una pregunta. Era una aseveración.

—A veces sí —admitió.

—¿Qué hará si resulta que Camprubí era inocente y da con el asesino?

—No lo sé.

—¿Y si a fin de cuentas lo hizo y quienquiera que tenga a su mujer no le cree?

Miquel se levantó.

Le tendió la mano a Pere Sellarés.

La mujer que cantaba cerca volvió a elevar su voz por encima de la música que sonaba por la radio. Era una copla, así que le puso todavía más sentimiento.

—Puede que vuelva, por si encuentro algún indicio o usted recuerda algo más cuando me vaya.

—Aquí estaré. —Abarcó el pequeño universo de su silla de ruedas con ambas manos.

—¿Qué fue de Miranda?

—Se marchó a Francia. Me contaron que murió en el campo de refugiados de Argelès.

—¿Y usted? —se atrevió a preguntar.

—Me caí por las escaleras tres días después de la entrada de Franco en Barcelona. Estaba nervioso, asustado... Un accidente estúpido. Perdí la movilidad de las piernas, pero eso me salvó la vida. Ellos no me tocaron. Prefirieron condenarme al tormento de vivir así.

—Lo siento.

Pere Sellarés se encogió de hombros.

—Ya no somos más que residuos —dijo—. Pero espero vivir lo suficiente para ver caer al dictador.

5

Cuando pisó de nuevo la calle, el abatimiento lo aplastó como una barra de plomo.

Cielo muy azul. Sol. El primer calor del día machacando el asfalto.

Y él con sólo tres direcciones.

Dos familias y una abuela.

Miró a derecha e izquierda a la caza de un taxi. Luego se puso en marcha. Los tiburones nunca dejaban de nadar, estaban en movimiento perpetuo.

—No eres un tiburón. Eres la presa —gruñó en voz alta.

Una presa capaz de matar, porque si en aquel momento pudiera enfrentarse a los secuestradores de Patro...

Detuvo el taxi tres minutos después, subiendo por la calle Galileo. El taxista parecía un veterano, héroe de mil batallas. Ni siquiera le preguntó adónde quería ir. Esperó, paciente. Cuando Miquel le dio la dirección, avenida de la Victoria, cerca de la Cruz y el Monasterio de Pedralbes, lo único que hizo, nada disimuladamente, fue echarle un vistazo a la ropa.

Fue un trayecto plácido.

Tanto como para pensar y seguir dándole vueltas a todo.

Marcelino Martínez no se llevaba bien con su hijo Indalecio. Nada del otro mundo, aunque en tiempos de guerra las ideologías contaban. Y mucho. Pero con él muerto, ponía en el disparadero a la policía para que se descubriera al culpable cuanto antes. Sed de justicia. Hambre de venganza. Ahora, del servil servidor de la República no quedaba nada. En su lugar se erigía la figura de un relevante servidor del régimen.

¿Cómo entrarle?

¿De qué manera decirle que, tal vez, el asesino de su hijo seguía libre?

Desenterrar el pasado no era lo mejor que se podía hacer en una dictadura, y más si el desenterrador era un viejo inspector retirado a la fuerza y vivo de milagro.

Cuando bajó del taxi le dolía la cabeza y sentía una opresión en el pecho.

—No vayas a morirte ahora —rezongó.

Primero, Patro. Después...

La casa era señorial, elegante. Parecía un palacio, con una entrada digna de ser franqueada bajo palio. Un hombre surgió delante de él antes de que la cruzara y se lo miró de arriba abajo con insultante superioridad.

Miquel no estaba para estupideces.

—Policía —le endilgó—. ¿El señor Martínez?

El hombre se apartó muy rápido.

—Última planta. —Inclinó la cabeza con respeto.

El ascensor era enorme. Cabía una cama. Estaba revestido de madera y brillaba como si lo limpiasen cada media hora. Tenía dos candelabros y un espejo impoluto en el que se vio reflejado.

El peso de los años y la angustia estaban ahí.

Visibles.

Y de policía nada, sólo la cara dura.

Al salir del camarín se encontró en un descansillo no menos lujoso, con una mesita adosada a la pared, un jarrón con flores falsas y una alfombra gastada. El suelo y las paredes eran de mármol. Su única duda, que Marcelino Martínez estuviera en casa en una mañana de día laborable, quedó despejada en cuanto le abrió la puerta la criada, con su uniforme blanco y negro, cofia incluida.

—¿De parte de quién? —quiso saber la mujer.

—Dígale que soy el inspector de policía que en 1938 tenía que encargarse del asesinato de su hijo Indalecio. —Optó por la verdad.

La criada no debía de conocer la historia, porque tembló casi imperceptiblemente y dilató un poco las pupilas. Pero se dominó bien. Palabras como «inspector» y «asesinato» tenían su peso. Se apartó, le hizo entrar, cerró la puerta y se volvió a dirigir a él con voz sumisa.

—Si quiere esperar aquí, por favor. Voy a avisarle.

El recibidor, el pasillo que nacía allí mismo, los detalles, la decoración, el buen gusto arcaico y añejo pero viejo, todo le hizo sentirse en una anacrónica película ochocentista. Como si el tiempo se hubiera detenido. El silencio también era diferente. Un silencio opresivo.

Denso.

La criada reapareció casi un minuto después.

—El señor le recibirá en la terraza principal —le informó—. Si quiere acompañarme...

Cruzaron el piso, lleno de barroquismo en casi todo, con tapices, retratos y muebles de caoba que posiblemente eran del siglo XIX. Muebles que nadie había quemado para calentarse en las noches de invierno de la guerra, cuando las bombas, el hambre y el frío hacían estragos en la Barcelona condenada a muerte. La terraza principal era un espacio abierto y protegido por un toldo descolorido. Había plantas, un rincón con piedras y una falsa fuente. Incluso un rectángulo con césped. Marcelino Martínez, anciano, escaso cabello blanco, nariz aguileña, ojos penetrantes, estaba sentado en una confortable silla de madera, acolchada. Delante tenía una mesa, también de madera, con los restos del desayuno que acababa de comerse. Vestía un batín de color granate, con sus iniciales grabadas en el bolsillo del pecho. Dos letras M cruzadas, una ligeramente más elevada que la otra.

No se levantó.

Miquel se sintió desnudo ante sus ojos.

—Inspector Mascarell. —Fueron sus primeras palabras.

—¿Me recuerda?

—No llegamos a conocernos, y fue una lástima. Cuando me dijeron lo de su indisposición, lo lamenté. Su fama le precedía. Por suerte, sus compañeros lo hicieron muy bien. —Fue el momento de tenderle la mano—. ¿A qué se debe esta inesperada visita tantos años después? Siéntese, siéntese. ¿Quiere desayunar, tomar algo?

No había desayunado.

Todo había sido demasiado rápido.

Pensaban tomar algo ya en la playa.

—¿Un café con leche? —No se atrevió a comer nada teniendo que hacer una pregunta tras otra.

—Matilde, un café con leche para el señor.

La criada seguía allí, a espaldas de Miquel. Salió de la terraza al instante.

Marcelino Martínez repitió de otra forma la pregunta oculta un segundo antes, entre su invitación a sentarse y si quería tomar algo.

—¿Sigue siendo policía?

—No, ya no.

—Entonces es una visita de cortesía.

Hora de poner toda la carne en el asador.

A riesgo de que aquel hombre se enfadara y dejara de ser amable para convertirse en una amenaza.

—Siento molestarle con esto, señor. Lo siento de veras. Pero me veo obligado a hacerlo. Obligado y necesitado. El asesinato de su hijo dejó muchos interrogantes en el aire. Demasiados.

Marcelino Martínez se acercó a la mesa. Puso los dos codos en ella, y la cabeza apoyada en las manos, con la barbilla sobre los dedos cruzados.

Los ojos siempre delataban a las personas.

En su caso no hubo nada.

—¿Qué quiere decir?

—Ignasi Camprubí murió sin confesar, insistiendo en que él no había sido.

—Pero fue él, ¿no?

—¿Y si no fue así?

Ahora sí.

El brillo en la mirada.

Seguido de una leve calma.

—¿Está volviendo a investigar el crimen?

—Ya le he dicho que no soy policía.

—Pues no entiendo.

—Hay quien asegura que no se hizo justicia. —Fue cauteloso.

—¡Qué absurdo! —Marcelino Martínez dejó de apoyar la cabeza, separó las manos y se recostó de nuevo sobre el respaldo de la silla cruzando los brazos por encima del pecho—. ¿Quién dice eso doce años y medio después?

—¿Y si fuera verdad?

Si había algo capaz de desarbolar a cualquier ser humano, era la duda. Por pequeña que fuese.

Un diminuto grano de arena puesto en el engranaje del cerebro.

—Se lo repito: si fuera verdad, ¿no querría saber quién mató a su hijo y sigue libre?

—¿Se da cuenta de lo que está diciendo? —Apretó las mandíbulas con fuerza.

—Sí, soy muy consciente de ello.

—Por Dios, yo era su padre. Habría ahorcado a ese Camprubí con mis propias manos. Cuando se hizo justicia sentí... que por lo menos estaba en paz. Y ahora viene usted, tantos años después, y me insinúa...

La criada reapareció en ese instante. Dejaron de hablar. La mujer depositó en la mesa una bandejita. Luego le colocó delante una taza de café y un azucarero. La leche iba en un recipiente de plata.

—He pensado que querría ponerse usted mismo la cantidad que le guste.

—Sí, gracias.

—Déjenos, Matilde —le ordenó su jefe.

Se retiró más rápida de lo que había aparecido.

Miquel se sirvió un poco de leche. Tomó una cucharilla de azúcar. Sentía los ojos del dueño de la casa fijos en él.

Una mirada tan dura como pesada.

—¿Por qué hace esto? —preguntó Marcelino Martínez.

—Llámelo ética. —Miquel removió el azúcar con la cucharilla—. Yo no habría actuado bajo presión.

—¿Lo hizo el inspector Miranda?

—Sí.

—¿Alguien le ha pedido que investigue de nuevo todo aquello?

—No —mintió en parte.

—Entonces ¿por qué ahora?

—Estuve preso.

—Lo siento.

—Yo también. —Se llevó la taza a los labios y bebió un par de sorbos del café con leche.

—¿Quién le ha dicho dónde encontrarme?

—El subinspector Sellarés. Ayudaba a Miranda en la investigación.

—Lo recuerdo. ¿Qué dice él de esta locura?

—No mucho, salvo que la muerte inesperada de Ignasi Camprubí les dio la oportunidad de cerrar el caso lo más rápido posible.

El hombre tomó una larga bocanada de aire. La vista desde la terraza era magnífica. El Tibidabo, el Monasterio de Pedralbes, los campos abiertos hasta la avenida del Generalísimo, que los días de fiesta se llenaban de familias que iban a pasar el día al aire libre o a merendar...

—¿Tiene usted hijos, señor Mascarell? —preguntó tras una larga pausa.

—No. —Bebió otro sorbo de café con leche—. Perdí al mío en el Ebro.

—¿Republicano?

—Sí.

—Yo tuve cuatro. —Marcelino Martínez hablaba ahora despacio—. Dos varones de mi primera mujer, y un varón y una hembra de mi segunda esposa. Perdí a los dos mayores casi al empezar la contienda. Tomás y Lázaro. Me quedé con Indalecio y Narcisa. Indalecio era mi heredero, todo lo que me quedaba.

—Pero no vivía con usted.

—No en esos días, donde todo era confusión. Cuando se es joven las cosas se ven de una forma. Luego llega el tiempo y pone a cada cual en su lugar. De la visceralidad a la madurez no hay más que un trecho. Todo depende de si se hace en una dirección o en otra y es más corto o más largo.

—Entiendo que su hijo no estaba de acuerdo con usted.

—La guerra fue amarga. Yo la experimenté en su grado máximo. Tomás y Lázaro lucharon con nuestro Caudillo. Indalecio lo hizo en contra de él. Hermanos contra hermanos. Indalecio perdió la cabeza, o dejó que se la llenaran de consignas y ruido, odio y muerte. Intenté disuadirle de que...

—¿Se pelearon? —intervino Miquel al ver que dejaba de hablar.

—Discutimos. Prefiero emplear esa palabra. En la paz, las discusiones padre e hijo son por cosas más triviales, estudio, trabajo, una novia... Pero en mitad de una guerra tan larga, dura y cruel... —Volvió a dejar el final de sus palabras en suspenso.

—¿Y su esposa?

—Encarnación, la madre de Indalecio y Narcisa, murió en 1942. No pudo soportar la pérdida de nuestro hijo. Ni la victoria final le cambió el ánimo.

—Tuvo que ser duro.

—Lo fue. Por suerte mi hija Narcisa se casó con Salvador, uno de los amigos de Indalecio, y he podido depositar en ellos toda mi confianza. Salvador es ahora tan hijo mío como antes lo fueron Tomás, Lázaro o Indalecio.

—Me gustaría hablar con los dos.

—¿Lo cree necesario?

—Sí.

Marcelino Martínez endureció la mirada. La hundió en su visitante. Un puñal clavado en la conciencia de Miquel, que resistió la andanada visual recuperando el aplomo de tantos años persiguiendo criminales, ladrones o vulgares chorizos.

La duda ya había abierto la primera brecha en el ánimo del dueño de la casa.

—¿Cree de verdad que el asesino de mi hijo pueda seguir libre?

—Es posible, sí.

—¿Y está dispuesto a investigarlo, a pesar de que ya no puede hacerlo y no es más que un ex convicto?

—Sí.

—Antes ha hablado de ética.

—Me quedó un poso amargo, eso es todo. —Quiso justificarlo.

—¿Y la justicia?

—A ella apelo, señor Martínez.

Otra pausa. Otra mirada. El acero se hizo menos duro. Se convirtió en un gran interrogante.

—Indalecio me causó mucho dolor, señor Mascarell. —Suspiró el hombre—. Pero era mi hijo.

—Le entiendo.

—¿Me contará lo que descubra, si es que descubre algo?

Miquel sintió alivio.

Por lo menos no iba a salir de allí en globo.

—Sí, se lo prometo.

—No me lo prometa. Deme su palabra.

—Se la doy.

—Usted no tiene ninguna autoridad. Si llevase razón y Camprubí no fuese el asesino... No podría hacer nada.

—Lo sé. Con más razón vendría a verle a usted.

Eso le tranquilizó.

—Bien. —Volvió a suspirar.

—¿Puedo preguntarle algo?

—Adelante.

—¿Nunca tuvo la menor duda?

—Si la policía dijo que había sido él... ¿Por qué iba a pensar lo contrario? Existió esa pelea, Indalecio le golpeó y le llamó cobarde. Luego, ese día, vieron a Camprubí por el centro, cerca de donde cayó esa bomba. No había más candidatos. Todo tenía su lógica. Indalecio ya estaba casi bien de sus heridas. Iba a regresar al frente. Bueno, creo que iban a hacerlo los dos, él y otro amigo y compañero de armas, Jonás. Les hirieron juntos.

—Hábleme de los amigos de Indalecio e Ignasi, como ese tal Jonás.

—¿Qué puedo decirle? Los amigos de los hijos son casi siempre grandes desconocidos, y más cuando ese hijo vive en otra parte o el padre no los frecuenta.

—Uno de ellos se casó con su hija.

—Sí, pero nunca hablamos de eso, ni de Ignasi Camprubí. Jamás. Ese nombre ha estado prohibido en esta casa hasta hoy.

—¿Dónde vive su hija?

—Prométame que actuará con cautela.

—Por supuesto.

—Ellos han pasado unos días de vacaciones, pero regresaron el 15. Tienen el domicilio en la calle Caspe, en el número 16, al lado de Radio Barcelona. Salvador dirige ahora mis negocios en la calle Trafalgar esquina con Méndez Núñez. Martínez e Hijos, ¿la conoce?

—Sí —mintió—. ¿Cuál es el apellido de Salvador?

—Marimón.

—¿La abuela de Indalecio...?

—Una mujer incombustible. Era la madre de Encarnación. Sigue aferrada a su casa, a su barrio. Nadie ha podido moverla de allí. Encima tiene su orgullo, nunca me ha pedido nada.

Miquel imaginó algo más.

Si el republicano y antifascista Indalecio se había ido a vivir con ella...

Le dio un último sorbo a la taza de café con leche.

—He de irme —dijo—. Siento haberle revuelto el pasado.

—Bueno, creo que se equivoca, pero si tiene razón...

—Gracias, señor Martínez. —Se levantó con la mano extendida.

El hombre se la estrechó.

No se levantó.

Por primera vez, Miquel vio el bastón con la empuñadura de plata al otro lado de su silla.

—¡Matilde!

La criada surgió de la nada, como si estuviera pendiente de los designios de su amo. Un minúsculo ser humano, tan discreto como humilde.

—Por aquí, señor. —Le mostró el camino de salida.

—No se olvide, Mascarell. —Fue lo último que le dijo Marcelino Martínez.

No, no iba a olvidarlo.

Sobre todo después de verle.

6

De vuelta al exterior, con apenas tráfico envolviéndole y mucho menos un taxi libre, dudó entre bajar por la avenida de la Victoria o subir hasta la plaza de Pedralbes. Finalmente se decantó por lo segundo. Si no aparecía ningún taxi, siempre podía coger el 22 o el 64 para dirigirse al centro. Lo importante era no perder el tiempo.

El tiempo.

Cuando investigaba algo su lema era seguir el orden natural, sin prisas aunque sin pausas. Y el orden natural consistía en ser metódico, ir de A a C pasando por B, nunca saltándose una letra intermedia. Su método raras veces le había fallado.

El problema era que nunca había tenido una espada de Damocles suspendida sobre su cabeza marcándole un límite.

Tres días.

Así que al diablo el orden natural.

Si Ignasi Camprubí no había matado a Indalecio Martínez, tuvo que hacerlo alguien de su entorno. Por lo tanto, lo primero era conocer ese entorno. Marcelino Martínez acababa de hablar de los amigos de su hijo. Sólo tenía un nombre: Salvador Marimón. Pero antes de ir a verle a él, lo más sensato era tratar de hacerlo con la hija, Narcisa. Salvador se había casado con la heredera de un hombre influyente, y eso siempre daba que pensar.

Por lo tanto, primero, Narcisa. Después, la abuela.

Ningún maldito taxi.

En la parada de tranvías esperaba un 64. Se subió a él, pagó el billete, se quitó la chaqueta y se sentó en primera fila. Media docena de pasajeros y pasajeras esperaba paciente el arranque, que ya no tardó en producirse. El tranvía traqueteó por el paseo de la Reina Elisenda en dirección a la Bonanova para bajar después por la calle Muntaner.

Tiempo para pensar.

Tiempo para intentar olvidarse de Patro y centrarse en los pasos a seguir.

Comenzaban a aparecer nombres.

Marcelino Martínez, una abuela, los padres de Ignasi, Narcisa, Salvador, el tal Jonás herido junto a Indalecio...

Habría más, seguro.

Una espesa madeja, compacta a través de los años.

Lo malo era que si Ignasi Camprubí, después de todo, resultaba ser el asesino, o no daba con el presunto culpable, los que tenían a Patro eran capaces de cualquier cosa.

Dos hombres.

Dos hombres y un viejo coche ruinoso que soltaba nubes de humo negro.

Eso era todo.

El tranvía se fue llenando a medida que salía de la parte alta y se dirigía al centro. Miquel se fijó en los hombres y mujeres que sudaban en la calurosa y húmeda Barcelona del mes de agosto. Todavía veía más caras serias que risueñas, y más gestos hoscos que amables. A once años y medio del fin de la guerra, la larga posguerra parecía no querer acabar nunca. Las cárceles de Franco seguían llenas. Cataluña, España, ¿estaban todos anestesiados o no era más que resignación ante lo inevitable?

La perpetuidad del régimen.

Se bajó en la ronda de la Universidad y aceleró el paso para dirigirse a la calle Caspe. Por suerte llevaba un pañuelo en el bolsillo, porque al menor esfuerzo el sudor empezaba a fluir. No se puso la chaqueta hasta llegar a su destino.

El número 16 era un edificio egregio con aspecto de palacete, amplio balcón-mirador en la primera planta, sostenido por media docena de finas columnas, y adornos en capiteles y ventanas. Casi no tuvo la menor duda de que Narcisa Martínez y Salvador Marimón vivían en ese primer piso. Un uniformado portero se lo confirmó. Subió a pie y le abrió la puerta una doncella tan o más uniformada que la Matilde de la avenida de la Victoria. Por desgracia, no todo el mundo parecía encontrarse en casa en un día de verano.

—La señora no está —le informó con una sonrisa—. Ha salido con sus hijos hace un rato.

—¿Sabe cuándo regresará?

—No me lo ha dicho.

—¿Por la tarde?

—Sí, por la tarde seguro. Ha quedado con unas amigas para jugar al bridge.

—Gracias.

—¿Le doy algún recado, señor?

—No, no se preocupe. Muy amable.

De A a C pasando por B.

Pero el despacho de Martínez e Hijos quedaba demasiado cerca. Unos minutos andando.

Dejó a la abuela de Indalecio y Narcisa para después y se dirigió a la calle Trafalgar. No era su intención correr, y menos con aquel calor, aunque volviese a llevar la chaqueta en la mano, pero lo hizo, sin darse cuenta.

El paso vivo y acelerado fue progresivo.

Hasta que se detuvo de pronto, cuando el mundo empezó a darle vueltas.

—Ahora no, maldita sea. —Se apoyó en la pared más cercana.

¿Una subida de tensión?

Llevó aire a los pulmones, inspiró y espiró media docena de veces, intentó centrar la mirada en un punto y mantenerla. Se pasó el pañuelo por la cara. Si empezaba a parecer un viejo escapado de un manicomio, nadie le contestaría ninguna pregunta. Si quería conseguir respuestas tenía que inspirar confianza, proyectar aquella imagen de policía que siempre le daba resultado.

—¿Se encuentra bien, señor? —Oyó una voz a su lado.

Era una mujer, treinta y cinco, quizá cuarenta años, rostro amable, expresión preocupada.

No, por debajo de la catarsis la gente seguía viva.

Todavía existía la humanidad.

—Ha sido un mareo. —Quiso justificarlo.

—Este calor, claro.

—Ya estoy bien. Necesitaba descansar un momento.

—¿Quiere que le acompañe a un bar, para que se siente y se tome algo?

—No, gracias, en serio. Es usted muy amable.

—De acuerdo, señor.

Una sonrisa final.

La vio alejarse, con su figura digna, sus zapatos bajos, una bolsa en la mano.

No tenía que haber tomado aquel café en casa de Marcelino Martínez, aunque le hubiera añadido leche. Probablemente era café del bueno, del mejor. Nada de achicoria. Su cuerpo no estaba acostumbrado a las exquisiteces.

Reemprendió el paso.

Más despacio.

No le serviría de nada correr si se caía redondo al suelo y despertaba en un hospital.

Martínez e Hijos daba la impresión de ser una gran empresa. El rótulo ocupaba una buena parte de la fachada y era visible desde lejos. Entró en una oficina recoleta llena de cuadros de Barcelona: el parque Güell, la Pedrera, el parque de la Ciudadela, Montjuïc, el puerto; y llegó a una recepción defendida por un hombre joven cuyo rostro estaba dividido en dos por el bigotito que lo cruzaba horizontalmente por debajo de la nariz y por encima del labio superior. Iba muy atildado, cabello engominado y brillante, pegado al cráneo.

—¿El señor Salvador Marimón?

—No se encuentra en su despacho en este momento, señor. ¿De parte?

—Vengo a verle mandado por su suegro, el señor Marcelino.

El nombre del Supremo Hacedor de la empresa le hizo perder rigidez y lo transformó en una solícita fuente de información.

—Oh, pues ha salido hará cosa de quince minutos, con unos clientes. ¿Quiere que le pregunte a su secretaria a qué hora tiene previsto regresar?

—Sí, por favor.

—No es ninguna molestia. Si me permite...

No utilizó el interfono. Se levantó y se dirigió a buen paso a una puerta tras la cual desapareció. Acostumbrado a las recepcionistas y telefonistas, a Miquel le chocó un poco que allí ese trabajo lo desempeñara un hombre. ¿Un signo de evolución? ¿Cambio de roles en un país eminentemente machista, bajo una dictadura que sometía a las mujeres y las confinaba a su santa misión de ser madres y esposas pendientes de sus casas y sus maridos? ¿O un simple azar?

El hombre no tardó en regresar con la información.

—Lo siento, señor. Por lo visto, el señor Marimón iba a pasar el día con esos clientes. No ha dicho si pensaba regresar por la tarde, aunque fuese a última hora. ¿Quiere que le deje un recado o le diga algo de su parte?

—Volveré a pasar, no se preocupe.

Lo dejó atrás, con su sonrisa y su pose más servil que eficiente. No apretó las mandíbulas, contrariado, hasta volver a sentir el sol de la mañana en la cara. Dos visitas, dos fiascos. Como siguiera con esa suerte no descubriría nada ni en tres semanas, y menos la verdad.

—¡Mierda! —rezongó.

Más que coger un taxi, lo que hizo fue asaltarlo. Se metió dentro, ya con la chaqueta en la mano, y le dio la dirección de la abuela de Indalecio.

—Calle Taulat 35, por favor.

—¿En el cementerio?

—Sí, frente al cementerio. —Se lo certificó.

Seguía alterado, confuso. Lo que menos le interesaba para poder pensar como policía, no como parte interesada en aquella trama. Su cabeza era un disparadero. Los pensamientos iban y venían en desorden. Ninguno se quedaba lo suficiente como para poder analizarlo. Por eso le extrañó escuchar aquella voz.

Quimeta.

Llevaba mucho tiempo sin oírla, desde que se había casado con Patro.

—Sé racional.

Ni siquiera le preguntó qué estaba haciendo allí, en su cabeza.

—¿Cómo quieres que lo sea?

—Pues es lo más necesario si quieres salvarla.

—¿Crees que no lo sé?

—Pocas personas tienen una segunda oportunidad como tú la has tenido, Miquel.

—Quimeta... —dijo en voz alta sin darse cuenta.

El taxista se volvió hacia él aprovechando que un guardia urbano les cortaba el paso para que circularan los coches de la perpendicular.

—¿Diga, señor?

—No, nada, perdone —se excusó—. Hablaba solo. Cosas de la edad.

—A mi abuela le pasa lo mismo. —Se mostró jovial y distendido—. Y a veces dice cada una... —Se calló de pronto al ver que estaba metiendo la pata.

—¿Qué edad tiene su abuela?

—¡Huy, muchos más que usted! —quiso arreglarlo.

—Si quiere propina, mejor no se arriesgue más —le previno Miquel.

Fue suficiente para que hicieran el resto del trayecto en silencio.

Quimeta se había ido después de su breve, brevísima aparición.

7

A la tercera llegó la vencida. La abuela de Indalecio y de la afortunada Narcisa, que jugaba al bridge por las tardes en su casa, era una mujer tan vieja como recia, tan arrugada como luminosa, tan sufrida como viva. Bastaba con verla, con oírla. Ojos penetrantes, habla quejumbrosa pero clara, cuerpo menudo y lleno de achaques pero no rendido...

En el buzón había descubierto su nombre: Serafina Camps.

—¿Quiere verme para hablar de mi nieto? —Lo repitió para estar segura.

—Por favor, es importante.

—¿Importante para quién?

—Para muchas personas. Usted, yo mismo. Sólo serán unos minutos.

—No, si por tiempo no es. ¿O se cree que tengo una ajetreada vida social? Pase, pase. A mí siempre me ha gustado hablar.

—Gracias.

La siguió unos pasos, pocos, porque el piso era pequeño.

Miquel se imaginó a Indalecio Martínez renunciando a su casa, enfrentándose a su padre, para vivir allí, con su abuela materna, en defensa de unos ideales.

Eso significaba que Serafina Camps estaba de acuerdo con él y compartía esos mismos ideales.

Toda una rebelde.

Su hija había sido la segunda esposa de Marcelino Martínez, pero desde luego no se había casado con él deslumbrándole por ser una mujer rica o socialmente importante. La casa no podía ser más sencilla y humilde. Todo estaba muy pulcro, ordenado, pero los detalles eran mínimos. La constatación de que Encarnación había impresionado al potentado Marcelino por su belleza y magnetismo la tuvo Miquel en una fotografía situada en una repisa. Una imagen en blanco y negro hecha en un estudio fotográfico. En lo primero que pensó fue en que poco retoque habría necesitado, porque la belleza traspasaba el papel, la propia cámara. Allí se veía a una muchacha de unos veinte años, tremenda, irresistible, un verdadero ángel. Hubiera podido pasar por una actriz de Hollywood. Ojos enormes, claros, labios carnosos, el suave óvalo de la cara, el cabello modulado a la perfección...

Serafina Camps se dio cuenta de su interés.

—Mi hija, poco después de conocer a su marido. Él la hizo posar para ese retrato. —Y agregó de inmediato—: Guapa, ¿eh?

—Mucho.

—Marcelino se prendó de ella al poco de perder a su primera mujer. Lo enloqueció. Se enamoró como un colegial. Lástima que fuese una mujer tan frágil. Salió a su padre. Lo pillaba todo. La muerte de Indalecio acabó de postrarla en un estado de abatimiento del que ya no salió. Eso, y la pérdida de todo aquello en lo que creía.

—¿Se refiere a que no comulgaba con las ideas de su marido?

—La guerra hizo mucho daño, no sólo en los campos de batalla. Hubo que posicionarse, y en casi todas las familias saltaron chispas y se destaparon problemas. —Le miró de hito en hito—. ¿Quién es usted?

—Me llamo Miquel Mascarell. Fui policía en tiempos de la República.

—Tiempos de la República —repitió la anciana—. Dios, parece que hablemos de la prehistoria, y únicamente han pasado unos pocos años.

—Unos pocos años pueden llegar a ser una eternidad. —Decidió ganarse su confianza—. Yo pasé ocho y medio esclavizado en el Valle de los Caídos.

Ella le miró con respeto.

Seguían de pie, frente a la repisa.

—Siéntese —le pidió—. No estoy yo para permanecer mucho rato de pie. La dichosa cadera...

Ocuparon dos sillas. Las ventanas estaban abiertas para que circulara el aire y daban al cementerio. Una vista macabra pero que debía de resultarle habitual y, por lo tanto, casi ajena. El hecho de ver una tumba significaba que uno seguía vivo, no en ella.

—¿Para qué quiere hablar de mi nieto, señor?

—Yo fui el inspector asignado a su caso cuando murió. —Fue sincero, sin pretender ocultarle nada—. Lamentablemente caí enfermo, fui hospitalizado, le pasaron la investigación a otro y él detuvo a Ignasi Camprubí como responsable. Ahora creo que esa investigación fue... precipitada, así que, pese a que ya no soy policía, intento averiguar la verdad.

Lo esperaba todo menos aquella respuesta.

—Ya era hora.

—¿Cómo dice?

—Nadie me hizo caso entonces. Nadie, y mucho menos aquel inspector, que hubiera sido capaz de detener a su propia madre si así se ganaba una palmadita de sus superiores en el hombro. Les dije que era absurdo, que Ignasi jamás pudo matar a mi nieto. Era imposible.

—¿Por qué?

—Porque yo les conocía a todos, al grupo entero. Buenos chicos, amigos de verdad hasta que la guerra les cambió. Ignasi era el más honesto, el mejor de todos ellos. Un chico excepcional.

—¿Y le dijo eso a la policía?

—Se lo dije y se lo repetí. Pero yo no era más que la abuela, ya sabe cómo trata este país a los ancianos. —Soltó una bocanada de aire amargo—. Todo fue por Marcelino. Quería un culpable, hacer sangre. Estaba lleno de resentimiento. ¡Él sí se sentía culpable, de entrada por haber perdido a su hijo! Lo que quería era vengarle y, de paso, sentirse mejor, quedar en paz consigo mismo, cosa que nunca se consigue cuando se pierde un hijo.

—¿Tan grave fue la pelea entre ellos?

—¿A usted qué le parece? ¿Tiene hijos?

—Tuve uno. Murió en el frente, en la batalla del Ebro.

—¿Qué hubiera pensado si su propio hijo se hubiese ido a pelear con el otro bando, por mucho que en aquellos días Marcelino fingiera ser leal a la República?

—Supongo que me habría partido el corazón.

—Pues ya está. —Hizo un ademán categórico—. Mi nieto y su padre eran mundos opuestos. No sólo es que Indalecio luchara por la República, es que creía en ello y odiaba el fascismo. Lo odiaba hasta el punto de convertirse en...

—¿Un fanático?

—Sí, posiblemente —convino ella—. Primero fue un soñador, idealista, como todos. Pero una vez en el frente, viendo todo aquello... Cuando le hirieron y regresó, estaba muy cambiado, radicalizado por completo. Me asustó su pérdida de sentimientos.

—¿Fue a ver a su padre estando convaleciente de esas heridas?

—No, no quiso. Se habrían matado el uno al otro. Pero en el entierro...

—Siga, por favor.

—Nunca he visto llorar más a nadie.

—¿Se refiere a Marcelino Martínez?

—Sí.

—¿Y su madre?

—Mi hija sí venía a verle aquí. Sufría mucho. A ella los médicos no la dejaron asistir al sepelio. La sedaron, porque se volvió loca de dolor. Ahí empezó a morir.

—¿Sólo la tuvo a ella?

—Sí. No volví a quedarme embarazada.

—Hábleme un poco más de Indalecio.

—¿Qué quiere que le diga? Era un chico muy especial. Siempre lo fue, desde niño.

—¿En qué sentido?

—En todos. Íntegro, honesto, valiente, luchador... La guerra lo puso al límite, ya se lo he comentado antes.

—Sus hermanastros lucharon con Franco.

—¿Quién se lo ha dicho?

—Marcelino Martínez.

—¿Lo ha visto?

—Sí.

No dijo nada. Sólo lo digirió.

—No sé esa parte de la historia —dijo—. Ignoro si creían en la causa o si lucharon con los rebeldes porque les pilló la guerra en el otro lado. —Hizo una pausa—. Le diré una cosa: si Indalecio hubiera estado en ese otro lado, nunca habría luchado contra la República. Antes habría muerto. En eso era visceral, incluso... romántico, no sé si me entiende.

—¿La pelea que tuvo con Ignasi Camprubí fue una muestra de esa visceralidad?

—Ni más ni menos. —Asintió con la cabeza—. Ignasi era

más cerebral, veía las cosas en perspectiva. Él se dio cuenta de que a la República le iba a ser casi imposible ganar la guerra. Eso enfureció a Indalecio. Le sacó de sí. Le llamó cobarde, le dijo que mejor morir en el frente, como creía que lo haría él, que esperar la muerte emboscado en Barcelona a cuenta de su enfermedad cardíaca. Fue muy triste. —Miró al otro lado de la ventana—. La verdad es que en el 38 la cosa ya pintaba muy mal, se empezaba a ver la derrota. De haber sobrevivido habrían vuelto a ser amigos, pero aquel día... Sí, Indalecio llegó a golpearlo, encendido. El resto no supo qué partido tomar.

—¿El resto? ¿Se refiere a los otros amigos?

—Sí, eran seis, aunque en ese momento Lorenzo ya había muerto.

—¿Seis?

—Salvador, Lorenzo, Jonás, Casimiro, Ignasi e Indalecio.

—Hábleme de ellos.

Hubo una pausa, como si volar hacia atrás y recuperar sus rostros fuese un largo viaje. Volvió a mirar por la ventana y sus ojos se perdieron por entre las tumbas del cementerio del Este.

—Parece usted perseverante. —Suspiró.

—Lo soy.

—¿Tanto como para remover una vieja historia de más de doce años?

—Sí, sobre todo cuando no pude resolverla entonces y hoy persisten las dudas.

—¿Y qué hará si tiene razón, si hay un asesino suelto y lo descubre?

—Todavía no lo sé. —Intentó mostrarse entero, sereno.

Serafina Camps le escrutó con la mirada. Parecía capaz de leerle la mente, saber o intuir que allí había algo más.

No dijo nada.

Simplemente respondió a su última pregunta.

—Eran buenos chicos, buenos compañeros. Vivían en lugares opuestos de Barcelona y procedían de estratos sociales diferentes, pero coincidieron en un equipo de fútbol cuando apenas contaban catorce años. Todos soñaban con llegar a jugar en el Fútbol Club Barcelona. Allí se hicieron amigos, allí se habituaron a pelear juntos. El fútbol era su pasión. Luego, claro, comprendieron que no iban a triunfar y lo fueron dejando, pero no por ello se perdieron el rastro; al contrario, siguieron viéndose, compartiendo la vida y sus sueños. El primero en abandonar fue Ignasi, cuando le descubrieron sus problemas de corazón. Luego aparecieron las chicas, las novias... Lo del fútbol se acabó entre los dieciocho y los veinte años, muy poco antes de que estallara la guerra. Llegaron a superar muchas cosas, porque eso hacen los amigos, como cuando Salvador se enamoró de una chica llamada Herminia y ella prefirió a Ignasi.

—¿Herminia?

—Herminia Salas, sí. Una muchacha muy bonita.

—¿Recuerda los apellidos de los amigos?

—Claro. —Hizo memoria—. Jonás Satrústegui, Lorenzo Peláez, Casimiro Sanjuán, y por supuesto Salvador Marimón, el marido de mi nieta, y ellos dos, Ignasi e Indalecio.

Miquel hizo un esfuerzo por recordarlos todos.

Pero eran demasiados, así que acabó sacándose un papel del bolsillo de la chaqueta y un bolígrafo barato que llevaba encima por costumbre.

Serafina Camps esperó a que terminara.

—Así que Ignasi le quitó la novia a Salvador.

—No, no. Simplemente fue que Salvador se enamoró perdidamente, pero antes de que pasara nada se notó que a ella le gustaba Ignasi, y viceversa. Típico entre grupos de amigos. Indalecio me lo contaba todo. Compartíamos muchos secretos. —Se le dulcificó la mirada—. Narcisa siempre fue diferente, más de su padre.

—Entonces ¿cómo es que Salvador acabó con Narcisa?

—Es lo que suele suceder en estos casos. Salvador se quedó con el corazón roto y allí estaba mi nieta, enamorada en secreto de él. No tuvo más que emplear sus armas de mujer para recoger sus pedazos y conquistarle. Además, Salvador era el más listo de todos. Vio la oportunidad. Marcelino Martínez no era un cualquiera, tenía negocios. Era como resolver el futuro. Gracias a él evitó ir a la guerra. Eso también molestó mucho a Indalecio, le llamó emboscado, aunque para no herir a su hermana prefería callar. Bueno, ¿qué puedo decirle? —Movió la cabeza en un gesto de pesar—. En unos años, ya nada era igual: Indalecio, Ignasi y Lorenzo muertos, Salvador y Narcisa casados. A Jonás y a Casimiro les perdí el rastro. Mi nieto era el punto de contacto con todos ellos. Me querían mucho. Era como una abuela común.

—Si Indalecio y Jonás estaban heridos al mismo tiempo y se recuperaban en Barcelona, ¿es porque combatían juntos?

—Sí. Indalecio, Jonás y Lorenzo, los tres, inseparables. Fueron masacrados en pleno avance. Los nacionales abrieron una brecha en sus filas. Una bomba destrozó a Lorenzo. Indalecio lo vio. Parece que eso le volvió loco y avanzó disparando y gritando. Eso enardeció al resto. Mi nieto mató a muchos soldados y salvó al pelotón aun estando herido en un costado. Llegó a decirme que casi ni sentía el dolor, sólo la rabia. Más tarde encontraron a Jonás también herido. Se salvaron de milagro.

—Se convirtió en un héroe.

—Sí. Por eso le dieron permiso para que se recuperara en casa. Bien que lo aprovecharon los dos, Jonás y él, aunque a fin de cuentas llegó aquí para morir. —Bajó la cabeza al decirlo—. Indalecio se disponía ya a regresar al frente, antes de hora.

Decía que al fascismo había que combatirlo incluso desde la tumba. —Serafina Camps levantó de nuevo la cabeza—. ¿Sabe algo, señor? Fue muy propio de él meterse en esas ruinas nada más caer aquella bomba, tratando de ayudar, rescatar a los posibles supervivientes atrapados entre los cascotes. Me lo arrebataron, sí, pero me sentí orgullosa de él. Aquellos días fueron...

—Sí, lo sé. —Tragó saliva Miquel.

—¿Por qué tenían que bombardearnos?

No tenía respuesta para una pregunta como aquélla.

Guernica, Barcelona...

La guerra.

Sólo eso.

—¿Tenía novia su nieto?

—Sí. —Recuperó un atisbo de sonrisa—. Mariana.

—¿Recuerda el apellido?

—Mariana Molas. Vivía aquí cerca, en la calle Llull, al lado del pasaje de Masoliver. Creo que era el número 144 o 146, no estoy segura.

—¿Eran novios-novios?

—Pensaban casarse al acabar la guerra.

—¿Ha vuelto a verla?

—No, a ella no, pero a su tía Lupe sí, dos o tres veces, la última hace ya tres o cuatro años. Sigue viviendo en la misma casa. Mariana y sus padres se mudaron después de la guerra. Muertos Indalecio e Ignasi, les perdí el rastro a las dos, Mariana, Herminia...

Miquel se quedó callado unos segundos.

Sin preguntas.

Herminia y Mariana, las dos novias, desaparecidas.

Ellas, Jonás, Casimiro...

—¿Cree que su nieta o su marido puedan decirme algo acerca de todo aquello?

—Narcisa está muy ocupada —le dijo con profundo pesar—. Sus hijos, su intensa vida social... Ella le cerró la puerta al pasado. A Salvador le veo poco. ¿Quién soy yo? —Encogió los hombros—. Pertenezco a un tiempo que todos quieren olvidar, fingir que no existió. No soy más que un residuo. ¿Puedo preguntarle algo?

—Claro.

—¿Quién le habló de mí?

—Pere Sellarés, el subinspector que llevó el caso de su nieto.

—Lo recuerdo. Era un hombre apocado, silencioso. Todo lo contrario de su superior. Ya veo que no lo mataron al acabar la guerra. ¿A quién más ha visto?

—De momento, a nadie más. Estoy empezando a hacer preguntas.

No hubo ningún comentario.

Miquel tampoco lo hizo.

—He de irme. —Dio por terminada la conversación—. Le agradezco mucho su ayuda, señora.

—No ha sido nada, pero ahora al menos sé que, si hay una verdad oculta, la encontrará. Usted es diferente.

—No sé si lo soy, pero aquella maldita apendicitis cambió la historia de muchas personas y nunca es tarde para volver la vista atrás y buscar esa verdad.

—Le acompaño a la puerta —dijo Serafina Camps levantándose de su silla.

Una suave e inesperada brisa procedente de las ventanas abiertas movió levemente las hebras de plata de su cabeza.

8

Las últimas palabras de Serafina Camps revolotearon por su cabeza mientras caminaba, ya a pleno sol, en dirección a la calle Llull.

«Pertenezco a un tiempo que todos quieren olvidar, fingir que no existió.»

Eso era lo malo.

Porque, de pronto, la posguerra se hacía eterna. Las preguntas ya no existían, las respuestas se silenciaban, y el pasado se olvidaba por la fuerza de la negación.

¿Cuántos miles de fusilados aguardaban en las cunetas y los montes de toda España, o tras las tapias de los cementerios y las iglesias que habían servido de paredones?

Él ya no estaba allí, pero no había día que no pensara en el Valle de los Caídos, en los que seguían trabajando para que el faraón Franco tuviera un día su gran mausoleo.

¿Lo habrían tenido también Hitler y Mussolini en el caso de haber ganado la Segunda Guerra Mundial?

Se pasó el pañuelo por la frente para secar el sudor.

Ver a aquella mujer le había afectado.

«¿Por qué tenían que bombardearnos?»

Quimeta le hizo la misma pregunta.

Recordaba el día que había muerto Indalecio Martínez, el 17 de marzo de 1938, porque Quimeta fue al refugio y cuando él llegó a casa y la buscó no logró encontrarla. Recordaba aquella zozobra, aquel miedo, la angustia y la soledad de sus pasos, haciendo preguntas, temiendo hallarla muerta en plena calle. Lo recordaba todo. De hecho, fue en aquellas horas cuando notó los primeros síntomas de la maldita apendicitis que le hizo acabar en el Clínico. En ese momento creyó que eran los nervios, la posesión de la locura, porque para los barceloneses aquello pareció el apocalipsis. Tanto pánico, tanto dolor, tantos inocentes muertos. Caían las bombas, una tras otra, indiscriminadamente, y recortadas en el cielo se veían las cruces de los aviones pasando una y otra vez sobre la ciudad. Sí, cruces. Los aviones tenían forma de cruz, como si Dios se cagara en la Tierra.

—Te asustaste. —Reapareció la voz de Quimeta.

—No te encontraba.

—Fue la primera vez que realmente temiste perderme.

—Ya estabas enferma. Pero sí, sí lo fue. Ese día me di cuenta de muchas cosas. De entrada, que iba a perderte igual.

—Lo resististe.

—¿Qué iba a hacer?

—Sigues siendo un resistente. Por eso vas a encontrar a Patro.

Encontrar a Patro.

Tenía un montón de nombres y poco más.

—Siempre has buscado agujas en pajares —le recordó Quimeta.

Caminó un poco más, persiguiendo la menor sombra que le protegiera del sol. No le gustaban los sombreros, siempre le habían dado un calor excesivo, incluso en invierno, pero echaba de menos uno. Empezaba a achicharrarse. Cuando llegó a la calle Llull se orientó hacia el pasaje de Masoliver. Los números 144 y 146 pertenecían a casas bajas, de dos plantas, unifamiliares. Probó en la primera. No había nadie. Lo intentó con la segunda. Apareció una mujer camuflada tras una descolorida bata, que se secaba las manos con un paño húmedo.

—¿La señora Lupe? —preguntó dándose cuenta de que no sabía el apellido, por más que Mariana se llamase Molas.

—Vive ahí al lado, pero a esta hora hace la compra. No creo que tarde. Es de horarios fijos. Como mucho, cinco minutos.

—Muy amable.

Pensó sentarse en el bordillo, pero acabó resistiendo de pie. Apoyó la espalda en la pared y siguió aplastado por el peso de sus pensamientos, muy activos desde la desaparición de Patro. La cabeza no dejaba de hervirle.

Pasaron los cinco minutos que, según la vecina, debía tardar la mujer a la que estaba esperando.

Se impacientó.

Como si cada segundo fuese crucial.

—Tranquilízate o no podrás razonar como es debido —le dijo Quimeta.

Miquel cerró los ojos.

—¿Por qué vuelves a estar en mi cabeza?

—Para evitar que te sientas solo.

—Ah. —Le pareció una razón lógica.

Tanto que ni siquiera se planteó la posibilidad de estar volviéndose loco.

—Llevaba mucho tiempo sin hablar contigo. —Suspiró.

—Tienes miedo.

—Sí.

—Eso te hace vulnerable.

—Si le sucediera algo...

—Eres un buen policía.

—Pero eso me implica. No puedo ser objetivo.

—Entonces intenta olvidarte de que se trata de ella. Siempre fuiste frío.

73

—¿Era frío?

—En el trabajo sí.

—Deberías...

Probablemente estuviese hablando solo, en voz alta, porque la mujer que se le paró delante le miró con cara de desconfianza. Llevaba una bolsa muy pesada sujeta de una mano.

—¿Señora Lupe? —se adelantó él.

—Sí.

—Me llamo Miquel Mascarell. Verá, me ha dado su dirección la señora Camps, Serafina Camps. Estoy buscando a su sobrina Mariana.

—¿Para qué? —No se cortó demasiado.

—Me han pedido que investigue de nuevo la muerte de Indalecio Martínez. Hace doce años hubo demasiada precipitación, quedaron lagunas...

—¿Es usted policía?

—Sí —mintió, sabiendo que era lo mejor para acelerar el tema.

—¿Y para qué quiere hablar con Mariana?

—Era la novia de Indalecio, ¿no?

—Ya, pero...

—Por favor. No la molestaré demasiado. Sólo unas preguntas.

—Mi sobrina está casada, y espera un hijo. —Pareció advertirle—. No sé si hablar de aquello le hará bien. Le costó mucho superarlo.

—Entonces no se preocupe: hablaré con ella a solas. Entienda que debo interrogar a todos los que estaban cerca de él durante esos días.

La bolsa le pesaba, hacía calor y la estaba entreteniendo. Se rindió por pura inercia, como se rendían todos ante la policía.

74

—Calle Menéndez y Pelayo número 116, tercero primera. A esta hora la encuentra en su casa seguro.

—Ha sido usted muy amable. ¿Quiere que la ayude?

—No es necesario, gracias. Sea cauto con ella, ¿quiere? Está teniendo un embarazo muy duro.

Eso fue todo. Una entró en su casa y el otro echó a andar por la misma calle Llull, en dirección al centro. Al pasar por delante de un bar y oler a calamares, el estómago le mandó un primer rugido de aviso. Pero no tenía hambre, ni ganas de pararse a comer. Lo peor sería la noche. ¿Cómo dormir, solo, perdido en el silencio del piso, sabiendo que Patro estaba en peligro? Y si no dormía, si no descansaba, sería peor. Al día siguiente las ideas se le moverían sobre tierras pantanosas, incapaces de darle respuestas.

Bueno, igualmente debería ir a por dinero para los malditos taxis.

Buscó uno. Siguió caminando. Empezó a desesperarse hasta que, por fin, emergió una lucecita a lo lejos. Se plantó casi en medio de la calzada para detenerlo y se coló dentro de cabeza. Le dio las señas de Mariana Molas.

El taxista apenas rodó unos metros antes de que le preguntara:

—¿Usted cree que le darán la licencia a Kubala?

Kubala. Todo el mundo hablaba de él.

El Mesías prometido para que el Barcelona reinase una década.

—Pues no sé —balbuceó pillado a contrapié.

—Ya verá cómo nos pondrán toda clase de pegas. ¡El caso es que no empiece la liga! —El taxista se envalentonó—. ¡Menudos son allá! ¡Saben que con ese fenómeno nadie nos parará! ¡Una merienda de negros, oiga, que todo el mundo dice que marca los goles a patadas, y nunca mejor dicho! ¡Yo estoy ya esperando que comience la temporada, aunque sólo sea para verle en algún amistoso, que es lo que harán para que no pierda la forma: prepararle *costellades*! ¡Usted también irá a verle, seguro!

—No, yo no.

—¿Cómo que no? ¡Se le va a caer la baba! ¡Dicen que corre, que dribla con un arte, y que le pega a la pelota con unos efectos...! ¡Estratosférico, oiga! ¡Y encima es guapo, se las va a llevar de calle!

—A mí es que no me gusta el fútbol —se atrevió a decir.

El taxista volvió la cabeza para mirarle.

Alucinado.

Casi se empotró contra un camión al que le dio por pararse para cargar o descargar algo.

—¿Ah, no? —preguntó como si aquello fuese, sencillamente, imposible.

9

Le abrió la puerta ella, Mariana Molas. Su tía tenía razón: estaba muy embarazada. Quizá allí dentro llevase mellizos, o trillizos. Era una enorme barriga próxima a los nueve meses, un gran balón hinchado a punto de reventar. Y, desde luego, las huellas del largo proceso se le notaban con exageración. Ojos cansados, bolsas, la piel muy blanca, una desmejora general, las piernas hinchadas, con las pantorrillas convertidas en gruesos cilindros...

—Lamento importunarla, señora. —Fue directo al grano para evitar perder el tiempo innecesariamente y le dijo lo mismo que a su tía, sabiendo que se trataba de un riesgo mínimo—: Soy inspector de policía y necesito hacerle unas preguntas.

En su estado, no iría a ninguna comisaría a comprobar nada.

Ella tampoco le exigió una credencial, ni sospechó que, por edad, pudiera estar más que jubilado.

—¿Sucede algo malo? —Se llevó una mano al pecho.

—No, pura rutina, pero le robaré unos minutos. ¿Puedo pasar? No quiero hablar aquí, con usted soportando esto. —Señaló su abdomen.

—Claro, sí... pase... —Se mostró tan insegura como nerviosa.

Miquel intentó calmarla.

—¿De cuánto está?

—Cumplo en dos semanas, ya ve.

—¿El primero?

—Sí, sí.

—Será una bendición, ya verá. Lo malo se olvida enseguida.

—Eso espero.

La casa era agradable, sencilla pero al día, con detalles modernos. Incluso parecía nueva. La siguió hasta un comedor con las habituales dos butacas, aunque Mariana prefirió sentarse en una silla. Miquel se dejó la chaqueta puesta, como habría hecho en el caso de haber seguido siendo policía. También ahora le dijo lo mismo que había dicho a su tía, palabra por palabra.

—Me han pedido que investigue de nuevo la muerte de Indalecio Martínez. Hace doce años hubo demasiada precipitación, quedaron lagunas...

Mariana tendría unos treinta y tres o treinta y cuatro años. Ya era una mujer, pero costaba poco imaginarla con doce años menos. Bajo los estragos que la maternidad le estaba causando, se adivinaba la serena sobriedad de una belleza carente de alardes, plácida. Posiblemente el perfecto remanso para el agitado Indalecio, como el cálido guante capaz de contener la fiera mano. Su tía había dicho que le costó mucho superar el golpe.

· Eso implicaba amor.

Mariana Molas había tardado doce años en ser madre.

El anillo de casada que brillaba en su dedo anular daba la impresión de ser muy reciente, dos, tres años a lo sumo.

Una vida nueva.

—¿Está volviendo a investigar aquello? —Abrió los ojos.

—Sí.

—¿Habla en serio?

—La ley no suele jugar, señora.

—Lo sé, es que... —Siguió sin poder creerlo—. Vivimos una pesadilla, primero por la muerte de él, y después por la detención de Ignasi. Fue algo muy triste. Nos marcó. ¿Y después de tantos años aparece usted y me dice que hubo precipitación y quedaron lagunas?

—Lo siento.

—Dios mío... —Contuvo un súbito cambio emocional.

—No pasa nada. Le haré tan sólo unas preguntas.

—Si no es por ellas. Es porque si no fue Ignasi... ¿El culpable ha seguido libre y tal cual todos estos años?

—¿Usted creyó la teoría de que fue él?

—Señor, yo quedé destrozada. Éramos novios. Le quería. Una cosa hubiera sido morir en el frente, pero en casa, y a manos de uno de sus amigos... No pude ni pensar en nada, casi me volví loca. Luego, en unas horas pasamos de la sorpresa por la detención de Ignasi a su muerte al fallarle el corazón.

—Pero ¿admitió lo que dijo la policía?

—Sí, ¿por qué iba a dudar? Después de aquella pelea...

—¿Tan dura fue?

—Mucho. Indalecio se volvió loco, perdió los papeles. Estaba fuera de sí. Le llamó cobarde por haberse escudado en su salud para no ir al frente, y luego derrotista por decir que la guerra estaba perdida. Lo más triste es que Ignasi... ni se defendió. Soportó los gritos, casi llorando, como si le doliera ver la rabia de Indalecio, y luego, cuando recibió el puñetazo...

—¿No reaccionó mal?

—No. Se levantó y se marchó, humillado. Indalecio siguió gritándole, pero él ya ni volvió la cabeza. Fue la última vez que le vi.

—Me han dicho que Indalecio era de carácter fuerte.

—No lo sabe usted bien. —Mostró una leve sonrisa de cariño—. Fuerte, seguro, decidido... Por eso me enamoré de él. ¡Éramos tan diferentes! Durante aquellos días, aquí, en Barcelona, afectado, reponiéndose de las heridas, sin poder combatir con sus compañeros en el frente, lo pasó muy mal. Estaba malhumorado todo el tiempo. No se le podía decir nada. Saltaba a la más mínima. Él no era así, la guerra lo radicalizó hasta un grado superlativo. Le convirtió en otra persona. Hablaba de sacrificio, honor, lealtad. La muerte de Lorenzo también le afectó mucho.

—Me han dicho que Indalecio le vio morir.

—Sí. No se podía quitar esa imagen de la cabeza: su amigo saltando por los aires, reventado. Me dijo que le perseguiría toda la vida. Creo que hasta se sentía responsable.

—¿Por qué?

—No lo sé, o al menos no estoy segura. Indalecio era un líder. Probablemente daba más órdenes él que sus superiores. Lorenzo le obedecía siempre, sin chistar. Pienso que en esa batalla, en la que todos acabaron dispersados, aquella bomba tanto pudo alcanzar a uno como a otro. Era un azar, pero Indalecio no era de los que se resignaban o aceptaban la suerte. Aquello le dio que pensar. Se sentía culpable, seguro. Y luego, encima, se encontró a Jonás herido, como lo estaba él. —Dejó de hablar unos segundos, emocionada—. Supongo que eso es la guerra, ¿no? Crueldad, locura, muerte...

—Salvo esa pelea con Ignasi Camprubí, ¿sucedió algo más durante esos días?

—No sé si sucedió algo más o no, pero desde luego el día antes de su muerte no era él.

—¿En qué sentido? ¿A qué se refiere?

—Verá, una cosa era estar insoportable, incluso conmigo,

aunque yo me revestí de paciencia. De hecho, secretamente, supongo que como cualquier novia enamorada, agradecía que estuviese herido y conmigo, lejos de la guerra. Pero otra cosa muy distinta fue que, de pelearse con todo el mundo y discutir con cualquiera, pasara a no abrir la boca y dar la impresión de que estaba en un funeral.

—¿Y eso a qué fue debido?

—No lo sé. Indalecio era hablador, se metía en todo, pero ese día apenas abrió la boca. Cara seria, mirada perdida, expresión de dolor, como si le acabasen de arrancar una muela... No sé si me explico.

—¿No se lo preguntó?

—Pues claro. Pero me respondió que no pasaba nada.

—¿Hizo algo fuera de lo común?

—No, nada. Al menos que yo sepa. Sé que se vio con alguno de ellos.

—¿Jonás, Ignasi, Salvador, Casimiro?

—Ignasi seguro que no, y Casimiro estaba embarcado.

—¿Le dijo algo cuando se despidieron ese día?

Mariana Molas bajó la cabeza y se miró las uñas.

—He pensado tantas veces en esa despedida...

—¿Qué pasó?

—Nada, pero fue enigmática. Me dijo que al día siguiente tenía que hacer algo, eso es todo. Y como me lo dijo con aquella cara tan triste y tan larga... Traté de preguntarle, pero me abrazó y me besó muy fuerte, eso fue todo. Un último beso que ha durado muchos años, ¿sabe? —Evitó llorar.

—¿Ha mantenido contacto con ellos, Jonás, Salvador, Casimiro?

—No. Ni siquiera sé si están vivos. Borré esa parte de mi pasado. Mi marido ni siquiera sabe que tuve novio antes de la guerra. Desconoce ese lado de mi vida, y lamentaría que se enterara.

—No se preocupe por ello.

—Eso espero. —Le miró con ansiedad—. ¿Usted perdió a alguien en la guerra?

—Mi esposa y mi hijo.

—Lo lamento. —Pobló su expresión de cenizas—. Y sin embargo ha seguido viviendo, ¿verdad?

—Sí.

—Pues fue lo que tuve que hacer yo, aunque me costó mucho. Muchísimo. Me casé hace tres años y ahora... —Se tocó el abultado vientre—. Sólo quiero vivir en paz.

—¿Era amiga de la novia de Ignasi?

—Sí, claro, aunque no íntimas.

—¿Tampoco sabe nada de ella?

—No, lo siento.

—¿Cómo reaccionó con la detención y la muerte de su novio en comisaría?

—Insistió en que Ignasi no había sido. Dijo que era imposible. Se enfrentó a todos, llorando, furiosa, aferrada a su convencimiento. Pero como ya había revolucionado al grupo cuando apareció en escena...

—¿En qué sentido lo revolucionó?

—Herminia era preciosa, un ángel. Bastaba con verla para enamorarse de ella. Imagen, voz, carácter... Los chicos caían como moscas. Primero fue Salvador el que perdió la cabeza. Indalecio y yo ya éramos novios y él fue el que me dijo que Herminia iba a traer problemas. Después creo que también Lorenzo y Casimiro lo intentaron, o al menos quedaron atrapados por su encanto. A ellos no se les notó demasiado, pero a Salvador sí. Todo se acabó cuando Herminia escogió a Ignasi. Bueno, digo escoger por decir algo. Un día se les vio juntos, cogidos de la mano, y eso fue todo. A partir de ahí... Con la guerra los más felices fueron ellos, porque podían disfrutar de su noviazgo. Lo único que puedo decir ahora de

Herminia es que su dulzura a veces empalagaba. Una vez muerto Ignasi, desapareció.

—¿Salvador no lo intentó de nuevo?

—No. Ya era novio de Narcisa. Como él tampoco fue a la guerra, lo aprovecharon. El manto del señor Martínez era muy amplio.

—Hábleme de los amigos.

—¿Qué quiere que le diga?

—¿Cómo eran?

—Salvador, un arribista. Se aprovechó lo que pudo de su noviazgo con Narcisa. Tenía dos caras, y lo bueno es que engañaba a unos y a otros. Listo, manipulador, con encanto y dispuesto a inclinarse del lado que mejor le conviniera. Muerto Indalecio, al señor Martínez sólo le quedó él, que por algo se casó con su hija. —Ladeó la cabeza al seguir recordando—. Jonás era muy distinto, callado, reservado, el menos hablador del grupo. Seguía a Indalecio fielmente. Le respetaba como líder natural. Lorenzo, en cambio, tenía más parecido con Indalecio. Mismos ideales, carácter, fuerza, aunque también pisaba por donde lo hacía él. Por último estaba Casimiro, el más bruto. Todo corazón, pero un pedazo de bestia. En el equipo jugaba de defensa central, y era de los que podían dejar pasar la pelota, pero el rival no. Más de una pierna había roto y solían expulsarle a menudo. Sin embargo, era noble. Acabó dejando el fútbol por el boxeo. De la misma forma que Lorenzo y Jonás eran fieles de Indalecio, Casimiro se hizo más amigo de Ignasi. Los dos se entendían muy bien. Yo... —llenó los pulmones de aire— no sé qué habría sido de nosotros si no hubiesen muerto los tres, a pesar de perder la guerra. Simplemente nos arrebataron los sueños además de la vida.

Sueños.

Mariana Molas había tardado años en recuperarlos.

¿Bastaban un marido y un hijo para mantenerlos?

Pensó en Patro y comprendió que sí.

—Ha sido muy amable concediéndome su tiempo —le agradeció, dando por terminada la entrevista.

—¿Cree de verdad que, si no lo hizo Ignasi, podrá descubrir la verdad tantos años después? —le preguntó ella con un deje de ansiedad en la voz.

10

El férreo sol de la mañana había dado paso al plomizo sol de la tarde. Menos fuego pero más bochorno. El asfalto parecía una sartén en la que pudieran freírse un par de buenos huevos. Daba la impresión de que, si uno se quedaba quieto en mitad de la calzada, poco a poco sería engullido por ella.

Eso si no se derretía antes.

Seguía sin hambre, aunque no por ello el estómago dejó de mandarle un nuevo mensaje. El taxista le miró por el espejo retrovisor, pero al encontrarse con sus ojos serios se quedó sin decir nada, y menos hacer un chiste.

En casa de Narcisa le abrió la puerta la misma criada que unas horas antes. Nada más verle le sonrió como si se sintiera feliz por darle buenas noticias.

—La señora ya está en casa y le espera.

Lo de que le esperaba le chocó un tanto.

Aunque no tardó en comprenderlo.

—Mi padre me ha llamado para decirme que vendría usted a verme —fue lo primero que le dijo Narcisa Martínez al aparecer en la salita donde la criada lo había dejado.

Era una mujer con clase. Se le notaba. Y no sólo en la forma de vestir o de hablar. Destilaba la tangible pátina de los que viven en un mundo de élite, privilegiados, con un entorno seguro y la vida resuelta. Lo mismo que Mariana Molas, rondaría los treinta y pocos años. Si Indalecio era el hermano mayor, ella tal vez incluso había sido la pequeña del grupo, la que aprendía de los demás, la que esperaba su momento, la que callaba y no desaprovechaba la oportunidad.

Como pillar al chico que le gustaba, aunque este saliera despechado de una relación anterior, que en su caso ni había existido.

Herminia parecía haber sido el sueño de todos.

Menos de Indalecio.

—Gracias por recibirme, sé que está ocupada. —Correspondió al sincero apretón de manos de la dueña de la casa antes de que los dos se sentaran uno frente al otro.

—No se preocupe. Mi partida de bridge es dentro de una hora. —Fue franca—. La verdad es que estoy desconcertada. Mi padre también lo parecía.

—¿No me ha tomado por loco?

—Ni mucho menos, señor...

—Mascarell. Miquel Mascarell.

—Pues ni mucho menos, señor Mascarell. Lo que pasó hace doce años nos marcó a todos. Fue muy duro. Que la policía lo resolviera tan rápido no significa que no pudieran quedar dudas. Ignasi no confesó. Decidimos creer lo que nos dijeron y punto. Si usted desconfía, ¿por qué no íbamos a darle un margen de confianza para que investigara, aunque sea ahora? La sola idea de que a Indalecio lo matara otra persona y que ese asesino siga libre me resulta... repugnante. —Se estremeció—. Sin embargo, usted ya no es policía, ¿verdad?

—No, no lo soy.

—Entonces ¿por qué hace esto?

—Como le he dicho a su padre, llámelo ética. Si yo hubiera investigado el caso, no me habría precipitado como lo hizo el inspector Miranda. Las presiones no me habrían hecho mella.

—El que hizo más presión fue mi propio padre.

—Lo sé.

Narcisa se recostó en la silla. Tenía la pierna derecha cabalgando sobre la izquierda. Calzaba zapatos de tacón y lucía no sólo un collar de perlas, sino pendientes y anillos de oro. Vestía con la dignidad de una gran dama y hablaba con el aplomo que su posición le permitía.

Los ricos siempre hablaban con ese aplomo.

—Si no tuviera dudas más o menos razonables, no estaría aquí, ¿verdad? —preguntó despacio.

—He hablado ya con algunos de los implicados, y todos afirman que Ignasi Camprubí no pudo hacerlo, por más que se peleara con su hermano y él le golpeara y le llamara cobarde. Dicen que era incapaz de matar a una mosca, y hacerlo a traición, deliberadamente, siguiéndole, aprovechando el caos de ese edificio hundido por las bombas, todavía menos.

—Mucha gente reacciona de manera insospechada ante la adversidad —afirmó ella—. Todos tenemos un lado oscuro.

—¿Ignasi también?

Soltó un chorro de aire por las fosas nasales.

—No lo sé —admitió—. Aquellos años me parecen ahora muy lejanos. Los veo como en una nebulosa. Ni yo misma me identifico entonces. El tiempo cambia las perspectivas, y encima te haces mayor y lo ves todo de otra forma.

—¿Veía mucho a Indalecio?

—No. Vivía con mi abuela. En casa, con papá, todo eran discusiones. Le veía si coincidíamos con los demás. El día de la pelea estábamos juntos porque era mi cumpleaños.

—Pero la pelea la presenciaron sólo usted, Salvador y la novia de Indalecio.

—Sí.

—Me han hablado de lo dura que fue, lo implacable que

se mostró Indalecio con su amigo, los gritos, los insultos, hasta llegar a la agresión. Y encima Ignasi no se defendió.

—Ignasi Camprubí aborrecía la violencia.

—Así que también usted dudó de la versión policial.

—Aborrecer la violencia no significa que un día no puedas estallar. Ignasi quería mucho a mi hermano. Bueno, nos quería a todos. Era el más romántico, el único que leía poesía. Que le dijera todo aquello, sólo por manifestarle lo que pensaba de la guerra, y que Indalecio le acusara de cobardía por escudarse en su enfermedad, le hizo daño. Le afectó mucho.

—¿Se habían peleado antes alguna vez?

—No. Todo vino a raíz del comentario de Ignasi acerca de que la República no iba a ganar la guerra. Mi hermano, que además estaba un poco achispado, perdió los papeles y se volvió loco. Entiéndalo: había visto morir a Lorenzo Peláez, y tanto él como Jonás habían resultado heridos. Si la guerra estaba perdida, ¿para qué iba a volver al frente? En ese momento yo lo comprendí. Ignasi no tenía que haber dicho aquello. Pero fue muy desagradable. Todos supimos que algo se había roto en ese momento entre nosotros.

—Y cuando la policía les interrogó, contaron esto, claro.

—¿Qué íbamos a hacer?

—Salvador tampoco fue a la guerra. ¿No molestó eso a Indalecio?

—Sí, pero me veía tan feliz que supongo que se calló lo que pensaba. Cargaba con tanta rabia... Era como si estuviese en guerra con el mundo entero. Lo único que hizo Salvador entonces fue hacer caso a mi padre. Por eso está vivo ahora y forma parte de esta sociedad. Morir por nada es estúpido. Mejor vivir por algo, ¿no cree?

—¿Puedo preguntarle una cosa indiscreta?

—Me temo que lo hará igual. —Sonrió con descaro y cambió la posición de las piernas. Sus cuidadas manos caían indolentes a un lado de su regazo.

—No, si no me autoriza.

—Adelante —lo invitó.

—El hecho de que su marido se enamorara primero de la que luego fue novia de Ignasi Camprubí...

—No me haga reír. —Lo detuvo con expresión de suficiencia—. Esa niña les volvió un poco tontos a todos, no sólo a Salvador. Carita de ángel, delicada, buena estudiante, dulce... Por Dios, señor, eran jóvenes, impresionables, y hombres. Sobre todo hombres. —Subió la comisura del labio—. Ignasi y Herminia eran tal para cual, dos soñadores ilusos. Salvador fue el primero en darse cuenta de ello, puedo asegurárselo. Él y yo nos enamoramos poco después. El que más lo sufrió puede que fuera Lorenzo, aunque en silencio. Por último estaba Casimiro. Si Herminia era una princesa, él era el ogro capaz de defenderla, cuidarla y enfrentarse a quien fuera por ella. Sabía que no tenía la menor oportunidad, pero no le importó nunca. Puso a Herminia en un pedestal. Hay personas que prefieren cerrar la boca y conservar a alguien antes que arriesgarse a perderlo.

—¿Sabe dónde puedo encontrarles?

—¿Al resto del grupo? —inquirió con sorpresa.

—Jonás, Herminia y Casimiro, sí.

—No, ni idea. Después de la muerte de mi hermano nos separamos, y a los nueve meses acabó la guerra aquí. No he vuelto a verles. Me casé con Salvador y pasamos página. La verdad es que no sé cómo logrará dar con ellos. Mire. —Señaló algo a la espalda de Miquel—. Así éramos entonces, ¿qué le parece?

Miquel volvió la cabeza y vio el retrato.

La mujer que tenía delante, diez años más joven, en el día de su boda con Salvador Marimón.

Antes de que Miquel pudiera decir algo agradable, se abrió la puerta de la salita y por ella entraron dos niños. El mayor tendría unos ocho años y el pequeño seis. No se cortaron nada con su presencia. Abordaron a su madre discutiendo entre sí, atropellándose al hablar.

—¡Eh, eh! —les calmó ella—. ¿No veis que estoy con una visita? Sea lo que sea, tendréis que esperar a que se vaya, ¿de acuerdo?

—¿Y cuándo se irá? —dijo el más pequeño mirando a Miquel con reprobación.

—¡Juanjo! —le riñó su madre.

Por la puerta apareció la atribulada criada con aspecto de gata a la que se le acababan de escapar los ratones.

—¡Ay, señora, perdone!

—No importa, Lina. —Y dirigiéndose a sus hijos les habló con ternura materna—: Venga, sed buenos, que no tardo.

Lina se los llevó refunfuñando.

Si las miradas matasen, Miquel supo que ya estaría muerto por la del pequeño Juanjo. Narcisa Martínez, señora de Marimón, esperó a que se cerrara la puerta.

—Lo siento —dijo—. Hemos estado unos días fuera y, de pronto, es como si la casa se les cayera encima.

Unos días fuera.

Sin saber muy bien por qué, Miquel pensó en su fallido día de playa con Patro.

—No tardo mucho. —Intentó acelerar el proceso de sus preguntas—. Antes ha dicho que Herminia estudiaba. ¿Recuerda qué?

—Enfermería.

—La novia... bueno, la ex novia de Indalecio me ha dicho que el día antes de su muerte él estaba serio, preocupado por algo.

—¿Ha encontrado a Mariana?

—Sí.

—¿Y cómo está?

—Embarazada de casi nueve meses.

Sonrió.

—Me alegro. —Movió la cabeza de arriba abajo—. Con lo enamorada que estaba de él... ¿Qué me preguntaba?

—Le comentaba que, según ella, Indalecio estaba muy serio el día antes de su muerte. Y más que serio, preocupado, taciturno, como si le pasase algo.

—No vi a mi hermano ese día. No puedo decirle nada al respecto. Quizá fuera por la pelea con Ignasi, porque se sintiera culpable, porque todavía no le dejaran regresar al frente... Vaya usted a saber.

Miquel se quedó unos segundos en suspenso.

¿Más preguntas? Marearía la perdiz sin dar con nada nuevo, de eso estaba seguro.

Como Narcisa acababa de decirle, «habían pasado página».

¿Quién quería volver a los días de la guerra?

—Creo que eso es todo, señora. Ha sido muy amable, se lo aseguro.

—Era mi hermano, señor. Si hay algo de verdad en esas dudas, me gustaría saber adónde conduce su investigación. En eso estoy de acuerdo con mi padre. ¿Va a ir a ver a mi marido?

—Sí.

—Creo que podrá encontrarle ahora en su despacho. Acabo de hablar con él por teléfono. Mi padre también le ha llamado para decirle lo que usted estaba haciendo. Le recibirá, sin duda.

—Gracias. —Fue el primero en levantarse.

Narcisa le secundó.

Los dos se detuvieron en la puerta de la salita.

—Pase lo que pase —reflexionó ella—, esto va a despertar viejos fantasmas.

—Lo imagino.

—Mi padre se sintió culpable por el distanciamiento de Indalecio, por perder su amor y su respeto. Cuando nos dijeron que le habían matado... Se volvió loco. Por eso presionó lo indecible para que se hallara al culpable.

—Demasiadas prisas nunca son buenas en un caso de asesinato.

—En aquellos momentos nada de lo que pudieran decirle habría bastado. La guerra, la situación de España, sus dos hijos mayores muertos, y de pronto algo como eso... —Hizo una pausa—. Cuando me ha llamado me ha dicho algo que me ha dejado muy preocupada: «¿Y si me equivoqué? ¿Y si nos equivocamos todos?». Después de tantos años, para él esto es muy duro.

—Me ha parecido un hombre sereno, muy entero.

—Es mayor. Finge bien. Por dentro es una roca, aunque porosa. Mientras usted no se ponga de nuevo en contacto con él para decirle algo, le estará dando vueltas a la cabeza.

—Si fue Ignasi después de todo, no pasa nada. Si fue otro, se hará justicia y entonces lo agradecerá.

—Pero usted no podrá detenerle.

—No.

—¿Qué hará?

—No lo sé.

—Dígaselo a mi padre. Él sabrá qué hacer.

Miquel puso una mano en el pomo de la puerta de la salita. Sólo eso.

—Es lo mismo que me ha dicho su padre —le confió a Narcisa antes de abrirla.

11

Por segunda vez a lo largo del día, hizo a pie el breve trayecto que separaba la calle Caspe de la calle Trafalgar. Como solía sucederle siempre que investigaba algo, los nombres empezaban a amontonarse en su lista de candidatos. Tres amigos supervivientes, Salvador, Jonás y Casimiro, dos de ellos en paradero desconocido. Dos ex novias, Herminia y Mariana, la primera también inencontrable de momento. Una hermana del muerto, Narcisa. Y por encima, el todopoderoso Marcelino Martínez y, tal vez, los padres de Ignasi Camprubí.

Todo ello sin pistas, sin archivos policiales, sin una autopsia ni el menor testigo.

La primera persona que había visto el cadáver entre las ruinas del edificio, la única que tenía las primeras claves de lo sucedido, era un tranviario sin nombre.

Mientras hacía preguntas, se olvidaba de todo; se concentraba en el trabajo, era tan metódico y ordenado como siempre. Cuando caminaba o iba en taxi, sin embargo, aparecía Patro.

El silencio estaba lleno de dolor.

Y lo más terrible era que, a buen seguro, confiaba en él.

Como siempre.

El único hombre de su vida que no le había hecho daño.

—¿Cómo volveréis a poneros en contacto conmigo, hijos de puta? —se preguntó a sí mismo en voz alta.

Unos «hijos de puta» que buscaban una verdad.

Un asesino.

Si es que Ignasi no lo había hecho.

—Sí, lo sois, por hacer daño a una inocente —se repitió.

Llegó al despacho de Martínez e Hijos empapado, pese a su paso cansino y la búsqueda de todas las sombras posibles. Se secó el sudor y se puso la chaqueta antes de entrar en las oficinas. El mismo hombre joven y atildado de la mañana le recibió con la misma correcta y feliz sonrisa de la mañana. Esta vez no tuvo que preguntarle nada.

—El señor Marimón ha llegado hará cosa de veinte minutos y ahora está en una reunión —le informó—. Puede que tarde en salir, pero me ha dicho que, si venía usted, le esperase, por favor.

—¿Y si tengo prisa y es algo urgente?

El hombre no supo qué decir.

No estaba para opciones alternativas.

—Por lo menos avísele. Dígale que estoy aquí —le apremió Miquel.

El recepcionista dio media vuelta y lo dejó solo.

Cuando regresó, después de hablar presumiblemente con la secretaria de Salvador Marimón y que ésta le interrumpiera en la reunión, se alegró de decirle:

—Treinta minutos. No más. Si quiere sentarse...

Miquel se sentó.

Aunque no estuvo más de dos minutos quieto.

De pronto tuvo una idea para encontrar a Herminia Salas.

Se levantó. Fue hacia el mostrador y se acodó en él.

—¿Puedo hacer una llamada telefónica?

—Sí, por supuesto. —El recepcionista tomó uno de los dos teléfonos que tenía encima de su mesa y lo colocó sobre el mostrador—. No tiene que hacer nada, sólo esperar el tono y marcar.

—También necesito un listín.

—¿El de calles o el alfabético?

—El alfabético.

—Bien.

El listín emergió de un cajón del escritorio oculto por la recepción y fue a parar al lado del solemne y negro aparato telefónico.

Miquel buscó el apellido: Recasens. Cuando lo localizó siguió el listado de todos ellos hasta dar con su objetivo. Memorizó el número y descolgó el auricular. Luego discó las seis cifras.

Al otro lado le respondió una voz femenina.

—Consultorio del doctor Recasens, ¿dígame?

—Buenas tardes —puso voz de inspector de policía—. ¿Podría pasarme con Víctor, por favor?

Emplear el nombre de pila del médico siempre indicaba una familiaridad, y más en horas de visita.

—En este momento... —intentó frenar sus aspiraciones la mujer.

—Dígale que soy Miquel Mascarell. Sólo eso —acentuó el énfasis.

Como Recasens le dijera que llamase más tarde, su autoridad se iría al garete.

Y tampoco es que fuesen íntimos, aunque solían hablar bastante cuando iban a verle, Patro o él.

Su autoridad, finalmente, se fue al garete.

—Señor Mascarell, lo siento. Dice el doctor que, por favor, le llame en una hora. Le es imposible ponerse en este momento.

Arrió velas, batido por la realidad.

—¿Una hora? —gruñó—. Lo intentaré, gracias.

—Dígale a su señora que ya tenemos los resultados de la prueba —dijo entonces la mujer del teléfono—. Si quiere pasar esta tarde o mañana por la mañana...

—¿Prueba? —se oyó decir a sí mismo.

—Sí, señor.

Estuvo a punto de preguntarle de qué diablos le hablaba y a qué prueba se refería, pero eso habría demostrado dos cosas: que no sabía de qué iba el asunto y que desconocía los manejos de su esposa.

El perfecto marido.

Se contuvo.

—¿A qué hora cierran? —le preguntó.

—Depende de las consultas y de lo que se alargue el doctor Recasens, pero en teoría a las ocho.

—Muy amable.

—No hay de qué.

Colgó el auricular.

—¿Todo bien? —quiso saber el empleado al ver su cara de pasmo.

—Sí, sí. Gracias.

Volvió a su silla, al otro lado de la recepción, y se sentó con la cabeza llena de pájaros y voces.

¿Prueba?

¿Patro?

¿De qué?

Desde luego no le había dicho nada.

¿Por qué?

Cuando él iba al médico, ella siempre se empeñaba en acompañarle. No le dejaba ir solo. Temía que, si un día le diagnosticaban algo malo, él se lo ocultara.

¿Y ahora era ella la que se lo ocultaba a él?

Se sintió aún más desesperado.

Secuestrada y con una «prueba» esperándola en el consultorio de su médico.

—Me cagüen... —masculló furioso.

Luego apareció el sudor frío.

¿Y si no era más que un análisis de sangre para ver cómo estaba de hierro y esas cosas? Patro había tenido anemia en los años posteriores a la guerra. Por eso estaba tan delgada. Pero no iba a controlarse desde hacía...

Decía que «su hierro» era él.

—Ay, señor... —bufó.

El sudor frío le hizo tiritar.

Los minutos siguientes acabaron siendo un infierno lleno de malos augurios, en los que pasó por todos los peores estados de ánimo.

No sólo no veía el vaso medio lleno, sino que ni siquiera veía el vaso.

Y no fue una espera de media hora, como le habían prometido.

A los treinta y cinco minutos cruzó la recepción un hombre enorme, como un armario, cabello cortado a cepillo y cara de pocos amigos. Atravesó el aire igual que si se tratase del Mar Rojo y, tras echarle una distraída mirada digna de un elefante a una pulga, se marchó de allí con todo su aplomo.

Era la visita con la que estaba reunido Salvador Marimón, porque casi de inmediato la secretaria del marido de Narcisa Martínez se materializó ante él con una enorme sonrisa y lo invitó a seguirla.

—Ya puede recibirle, caballero.

12

De joven, Salvador Marimón habría sido como todos, como Ignasi, Indalecio, Jonás, Casimiro o Lorenzo. De joven. Ahora era un hombre, un empresario. También un triunfador. Atractivo, trajeado, elegante, con la personalidad derivada del éxito y el buen gusto que compraba el dinero, se notaba en su alta figura la serenidad de ánimo de un hombre fajado en las negociaciones y los despachos. Poseía carisma y eso no dejaba de representar la quintaesencia de su ascensión en la vida. Que Herminia Salas le rechazara y prefiriera a Ignasi Camprubí le habría sentado fatal en su momento. Pero se había desquitado con creces. Un futuro estable a cambio de un amor de juventud.

Y para Marcelino Martínez, un hijo inesperado, capaz de mantener su espíritu.

—¿Señor...?

—Mascarell. Miquel Mascarell.

—No creo que llegara a conocerle en 1938.

—No, no lo hizo. Enfermé antes de verles a todos ustedes.

—Siéntese. Le esperaba. —Le ofreció una butaquita al otro lado de la mesa de su despacho.

Miquel intentó imaginarlo por un instante jugando al fútbol con sus compañeros. Si Casimiro era el defensa central,

Indalecio tenía que ser el delantero centro, Ignasi el medio de contención y Salvador el portero. De Jonás y Lorenzo todavía sabía poco. Ocupó la butaquita y dejó que su interlocutor hablara primero.

Se aprendía mucho de las personas con detalles así, sobre todo si tenían prisa, si parecían despreocupados, nerviosos, si fingían o querían colaborar.

—Lamento haberle hecho esperar —fueron sus primeras palabras—. En verano, y después de unos días fuera... Los negocios no esperan, ¿sabe? Este mundo es cada vez más salvaje.

—No, soy yo el que le agradece que me reciba con esta premura.

—Bueno, cuando mi suegro me ha llamado para advertirme... Imagínese mi sorpresa. No podía creerlo. ¿De verdad está investigando esto a título personal después de tantos años?

—Sí. —Fue lacónico.

—¿No es increíble?

—Ya conoce la historia. Me vi apartado de aquella investigación por una fatalidad. Acabé en el Clínico operado de apendicitis. Cuando me recuperé, el caso ya estaba más que cerrado; pero conociendo al inspector Miranda como le conocía... siempre me quedó la duda. Era un meritorio. Es un tema que dejó un poso en mí y me ha estado persiguiendo siempre. —De tanto decirlo empezaba a creérselo—. Por eso al salir en libertad hace unos meses seguí dándole vueltas, y tras reencontrarme con el subinspector Sellarés y hablar de ello...

—¿Cree de verdad que la investigación fue precipitada?

—Precipitada, seguro. Se detuvo a un sospechoso, bien. Pero ese sospechoso murió inesperadamente, sin confesar, e insistiendo en que era inocente. Yo, al menos, hubiera seguido investigando, sin dar el caso por cerrado a pesar de las presiones de su suegro.

—¿Y lo hace ahora, que ya no es policía?

—No, no lo soy, pero sigo siendo bueno.

Salvador Marimón plegó los labios. Parecía relajado.

—Sí, mi suegro era una furia. Cuando él se ponía a dar voces... Aún lo es, no crea. Mayor, retirado, pero con un carácter... —Levantó las cejas para reforzar la imagen que estaba dando del padre de su mujer—. Es de esas personas que mantienen el poder hasta el último aliento, aunque ya parezca no ejercerlo. Por eso me ha sorprendido el interés que ha puesto en su visita. Otro, igual se hubiera echado a reír. Él no.

—Eso está claro.

—¿Qué hará si realmente lo hizo otra persona y logra dar con ella? ¿Ir a la policía? ¿Hoy? ¿Cree que la muerte de un soldado republicano, por muy hijo de mi suegro que fuese, va a importarle a alguien?

—Ese soldado era su amigo, y hoy sería su cuñado.

—Indalecio no habría sobrevivido a la guerra. Y en caso de hacerlo, hoy sería un exiliado más. —Movió la cabeza de lado a lado, con pesar—. Pero es cierto, sí. Era mi amigo y el hermano de mi futura mujer. No creo que sea bueno remover viejas heridas, pero si realmente hubo otro asesino y no fue Ignasi, entonces sí, me gustaría saberlo. Aquello fue muy duro para todos.

—¿Sospecharía usted de alguien?

—¿Yo? No.

—Usted fue testigo de la pelea que incriminó a Camprubí.

—Me interrogaron y conté lo sucedido, sí.

—Esa declaración fue la que llevó a su detención.

—La misma que hizo Narcisa y la novia de Indalecio.

—Me han dicho que fue muy desagradable.

—Mucho. —Hizo un gesto de disgusto—. Indalecio per-

dió los papeles. Nunca nos habíamos peleado. Éramos una
piña. Pero regresó del frente herido, lo mismo que Jonás, con
Lorenzo muerto... Ya no era el mismo. Parecía poseído. Se
convirtió en un fanático. Le dijo a Ignasi que merecía ser fusilado. ¿Se imagina? Estoy seguro de que habría sido capaz de
ello. Conmigo también se metía, pero le dolía más lo de Ignasi, porque eran más amigos. Pienso que a mí me despreciaba
por haberme quedado aquí, sin atender a más razones, pero
adoraba a su hermana y no le hubiera hecho daño. Por eso la
pelea con Ignasi fue tan tremenda, tan amarga.

—¿Por qué no se revolvió Camprubí?

—No era su estilo. Y, además, estaba lo de su corazón.
Cuando se levantó y se marchó, mientras sujetábamos a Indalecio, le vi muy abatido, triste.

—Pero no rabioso.

—No.

—Y cuando le detuvieron, ¿qué pensó?

—Que finalmente había encontrado un poco de valor.
Eso pensé.

—¿Valor para matar a su amigo cogiéndole por sorpresa?

Salvador Marimón bajó la cabeza. Por primera vez mostró su desagrado.

Se le quebró la voz.

—La guerra nos cambió —dijo—. Nos hizo crecer de golpe. Al final nos mirábamos sin reconocernos. En el entierro
de Indalecio, Jonás se preguntó dónde estaban aquellos seis
amigos que se abrazaban cuando metíamos un gol. —Miró
a Miquel—. ¿Sabía que nos conocimos jugando en el mismo
equipo?

—Sí.

—Yo era el portero, por ser el más alto. Casimiro el defensa central, Jonás y Lorenzo los dos medios, Indalecio el
delantero centro e Ignasi el interior izquierdo. —Exhibió una

leve sonrisa—. Fueron los días más felices de nuestras vidas.

—¿Usted no puso en duda la versión policial?

—¡Quién iba a pensar que la policía se equivocase, por Dios!

—No somos infalibles.

—Mire, señor Mascarell, el muerto era el hermano de mi novia, el asesino nuestro amigo. Todos aquellos sentimientos encontrados, chocando como bombas silenciosas. Primero Lorenzo, y en apenas tres días Indalecio e Ignasi. De un plumazo. ¿Quién es capaz de no quedar conmocionado ante eso? Y mientras, la guerra seguía. Bastante hacíamos con sobrevivir. Yo tuve suerte. Ya no tenía padre, así que mi suegro lo fue en muchos sentidos. Él supo capear su apoyo a la República sin renunciar a sus ideales.

—¿También eran los suyos?

—Ésa es hoy una pregunta improcedente.

—Perdone.

—Dice que salió en libertad hace unos meses. ¿Dónde estuvo preso, si no le molesta hablar de ello?

—En absoluto. Ocho años y medio en el Valle de los Caídos.

Lo acusó.

La leve crispación en el rostro fue evidente.

—Debió de ser duro.

—Mucho.

—¿Fue condenado a muerte?

—Sí.

—¿Indultado?

—Sí.

—¿No se alegra de estar vivo?

De nuevo pensó en Patro.

—Sí.

—Yo no me sentía soldado, ¿sabe? Era nuestra guerra,

pero no era mi guerra, no sé si me explico. Ni siquiera sé por qué estamos hablando de ello y me hace estas preguntas.

—Porque, si no fue Ignasi, alguien próximo a Indalecio tuvo que matarle. Trato de imaginarme cómo eran todos ustedes, crearme una imagen de aquellos días. No piense que hago preguntas absurdas o carentes de lógica, se lo aseguro. Incluso las más personales tienen un fundamento.

—¿Personales?

—Usted, por ejemplo, estuvo enamorado de Herminia Salas.

—¡Vamos, señor Mascarell! —Soltó una carcajada—. ¡Todos nos enamoramos de ella cuando apareció! Era de esas chicas... especiales, únicas. Las hay hermosas, tipo Rita Hayworth o Ava Gardner. Las hay misteriosas, tipo Veronica Lake. Y las hay inocentes, tiernas, como la propia Herminia. ¿Y en quién se fijó ella? Pues en Ignasi. Era lo más natural. Yo acabé comprendiendo que Narcisa era una mujer, no una niña dulce, y tuve la suerte de ser correspondido. No hay mucho más. Si cree que el amor o los celos tuvieron que ver con lo que sucedió, se equivoca, téngalo por seguro. Y si le da por pensar que yo pude matar a Indalecio para, después, incriminar a Ignasi y así quedarme con Herminia..., creeré que es muy mal policía. A fin de cuentas, todo sería muy rocambolesco, ¿no le parece?

—¿Sospecharía de alguien?

—No, en serio.

—Pero si tuviera que dar un nombre...

—¿De nosotros? Ninguno. Nadie. Si no fue Ignasi, tuvo que ser alguien ajeno, una persona a la que, tal vez, Indalecio había hecho daño. Eso no sería nada extraño, tal y como estaba en esos días. ¿Y por qué no un robo? Alguien lo ve por las ruinas, buscando algún superviviente, y aprovecha la oportunidad.

—¿Llevaba Indalecio la cartera encima?

—Ya no lo recuerdo, si es que en algún momento se comentó ese detalle.

—En el supuesto de que fuera un robo, ¿por qué matarle si ya le había hecho perder el conocimiento?

—Sí, claro. —Suspiró al ver desmontada su teoría del robo.

—¿Ha vuelto a ver a Herminia Salas?

—No. Le perdí el rastro tras la muerte de Ignasi.

—¿Casimiro Sanjuán?

—Lo mismo. Él y Jonás fueron detenidos al acabar la guerra. Como no tenían delitos de sangre y no eran más que soldados, tuvieron suerte. Casimiro hizo el servicio militar de nuevo y así pagó su deuda. Jonás tenía la mano derecha medio paralizada y no sé qué pasó con él, aunque le vi hace unos pocos años. Se presentó aquí, me pidió ayuda. Se la presté, claro. Me dijo que estaba casado y tenía una niña, pero nada más, y yo tampoco pregunté demasiado.

—¿Sabe su dirección?

—No volví a verle. No me devolvió el dinero que le presté. Me dolió, pero... no es que me importara demasiado. En parte lo esperaba.

—También busco al hombre que descubrió el cadáver de Indalecio. Me dijeron que era un tranviario.

—De eso ya ni me acordaba, si es que llegué a enterarme. —Puso cara de extrañeza—. ¿Para qué le interesa hablar con él?

—Los cadáveres hablan, señor Marimón. Saber cómo estaba el cuerpo, la posición, las huellas, los signos que presentaba... Todo ayuda. Yo ni siquiera llegué a ver el informe policial.

—Y todo aquello debió de perderse con el final de la guerra, ¿no?

—Así es.

Llevaban hablando un buen rato, así que a Miquel no le extrañó que, de pronto, su interlocutor le echara un vistazo rápido al reloj.

—Le estoy entreteniendo demasiado. —Se dispuso a irse.

—No, en serio —se excusó Salvador—. Tengo trabajo, sí, pero esto... Bueno, quiero decir su visita... Estoy un poco aturdido, ¿comprende? Es como si de repente se hubiera abierto una puerta cerrada hace mucho tiempo y en la que nadie pensaba.

—No quisiera reabrir heridas.

—Mi suegro lo pasó muy mal. Creo que su visita ha despertado todos aquellos fantasmas. No es un hombre al que le guste equivocarse. Ni perder.

—Gracias por su tiempo, señor Marimón. —Se levantó.

Antes de imitarle, el dueño del despacho pulsó una tecla del interfono.

—Marcos, venga, por favor.

Luego sí, se puso en pie con la mano extendida.

Mientras se la estrechaban, el tal Marcos hizo acto de comparecencia. Era alto, mandíbula cuadrada, cabello muy bien cortado, con la raya a un lado tan marcada como una carretera y un bigote negro esculpido en el labio superior.

—Señor Mascarell. —Salvador Marimón le puso un tono emotivo a su voz—. Estoy aquí para lo que desee. Le diré a mi secretaria que, si llama por teléfono, me lo pase de inmediato, y si viene en persona, que me avise, esté con quien esté. —Abrió un cajón de su mesa y de él extrajo una tarjeta de visita que le entregó a Miquel—. Aquí están mis teléfonos. Si descubre cualquier cosa y podemos servirle de ayuda...

—Es usted muy amable.

Salvador Marimón sonrió.

—Fueron los mejores años de mi vida. —Dejó de ser un hombre de negocios, casado con la hija del dueño, para convertirse en una persona afable y llena de nostalgias—. Aquellos partidos de fútbol, lo unidos que estábamos, lo felices que éramos antes de que la vida nos estallara en las manos.

El gran estallido.

La maldita, maldita, maldita guerra.

Con sus amargos vencedores y sus tristes vencidos.

¿Quién no guardaba los mejores recuerdos de su juventud?

—De nuevo gracias, señor Marimón —se despidió Miquel.

—Marcos, acompañe al señor a la puerta —le ordenó a su empleado—. Luego, vaya a seguir lo que le pedí.

13

Había creído que iba a encontrarse con una clase de hombre, y se encontraba con otra.

Del arribista emboscado que no fue a combatir y se había casado con Narcisa Martínez, al amigo y marido dispuesto a colaborar frente a las dudas planteadas por él.

Miquel se quedó en la acera, pensativo.

¿Sinceridad?

¿Una comedia?

¿La alargada sombra de Marcelino Martínez, interesado por todo lo que le había contado en su visita y preocupado por la posibilidad de que, por sus prisas, el verdadero asesino de su hijo siguiera libre?

Tenía cierta lógica.

De hecho, al gran prohombre no le interesaba la restitución del buen nombre de Ignasi Camprubí. Sólo la venganza.

Como en el 38.

—¿Por qué te mataron? —se preguntó en voz alta.

De sobra sabía que sin un motivo era muy difícil dar con un asesino.

Miró a derecha e izquierda. La tarde declinaba rápido. Ya no hacía tanto calor. Quería ir a casa de los padres de Camprubí, era el camino lógico, pero la charla telefónica con la consulta del doctor Recasens volvió a flotar por las marismas de su cabeza. Ya no se trataba únicamente de dar con Herminia Salas. Ahora lo que más le pesaba era la incertidumbre de saber qué clase de prueba se había hecho Patro.

Se plantó en el bordillo y oteó el horizonte.

Parecía como si, a causa del calor o por lo vacías que estaban las calles, los taxis se escondieran bajo las piedras.

Caminó por Trafalgar en dirección al Arco de Triunfo y el Salón de Víctor Pradera. La consulta del doctor Recasens estaba en esa dirección. Abordó el taxi que necesitaba casi diez minutos después, cuando ya pensaba seriamente en ir a pie.

—Diputación con la esquina del paseo del Emperador Carlos I.

—Marchando, jefe.

—¿Cómo es que hay tan pocos taxis?

—¿Pocos? —se extrañó el hombre—. ¡Si cada vez hay más, que pronto nos vamos a tener que matar por los clientes!

—Ah.

Se arrellanó en el asiento y soportó las disquisiciones del taxista. A fin de cuentas la culpa era suya, por preguntar. A los dueños de las calles bastaba con darles un poco de palique para que se lanzaran.

Por lo menos no le habló de Kubala.

La consulta de Víctor Recasens estaba llena. Lo comprobó nada más entrar, porque la sala de espera tenía las puertas abiertas y al otro lado se veía no menos de media docena de personas. Eso le hizo torcer el gesto. La gente que esperaba visita era muy quisquillosa con los listos que se colaban blandiendo la menor excusa. «Es sólo una pregunta», solían decir. Ya nadie se fiaba de la buena voluntad de los demás. Se mordió el labio inferior y lamentó no llevar una placa. Su placa. Allí le conocían y no podía decir que era policía.

La enfermera de la recepción le miró por encima de sus gafas.

—He de ver al doctor Recasens —dijo Miquel.

—¿Tiene hora? —le replicó ella en un tono que casi sonaba a burla.

—No es para visitarme. Es para preguntarle una cosa.

—Pues tendrá que esperar igual. —Señaló la sala.

—¿Sabe si...?

—No, no sé. Depende.

—Ya.

—¿Su nombre?

—Miquel Mascarell.

—¡Ah! —A la enfermera se le iluminó la cara—. Su esposa es la señora Patro Quintana, ¿verdad?

—La señora Mascarell, sí.

—Tengo aquí el sobre con su prueba. —Alargó la mano para buscar el suyo entre una docena de sobres—. ¿Quiere llevárselo ya?

—Claro. Se lo daré yo mismo. —Trató de parecer inocente.

—Quedamos en que estaría mañana, pero ya ve, han sido rápidos. La habría llamado pero veo que no tienen teléfono.

El sobre pasó de la mano de la mujer a la mano de Miquel.

Estaba cerrado.

—Si puede decirle a Víctor que quiero preguntarle una cosa, sólo eso, y que no será más de un minuto, se lo agradeceré, ¿de acuerdo?

—Se lo diré, sí.

Quería echar a correr y abrir el maldito sobre.

La enfermera, de pronto, le observaba curiosa.

Lo entendió cuando le dijo:

—Tiene usted una mujer muy agradable y simpática.

—Lo sé. Gracias.

Acababa de decirle «¿Cómo es que un viejo como usted está casado con un ángel como ella?».

Entró en la sala de espera. Siete personas. Claro que en realidad se trataba de tres visitas, porque dos eran matrimonios y el tercero lo mismo pero con niño. Se les notaba porque se sentaban formando núcleos separados. Por suerte había una silla, al fondo, sin nadie pegado a ella.

—Buenas tardes —saludó a la concurrencia.

Le respondieron al unísono entre murmullos, se quitó la chaqueta y se sentó en la silla. Desde donde estaba, la enfermera no podía verle, así que miró el sobre con el nombre de Patro pulcramente escrito en la parte frontal y ya no esperó más.

Lo abrió.

A fin de cuentas, ella no estaría en casa cuando regresase.

La imagen le golpeó la razón.

Como si todavía no se hubiera hecho a la idea de su secuestro y de que todo aquello iba en serio.

Lo mismo que al leer la carta por la mañana, tuvo que serenarse un poco para entender de qué iba aquel informe médico.

Porque era un informe.

La exploración coincide con la fecha de la última menstruación, hace dos meses según la paciente. Se nota un útero globuloso discretamente aumentado de tamaño, compatible con una gestación incipiente.

¿Gestación incipiente?

¿Dos meses?

Se le descolgó la mandíbula inferior.

¿Patro estaba... embarazada?

Dejó de respirar.

Reapareció aquel sudor frío, frío, frío.

En diciembre del año anterior, cuando lo de Lenin y el asesinato del *Monuments Man*, la regla se le había retrasado varios días, y ya entonces hablaron de qué sucedería si ella quedaba en estado. Quedó claro que Patro quería ser madre. Y también quedaron claras las dudas de él. Era mayor. Demasiado. ¿Valía la pena tener un hijo o una hija que, tal vez, no vería crecer?

«Vivirás hasta los noventa por lo menos —decía ella—. Y, si me apuras, hasta los cien.»

Sí, Patro era capaz de mantenerlo con vida a base de felicidad.

Volvió a leer el informe.

—¡Ay la hostia! —susurró.

¡Claro que llevaba días rara, con los ojos brillantes, probablemente desde que se le había retirado el período, a la espera de la confirmación del médico! ¡Por la mañana ella lo había negado, pero él lo intuía! ¡Patro desprendía felicidad! ¡Y no se lo había dicho para no crear falsas expectativas, quería estar segura!

Miró al niño. Era de la pareja más joven. Ya ni recordaba cuando Roger había sido así de pequeño. Tendría unos seis o siete años y lo observaba todo con cara de susto.

Principalmente a él, que era el más viejo.

Miquel se guardó el sobre en el bolsillo y fijó los ojos en el suelo.

Diez, veinte segundos.

—¿Señor?

Levantó la cabeza. La mujer sentada delante de él le miraba con cara de preocupación.

—¿Sí?

—¿Se encuentra bien?

—¡Oh, sí! —Parpadeó sorprendido.

—Está usted muy pálido, y hace un momento, al entrar, estaba rojo. Si viene por una urgencia le dejo pasar, ¿eh? Yo no tengo prisa, ¿verdad, Cosme?

Cosme debió de pensar que su mujer era demasiado generosa.

—Estoy bien, señora, gracias —la tranquilizó—. Es que en la calle hace calor y cuando te sientas un ratito...

—Eso es verdad. Y encima, ahora, con esa moda de los aires acondicionados, que vas a según qué cine y te hielas, ya me dirá.

Temió que se pusiera a hablar.

Le salvó la campana.

La enfermera metió la cabeza por la puerta y les llamó precisamente a ellos.

—¡Señores Clos!

Mientras el matrimonio se levantaba y se despedía de los que seguían esperando, los ojos de la enfermera y los de Miquel se encontraron.

—Ya se lo he dicho al doctor Recasens —le informó.

Miquel asintió con la cabeza.

Volvió el silencio a la sala de espera.

Patro embarazada.

Patro embarazada y raptada.

Demencial.

Ahora, si le hacían daño a ella, se lo harían también a su hijo.

Con el susto igual lo perdía, aunque la recuperara sana y salva.

Se pasó una mano por los ojos.

Llevaba un día investigando y todo lo que tenía era un montón de nombres.

Casi ninguna dirección.

¿Por qué no le dejaban en paz?

Desde que había salido del Valle de los Caídos llevaba una racha...

Eterno policía.

El niño se acercó a él.

—¿Cómo te llamas? —le preguntó.

—¡Claudio, no molestes al señor! —le reprendió su madre.

Ni caso.

—Me llamo Miquel.

—No —aseguró el niño muy serio.

—¿No?

—¡Claudio!

—Miquel es mi tío.

—Pues ya ves. Ahora somos dos.

La mujer se levantó para cogerle de la mano.

—No se preocupe, señora —la tranquilizó Miquel.

—Si es que...

—No es más que un niño.

—¡Un hermano le haría falta! —Suspiró ella.

Volvió la calma. La otra pareja, cincuentones ambos, no habían intervenido. La esposa parecía tener un palo incrustado en la espalda, desde el trasero a la nuca, y el marido todo lo contrario, porque su espalda estaba ya muy doblada.

Por suerte, el nuevo silencio y la espera fueron breves.

La visita anterior salió a los diez minutos escasos.

—¿Señor Mascarell? —le llamó la enfermera.

Nadie dijo nada, pero le miraron preguntándose por qué él entraba antes. Miquel les deseó buenas tardes y caminó por detrás de la mujer hasta el despacho de Víctor Recasens. Llevaba dos años siendo su médico y conocía su pasado, quién había sido, dónde había estado. Se estrecharon la mano en mitad del lugar sin que el galeno le invitara a sentarse.

—¿Cómo está, Mascarell?

—Bien, bien, no es una visita de paciente.

—Eso me ha dicho Rosa, que quería preguntarme algo.

—He pensado que podría ayudarme a encontrar a una persona.

—¿Yo?

—¿Hay un registro de enfermeras, un lugar donde estén acreditadas todas las que ejercen, algún archivo en el Colegio de Médicos...?

—No exactamente —le desanimó Recasens antes de volver a darle una esperanza—. Pero, si me da el nombre, puedo buscarla. Tampoco son tantas. ¿Sabe en qué hospital o con qué médico trabaja?

Ni siquiera sabía si Herminia había acabado sus estudios.

—No, es alguien que conocí en la guerra.

—Eso lo hará más difícil —calculó Recasens—. Pero puede probarse igual.

—Se llama Herminia Salas.

—¿Segundo apellido?

—Ni idea.

Víctor Recasens lo anotó en una libreta. Dejó la pluma estilográfica y se dirigió de nuevo a él.

—Llámeme mañana por la mañana, a ver qué tengo. Por lo menos el nombre es original, nada de Carmen, Teresa o los más usuales.

—Perfecto. —Se dispuso a irse.

No pudo.

La noticia parecía ser ya del dominio público.

Claro que, a fin de cuentas, Víctor Recasens había sido el primero en saberlo.

—Felicidades. —Le palmeó el brazo.

—Gracias.

—Les va a cambiar la vida para bien, ya lo verá.

—Lo imagino.

Los ojos del médico eran bondadosos. Pasaba ya de los sesenta, así que le miraba de igual a igual.

—No sabe la suerte que tiene, amigo mío —insistió—. A sus años, es más que una bendición.

Miquel esbozó una sonrisa mecánica.

Lo que más deseaba era echar a correr.

14

Había subido a la consulta de un médico buscando una información y bajaba de ella convertido en futuro padre.

Un abismo.

Ahora ya no era el mismo; las piernas se le doblaban, la cabeza le daba todavía más vueltas, el presente era un tormento y lo que sucediera en los dos días que le quedaban de plazo, algo de lo más incierto.

Buscaba un fantasma.

¿Y si les decía que las pruebas condenaban igualmente a Ignasi? ¿Le creerían?

No, lo dudaba.

«Ellos» querían a «su» culpable.

—No ha cambiado nada —se dijo en voz alta—. Lo del embarazo es otra cosa.

Pero sí había cambiado. Mucho.

Ya no trataba de salvar a una persona. Ahora eran dos.

Los días aún eran largos, no como en primavera, pero el sol había declinado y el anochecer se perfilaba más allá de los edificios, sobrevolando la espalda de Barcelona, la montañosa. A veces, con Patro, se quedaban a ver las puestas de sol sobre la montaña, mientras el crepúsculo rojizo envolvía el Tibidabo.

Llegaba la noche y, con ella, el miedo.

Los padres de Ignasi Camprubí vivían en la calle Mariano Cubí. Si su hijo tenía veintitrés años en 1938, ahora hubiera estado en los treinta y cinco. Por lo tanto, ellos no serían tan mayores como para estar muertos, salvo por alguna fatalidad. La única duda era si seguirían viviendo en el mismo lugar.

Esta vez no tuvo que buscar un taxi. Paró uno a escasos metros de él y una mujer muy ostentosa se apeó del interior. Llevaba un vaporoso vestido, el cabello perfectamente modulado y unos zapatos de tacón. No tenía clase, pero sí prestancia. Mucha prestancia. Iba excesivamente maquillada.

Cuando Miquel se metió en el taxi, fue como si entrara en una perfumería.

—Olorosa la señora, ¿eh? —le dijo el taxista.

—Arranque para que circule el aire, oiga —le pidió—. Mariano Cubí con Santa Petronila.

—Allá vamos. —Pisó el acelerador.

Con las ventanillas bajadas, agradeció la brisa, tanto por el aroma a perfume barato como por el calor. A los pocos instantes ya volvía a estar perdido en sus pensamientos, que le martilleaban la mente de manera inmisericorde. Intentó luchar contra el malestar y la frustración, sin conseguirlo. Ello dio paso a la rabia, y la rabia al sentimiento de pérdida y derrota.

¿Cuándo había llorado por última vez?

Hizo memoria.

—¿Mejor? —le preguntó el taxista.

—Sí, sí.

—Menuda mujer, ¿eh?

—Demasiado.

—El que se la ventile quedará fino. —Soltó una risa.

En julio del 47, al reencontrarse con Patro, también olía bien.

Apretó los puños.

Tanto que, para no quedarse otra vez a solas con sus pensamientos, desesperado, deseando hablar de lo que fuera y apartarse de ellos, le dio por preguntar:

—¿Ha dicho algo la radio de lo de Kubala?

Los siguientes diez minutos, hasta llegar a su destino, se enteró de todo lo concerniente al astro húngaro fichado por el Fútbol Club Barcelona y al que los «poderes fácticos» de Madrid no permitían jugar de momento.

Al parecer, no se hablaba de otra cosa, por lo menos entre los taxistas. Y seguro que, si iba al bar de Ramón, sería machacado debidamente por él, lo quisiera o no.

El Barça se había convertido en el brazo armado de la Cataluña derrotada y silenciosa.

Bajó del taxi y le dio más propina de la habitual al hombre, más que nada como gratitud.

La carbonería seguía allí doce años después, como le había dicho Pere Sellarés. El carbonero, un hombre al que sólo se le veía la parte blanca de los ojos, porque el resto estaba negro de pies a cabeza, cargaba unos sacos de carbón en la entrada. De entre todos los trabajos horribles, Miquel siempre había considerado ése el segundo peor. El primero era, directamente, el de minero.

Los padres de Ignasi, según vio en el buzón del portal, vivían en el segundo piso. La escalera acababa de ser pintada, porque olía tanto o más que la mujer del taxi. Se detuvo en la puerta y tomó aire. Tenía que recuperarse y retomarle el pulso al caso. Si no podía pensar fríamente se le escaparían los detalles, y los detalles eran los que resolvían los problemas, pequeños o grandes, asesinatos o no.

Llamó a la puerta.

Una voz gritó desde el interior:

—¡Ve tú, Anita!

Le abrió una mujer de unos veintisiete o veintiocho años,

como recién llegada de la calle porque todavía llevaba zapatos de tacón, pero en cambio se estaba acabando de poner bien una blusa de estar por casa.

—¿Sí? —Le sonrió.

—¿Los señores Camprubí?

—Son mis padres, ¿qué desea?

Le tocaba repetir sus argumentos para empezar a hablar. Se resignó.

—Me llamo Miquel Mascarell. Hace doce años yo debía investigar la muerte de Indalecio Martínez, pero caí enfermo y del caso se ocupó otro inspector, el que detuvo a su hermano Ignasi. Llevo años creyendo que posiblemente él fuese inocente.

A la joven le cambió la cara.

Tardó en procesar la información.

—¿Me toma el pelo? —inquirió.

—No, ni mucho menos. ¿Puedo pasar, señorita?

Apareció una mujer mayor por detrás de ella. Tenía casi sesenta años. O quizá cincuenta y cinco mal llevados. Se parecía a su hija y su cara reflejaba bondad.

—¿Quién es, Anita? —se interesó.

Miquel abrió la boca, pero la hermana de Ignasi fue más rápida.

—No sé, mamá. Dice que está investigando de nuevo lo que pasó.

No se molestó en dar más detalles. «Lo que pasó» era suficiente. Probablemente no les había sucedido nada peor ni más grave en la vida.

La mujer se lo quedó mirando con los ojos muy abiertos.

Miquel no tuvo más remedio que echar el resto.

—Sé que su hijo no mató a Indalecio Martínez —dijo.

—¡Oh, Señor! —Pareció a punto de desmayarse.

—Pase. —Se rindió Anita tomando el toro por los cuernos.

Entró en el piso y ella cerró la puerta. La madre lo miraba como si fuera un extraterrestre. Fue la primera en acelerarse en dirección al comedor de la vivienda. Para cuando Miquel y Anita llegaron, la dueña de la casa ya le había preparado una silla. Junto a la ventana abierta, un hombre de cuerpo menguante mostraba su leve humanidad hundida en una butaca.

Miquel se dio cuenta de que tenía, como poco, medio cuerpo paralizado. La mueca del lado izquierdo de su cara así lo hacía pensar.

—Manuel, ¡Manuel! —Su esposa se colocó delante para que la viera—. Mira, que dice este señor que sabe que Ignasi no lo hizo. ¿Lo entiendes, Manuel?

El hombre miró al visitante.

Intentó decir algo, pero no pudo.

—Lleva así dos años —le dijo Anita.

—Lo lamento.

—Siéntese, por favor.

Lo hizo, de cara al enfermo, para que pudiera escucharle, o verle o leerle los labios... El rostro de la joven reflejaba cierta dureza. El de la madre, esperanza. Todo muy distinto de su visita a la casa de Marcelino Martínez. A uno le habían matado un hijo. A ellos les habían acusado al suyo.

—¿Cómo sale con eso ahora, después de tantos años? —le increpó Anita.

—Yo tenía que haber investigado aquel suceso, pero sufrí una apendicitis y acabé en el hospital. El inspector que se ocupó del caso se vio sometido a muchas presiones y aceleró un desenlace que la muerte de Ignasi acabó de cerrar. Al terminar la guerra fui detenido y me liberaron hace muy poco. Siempre pensé que no se había hecho justicia. —Mintió como lo venía haciendo todo el día—. Sé que es tarde, pero ustedes merecen saber la verdad si es que estoy en lo cierto. Ya no soy policía, pero llevo un par de días tratando de hablar con todos los que tuvieron relación con Indalecio e Ignasi aquellos días.

—Gracias por su interés, señor. —Se emocionó la mujer.

Anita parecía menos emotiva, más dura.

—¿Y lo hace porque sí?

—Soy mayor. ¿Para qué quedarme en casa mano sobre mano? Uno tiene conciencia, señorita. Si yo no hubiera sufrido esa apendicitis, a lo mejor todo habría sido diferente.

—¿Se siente responsable?

—No. Eso sería demasiado. Llámelo conciencia, ética...

—¿Ha averiguado algo? —preguntó la madre.

—Tengo muchos nombres y ninguna dirección —manifestó—. Aunque sí, he averiguado que Indalecio regresó herido y medio loco, que el día anterior estaba preocupado por algo, y que su hijo era incapaz de matar a una mosca.

—Mi hijo era un pedazo de pan, señor.

—¿Puedo hacerle unas preguntas?

—¡Claro!

—¿Por qué estaba en el centro aquel día?

—Le habían hablado de un trabajo y fue a ver. Pero, cuando el bombardeo, me contó que se metió en un refugio. Allí había tantas personas que nadie reparó en él. Al día siguiente nos enteramos de la muerte de Indalecio y se quedó... ¿Lo recuerdas, Anita?

La joven, que entonces tendría quince o dieciséis años, asintió con la cabeza.

—¿Cuál fue su reacción?

—Se echó a llorar —respondió Anita—. Dijo que lo último que habían hecho fue pelearse. Eso le marcó profundamente. Ni hacer las paces pudieron.

—¿No le guardaba rencor por llamarle cobarde y pegarle?

—¡No! —casi gritó la mujer—. Lo que sentía Ignasi era

disgusto, pesar, mucha pena. ¡Él no era rencoroso! Incluso me dijo que entendía a Indalecio, que había visto morir a su otro amigo, Lorenzo Peláez, y que tanto él como Jonás acababan de ser heridos. ¡Lo defendió!

—La culpa de que detuvieran a Ignasi fue del señor Martínez —dijo Anita—. Ese hombre... se volvió loco. Quería un responsable ya, y la policía se lo dio.

—Ignasi murió solo, en una celda... —Comenzó a llorar la mujer.

—Mamá. —Casi se lo prohibió su hija.

Miquel miró al cabeza de familia. Sus ojos eran un universo ciego y cerrado. Lo oía todo, quizá lo procesase en su maltrecho cerebro, pero el derrame cerebral ya lo había apartado de la vida.

Y tendría más o menos su edad.

Intentó no volver a pensar en Patro, el embarazo o en sí mismo si un día acababa igual.

—¿Usted no salía con el grupo de amigos de Indalecio e Ignasi? —le preguntó a Anita.

—No, eran mayores.

—Pero a ti te gustaba Lorenzo, ¿verdad? —habló con pasmosa serenidad su madre.

La joven la fulminó con la mirada.

—Era una cría —se defendió—. Lorenzo y Jonás eran los más jóvenes de todos ellos. Fue el típico amor platónico de la adolescencia. —Miró de nuevo a Miquel—. Mi amiga Concha sí consiguió que Jonás le hiciera caso. Tenía un año y medio más que yo, y eso se le notaba.

—¿Jonás tuvo novia?

—Entonces, sí.

—¿Sabe dónde vive ahora su amiga?

—Sí, aquí cerca, sigue en la misma casa, en la calle Descartes.

Miquel sacó el papel donde había anotado los nombres de los implicados. Las direcciones empezaban a bailarle en la cabeza. Era como un náufrago dando brazadas en medio del mar. Apuntó el nombre y las señas que le dijo Anita y ya no se guardó el papel ni el bolígrafo.

—¿Y las de ellos, Jonás, Casimiro...?

—Yo me encontré a Jonás hará cosa de un par de años —habló la mujer.

—No me lo dijiste —dijo Anita.

—¿Ah, no? Bueno, fue visto y no visto. —Movió la mano quitándole importancia—. Estaba bien. Me contó que se había casado y tenía una niña. Trabajaba en el Tibidabo, en el parque de atracciones, en la atalaya.

—Yo les perdí el rastro a todos. —Se encogió de hombros Anita—. Lo único que sé es que Salvador se casó con Narcisa, como siempre había querido ella.

—Sé que Casimiro se hizo boxeador.

—Ni idea.

—¿Y a Herminia Salas? ¿Sabe dónde podría encontrarla?

—No —lamentó.

—Una chica estupenda. —Suspiró su madre—. Se habría casado con Ignasi, seguro. Hacían tan buena pareja y estaban tan enamorados...

—Se apartó de nosotros —justificó la joven—. Creo que vernos le recordaba demasiado a él. También les perdimos el rastro a sus padres, Juan y Soledad. Se distanciaron y al cabo de unas semanas ya no sabíamos nada de ellos. Luego nos enteramos de que murieron en uno de los bombardeos del final de la guerra, afortunadamente con las dos chicas fuera. La casa quedó destruida.

—¿Tenían hermanos?

—Casimiro una hermana mucho mayor, Lorenzo y Jonás no, a Salvador se le murió uno de tuberculosis antes de la guerra, Indalecio tenía a Narcisa, Ignasi a mí, y Herminia una hermana dos o tres años menor, Teresa.

Inesperadamente, el estómago de Miquel crujió con severidad.

Anita y su madre le miraron sorprendidas.

—Alguien protesta —intentó bromear él.

—¿Quiere tomar algo? —le ofreció la dueña de la casa.

—No, gracias.

—No es ninguna molestia, después de lo que está haciendo por nosotros...

—En serio, no pasa nada. Pero gracias. Es usted muy amable.

Volvió la calma.

Tampoco tenía muchas más preguntas, sólo los habituales tiros al aire, esperando cazar algo al vuelo.

—¿Llegaron a ver o a conocer al hombre que encontró el cadáver de Indalecio Martínez?

—No —se extrañó por la pregunta Anita.

—Antes de que detuvieran a Ignasi, ¿les comentó algo acerca de si sospechaba de alguien?

—Nada tenía sentido —siguió hablando la joven—. ¿Sospechar? ¿De quién? Indalecio pudo granjearse muchos enemigos por su forma de ser. Hablaba de matar fascistas, de exterminarlos a todos, de que sólo siendo fuertes y estando unidos se ganaría la guerra... Todo aquello llegó a ser una obsesión para él. Eso sí nos lo comentó Ignasi.

Miquel buscó más preguntas por su cabeza.

Pero ya no tenía ninguna que no fuera redundante.

Se guardó el papel y el bolígrafo.

El cabeza de familia seguía mirándole fijamente.

—Les agradezco su ayuda.

—No, nosotros le agradecemos esto, ¿verdad, Anita? —Se emocionó la mujer.

—Sí, mamá —se contuvo su hija.

Miquel ya estaba de pie.

—Si descubro algo, se lo haré saber —les prometió—. Buenas noches, señor.

El señor continuó siendo una estatua.

—Hoy no tiene un día bueno —dijo su esposa en voz baja.

No volvieron a hablar hasta llegar al recibidor. Entonces, con el último apretón de manos, Anita se lo lanzó a la cara, como un dardo.

—Hemos vivido años con ese estigma, con el buen nombre de mi hermano arrastrado por el fango y nosotros convertidos en centro de muchos comentarios y miradas. Demasiados. Ojalá dé con ese... —No acabó la frase.

—Yo también lo espero.

—¿Qué hará si lo encuentra?

—Todavía no lo sé.

—Yo sí. —Fue categórica—. Matarle. Es la única forma que tendríamos hoy de hacer justicia, ¿no cree?

15

El estómago volvió a crujirle al llegar a la calle, posiblemente por el movimiento o porque en el rellano del primer piso olió a comida. Ahora sí se sintió desfallecido, por el día de calor y por el hambre. Ni siquiera había bebido agua para hidratarse.

No era la mejor forma de investigar nada.

Miró el cielo.

La noche caía sobre la perezosa Barcelona estival.

Tenía una dirección más, aunque fuese de un personaje tan aparentemente secundario como el de una ex novia de Jonás Satrústegui. Y sabía en qué lugar trabajaba el propio Jonás.

Pero al Tibidabo sólo podía subir de día.

«Vete a casa o caerás redondo», le susurró una voz.

No era Quimeta, sólo su sexto sentido.

No le hizo caso.

Concha Alba, la ex novia de Jonás Satrústegui, vivía demasiado cerca como para no intentarlo, más allá de que fuese una hora inapropiada para visitas o interrogatorios.

Caminó a buen paso por la calle Aribau, rebasó la Vía Augusta y alcanzó las señas que le acababa de facilitar Anita Camprubí. La vivienda de Concha Alba en la pequeña calle Descartes apareció bañada en oscuridad. Sabía que era un intento desesperado por mantenerse en pie y evitar regresar a casa, pero ahora el estómago acabó por dispararse, emitiendo cavernosos quejidos. También le pesaban las piernas. Demasiado para un solo día.

Aunque peor lo estaría pasando Patro.

Apretó los puños.

La puerta de la calle ya estaba cerrada, y no había rastro de una portera. Levantó la cabeza buscando una luz en la oscuridad de la fachada.

Hizo algo que nunca había hecho.

Golpear la puerta con el puño, en parte víctima de la desesperación.

Y no lo hizo una vez, sino tres.

La ventana más próxima a su cabeza se iluminó, y por ella apareció la cabeza de un hombre.

—¿Se puede saber qué hace? ¿Está loco? ¿Quiere echar la puerta abajo o qué?

Se colocó en el bordillo de la acera para verle bien.

—¡Necesito hablar con la señora Concha Alba! —elevó la voz.

—¿Quién?

—Concha Alba.

—¡Aquí no...! —Se detuvo porque una voz femenina le dijo algo a su espalda. Volvió la cabeza hacia ella y luego se dirigió de nuevo a Miquel—. ¿La señora Muntada, Concha Muntada?

Una mujer casada, con el apellido del marido.

—Sí —aventuró.

—¡Pues a esta hora no están! —dijo el vecino—. ¡Trabajan los dos hasta muy tarde! ¡Tienen uno de esos turnos seminocturnos! ¡Llegan a la una o más!

Lo había intentado.

—¡Gracias, y perdone!

—¡De nada! ¡Pero otra vez no aporree la puerta, hombre!

El vecino desapareció de la ventana y se apagó la luz.

La calle quedó silenciosa.

—¡Cagüen Dios! —rezongó Miquel.

Caminó hasta Vía Augusta para coger un taxi. El último del día. Si no descansaba, si no dormía aunque sólo fueran unas horas, por la mañana no se tendría en pie y luego, con el paso de las horas, sería incapaz de pensar o razonar. Conocía bien su cuerpo. Si de verdad quería ayudar a Patro, necesitaba dormir.

Extraña palabra.

El taxista que le recogió también debía de llevar un día cansado. Se le notaba en la desidia con la que manejaba el volante. Recibió la orden de ir a Valencia con Gerona y no abrió la boca ni para preguntarle si quería hacerlo por Vía Augusta hasta la Diagonal o si prefería por Balmes hasta la misma calle Valencia para luego alcanzar Gerona. La decisión fue suya y a Miquel le dio lo mismo.

Llegaba el momento más temido.

Se apeó en la esquina y miró el edificio.

Allí había empezado todo por la mañana.

De un día de playa a un día de infierno.

Al otro lado de la calle Gerona vio al sereno, que esperaba por si lo necesitaba. Lo saludó con la mano y le mostró su propia llave. El sereno asintió con la cabeza.

Miquel subió al piso temblando.

Abrió la puerta.

Todo aquel silencio, la oscuridad, el peso de la realidad...

La bolsa de la playa seguía donde la había dejado, en el recibidor, al lado de la puerta. Se agachó para cogerla y caminó hasta la cocina con ella. Se entretuvo en sacar las toallas, los bañadores, y también los bocadillos y la fiambrera con la tortilla de patatas. Pasó de ella, pero no de los bocadillos y la fruta. Se sentó en la misma cocina y se obligó a morder y masticar. Era extraño. Se sentía como si tuviese el estómago cerrado. No notaba el hambre, pero el estómago se empeñaba en recordarle que estaba vacío.

Se encontró un poco mejor después de beber tres vasos de agua seguidos.

Pasó por el retrete antes de ir a la habitación. Se le hizo muy duro verla sin Patro. La última vez que habían estado separados y él había dormido solo fue en aquellos días de mayo del 49, cuando ella se fue de visita familiar y a él se le ocurrió meterse en el lío del atentado a Franco. Quince meses después la historia era muy distinta.

Se sentó en la cama.

Maquinalmente extrajo del bolsillo de su chaqueta el dichoso informe médico.

La exploración coincide con la fecha de la última menstruación, hace dos meses según la paciente. Se nota un útero globuloso discretamente aumentado de tamaño, compatible con una gestación incipiente.

Dos meses.

Hizo memoria.

Habían concebido a su hijo o hija en junio.

Tal vez la noche de la verbena de San Juan.

Tal vez antes, el día que se sintió mucho mejor de la herida del hombro y ella quiso celebrarlo.

Siempre quería celebrar cosas.

Miquel abrió la mano derecha y contó en voz alta:

—Septiembre, octubre, noviembre, diciembre, enero, febrero y marzo.

Patro llevaba dos meses de embarazo. Contando siete más, el parto sería en marzo.

Dejó la hoja de papel sobre la mesita de noche y empezó a quitarse la ropa.

Fue al quedarse desnudo, frente al espejo, sintiéndose viejo y cansado, cuando rompió a llorar.

Día 2

Jueves, 24 de agosto de 1950

16

Tuvo un mal despertar.

Violento, sudoroso, fulminante.

Se quedó medio incorporado en la cama, ojos abiertos, húmedo de pies a cabeza, con el corazón a mil y la mente al otro lado del infinito. Lo primero, reaccionar, darse cuenta de dónde estaba. Lo segundo, constatar la realidad, que Patro no estaba a su lado y la pesadilla no sólo era real sino que se mantenía.

Comenzaba el segundo día.

Peor sería el tercero, a contrarreloj, si no solucionaba antes aquel lío.

Y sabía que estaba a años luz de conseguirlo.

No había dado ni un paso.

Volvió a dejarse caer en la cama, boca arriba. Lo primero, serenarse. Dormía a oscuras, así que lo segundo fue echarle un vistazo al reloj.

No era muy tarde, aunque tampoco temprano.

Contó hasta tres y se levantó.

Se quitó el pijama mojado de sudor y caminó desnudo por el piso hasta el lavadero. Cuando lo hacía con Patro cerca, ella solía asaltarle, como una niña, o jugar con su cuerpo haciéndose la mala. Y qué diablos, le encantaba. Para algo su segunda vida, o segunda juventud, era un sueño. Una vez en el lavadero, metió la cabeza bajo el grifo y el agua fría le despejó de golpe. Se lavó lo más básico, axilas, sexo y pies, y se secó antes de hacer lo propio con el charco dejado en el suelo. De regreso a la habitación se puso ropa limpia, camisa, pantalones y una americana distinta de la del día anterior, que estaba un poco arrugada.

También cogió la carta con el informe médico.

Una tontería como otra cualquiera.

Para leerla de vez en cuando.

Lo último que hizo fue llevarse un poco más de dinero, por si se pasaba el día yendo de un lado para otro en taxi, como era lo más probable. Cerró la puerta del piso y bajó la escalera con cuidado. Si la portera estaba en su garita, sería inevitable que le preguntara por Patro.

Suspiró aliviado al comprobar que, según su costumbre, la mujer no pasaba ni cinco minutos sentada en su sitio.

Salió a la calle a toda prisa.

Lo primero, ir a la mercería.

Teresina estaba con una clienta que parecía dudar entre dos colores de hilo. Al verle, la muchacha cinceló una amplia sonrisa en su rostro juvenil.

—¡Buenos días, señor Mascarell!

—Hola, Teresina. —Buscó la forma de parecer normal y que su voz no sonase hueca—. La señora tiene cosas que hacer y no se pasará hoy por aquí, y ya veremos mañana. ¿Te apañas tú sola?

—¡Sí, sí, no se preocupe! —lo tranquilizó—. Siguen siendo días muy tranquilos.

—Me quedo con el verde —dijo la clienta, ajena a la charla de dueño y dependienta.

—¡Gracias, hasta mañana! —se despidió Miquel.

Mejor de lo que esperaba.

Siguiente paso: desayunar algo, para no caer en la trampa del día anterior.

Si iba al bar de Ramón, tendría que soportar su eterna chá-chara, agravada ahora por el caso Kubala y los tejemanejes «de Madrid» para impedirle jugar. Se sintió traidor, pero busco otro bar. Lo encontró un poco más abajo de la mercería y se metió en él con la cabeza gacha, para evitar ser reconocido por alguien que luego le fuera con el cuento al bueno de Ramón. Machacón o no, le apreciaba como cliente de la misma manera que él apreciaba su buena cocina. Se acodó en la barra y pidió un café y una pasta.

Algo era algo.

Mientras esperaba sacó el papel con los nombres de los implicados para acordarse de todos ellos.

Salvador Marimón y Narcisa Martínez, casados. Lorenzo Peláez, muerto en la guerra. Jonás Satrústegui, herido en la guerra y trabajando en la atalaya del Tibidabo. Casimiro Sanjuán, desaparecido. Herminia Salas, desaparecida. Mariana Molas, vida rehecha después de los años malos. Marcelino Martínez, el padre vengador opuesto ideológicamente a su hijo Indalecio. Los padres de Ignasi. Su hermana Anita. Una ex novia de Jonás, Concha. La abuela de Indalecio, Serafina, con la que había vivido.

En el noventa y cinco por ciento de los asesinatos, el culpable solía estar dentro del círculo íntimo de la víctima.

Lo malo eran los imponderables, y que siempre quedaba ese cicno por ciento restante.

Nadie le había hablado de otras personas. Indalecio se había ido a la guerra y, tras combatir varios meses, regresaba herido al reencuentro de su pasado pero mucho más radicalizado. De momento, todo se circunscribía a su núcleo familiar y social. Los amigos de la adolescencia, los compañeros del equipo de fútbol. Ellos y las novias.

¿Quién tenía motivos para asesinarle?

Y mucho más importante: ¿qué motivo era ése?

La pasta aterrizó junto a la hoja de papel. El café lo hizo después. A las cartillas de racionamiento les quedaba poco. Por fin empezaba a verse un futuro. Con un régimen impuesto y una dictadura atroz, pero aun así allí estaba ese futuro.

Patro y él tendrían un hijo en él.

Se guardó la hoja de papel nuevamente en el bolsillo y devoró la mitad de la pasta. Al café le dio un pequeño sorbo. Al final del mostrador vio el teléfono público, adosado a la pared, y le pidió una ficha al camarero.

No tuvo que mirar en el listín porque recordaba el número del doctor Recasens.

Lo marcó y esperó.

Nada.

Demasiado temprano.

Colgó el auricular y recuperó la ficha.

Mientras terminaba la pasta y observaba el negro café, como si ése fuera el color del día, tomó la determinación final.

En cualquier caso policíaco, el orden de la investigación era esencial.

Devolvió la ficha sin usar, pagó y salió a la calle. Iba a ser otro día de buen sol. Paró un taxi y le dio la dirección de los juzgados de Barcelona. El trayecto fue corto, por la proximidad. Cuando se apeó se puso la chaqueta y adoptó un aire serio, profesional. El primer obstáculo con el que se encontró tenía la forma de policía de uniforme.

—¿La señora Eulalia Enrich? —preguntó.

El hombre le mandó en una dirección.

El siguiente en otra y la tercera, una chica agradable, le orientó debidamente.

Se la había encontrado casualmente un año antes. Una sorpresa inesperada y por partida doble. A ella se le antojó un milagro verle vivo, y a él que siguiera en los juzgados. Pero como le dijo su vieja colaboradora judicial, «hacía falta alguien que conociera el edificio y lo que contenía». Así que los nuevos amos se la quedaron como parte de él. Eulalia era la prueba de que algunas personas, por supervivencia o por valor, se adaptaban y se mantenían en pie por mucho que cayeran rayos y truenos. Además, estaba casi igual. Los años la habían respetado.

Al encontrárselo allí se quedó como si tuviera una visión.

—¡Miquel!

—Hola, Eulalia.

—¿Qué haces tú por estos lares? —Se inquietó—. ¡No me digas que tienes una causa pendiente o te has metido ya en problemas!

—No, no —la tranquilizó—. Cuando nos tropezamos hace unos meses me dijiste que si te necesitaba por algo...

—¿Y me necesitas?

—Sí.

—Bien, pues dime. —Se cruzó de brazos.

Miquel miró a su alrededor. Las paredes oían. Por suerte estaban solos en mitad de un pasillo, a las puertas del lugar de trabajo de ella.

—Hace doce años se cometió un crimen, el 17 de marzo de 1938. Un compañero mío localizó al presunto asesino en tres días. Caso cerrado. Ahora me interesaría saber algo acerca de él.

Eulalia Enrich no ocultó su asombro.

—¿Del 38? ¿Estás loco?

—Imagino que los nuevos —lo dijo son sorna— arrasarían con todo, pero pensaba que por probar... No creo que des con el informe policial o la autopsia, aunque si fuera así...

—Sí, hombre, ¿y qué más? ¿Aún escribes la carta a los Reyes Magos?

—Eulalia, no seas mala.

—Miquel, que no lo quemaron todo, que bien que lo inspeccionaron buscando qué sé yo. Pero de ahí a que pueda encontrar algo y encima dártelo, media un abismo. ¿Quieres que se me caiga el pelo?

—Me basta con que mires por ahí.

—¿Cómo lo justifico?

—¿Sonriendo?

—¡No me vengas con mimos! —Soltó una carcajada—. ¿Qué caso era?

—El muerto, un tal Indalecio Martínez. El presunto asesino, Ignasi Camprubí. El primero entró en las ruinas de la esquina de Gran Vía con Balmes el día que cayó aquella bomba junto al Coliseum, para ayudar a los posibles supervivientes. Al rato lo encontraron muerto. Pedrada en la cabeza y ahogamiento posterior. Yo tenía que ocuparme del caso, caí enfermo y lo hizo Valentí Miranda. No aguantó la presión, pilló a Camprubí a toda mecha con pruebas circunstanciales y el muchacho, enfermo del corazón, se le quedó frito mientras le interrogaba y negaba que hubiera sido él.

—Creo que recuerdo algo, sí. Sobre todo por tratarse de los días de los bombardeos. El muerto era un héroe de guerra que estaba herido.

—Exacto. El juez que llevó el caso era Rosendo Puigpelat.

—En paz descanse —le recordó ella.

—Mira, lo que más me interesa es el nombre y la dirección del testigo que encontró el cadáver y avisó a la policía.

—¿Por qué?

—Como digo siempre: los muertos hablan.

Eulalia Enrich se mordió el labio inferior y le miró admirada.

—Tú y tus líos. —Suspiró.

—Mujer...

—Estás vivo de milagro y todavía juegas a ser policía.

—Que no.

—De todo el cuerpo, eras el único que me caía bien.

—Yo porque estaba casado, que si no...

—¡Tendrás cara dura! ¿Tú? —Se echó a reír.

Les sobrevino un instante de calma. Ella seguía mordiéndose el labio inferior.

—No te prometo nada, pero puedo echar un vistazo —dijo—. Y, desde luego, ahora no.

—Me conformo con que lo intentes.

—Si doy con algo, ¿cómo te localizo?

—No tengo teléfono. O vuelvo a pasarme o voy a tu casa.

—Apunta mi dirección. —Chasqueó la lengua—. Suelo llegar a media tarde.

—Eres un cielo.

—Nublado.

Le dio las señas. Las incluyó en el listado de nombres del caso. Se guardó papel y bolígrafo con aire conspirador, sin dejar de mirar a su alrededor por si, en el peor de los casos, alguien le reconocía a pesar de todo.

—¿Estás bien? —le preguntó su conocida.

—Sí, ¿por qué?

—Pues no lo parece. Tienes ojeras y una pinta de cansado...

—¿Quién duerme bien con este calor? —mintió.

—¿No serán los líos en que te metes?

—¿Yo?

—Vamos, Humphrey Bogart, que a mí no me la das. Siempre serás un poli.

—¿Y qué quieres que le haga?

—¿No me dijiste que estabas casado de nuevo? ¡Pues vive!

—Algunos no podemos cerrar los ojos a todo esto. —Abarcó el mundo en general con las manos abiertas.

—Anda, vete, que aún me meterás en un lío. —Le empujó Eulalia Enrich.

Se alejó de ella.

Bajó la cabeza y, paso a paso, abandonó los juzgados.

17

El siguiente teléfono público que encontró se hallaba en un bar pequeño y, ya de buena mañana, lleno de humo. Había una obra al lado y los peones y albañiles parecían disfrutar de tiempo libre o algo parecido, porque el local estaba abarrotado. Le fue imposible acceder a la barra, por lo que se hizo oír a gritos.

—¡Una ficha para el teléfono!

El camarero alargó la mano y se la pasó. Por si las moscas, se la cobró directamente. El humo de los cigarrillos y los caliqueños formaba una nube casi impenetrable. Algunos llevaban la colilla colgando de la comisura del labio, apagada. Otros, un pitillo cabalgando sobre la oreja, a la espera de ser utilizado. Todos eran hombres de aspecto rudo, trabajador, manos grandes y ásperas, barba mal afeitada, boinas y la suciedad de la obra pegada a sus ropas. Seguían llegando trenes y más trenes de emigrantes, sobre todo del sur, con destino a la nueva y gran Barcelona que empezaba a resurgir de sus cenizas. Se construía por todas partes. Cataluña volvía a ser tierra de promisión.

Miquel se preguntó cómo sería su vida.

La mayoría eran hombres que venían solos, que trabajaban duro a la espera de poder llamar a sus mujeres e hijos. Para los jóvenes y solteros era otra cosa. Patro le contaba que pasar por debajo de un andamio ya era casi imposible, porque la lluvia de piropos caía como un alud sobre cualquiera que llevara faldas, pero más las jovencitas o las mujeres como ella. Había algo más: las viudas. Barcelona rebosaba de viudas de la guerra, mujeres aún vivas y con deseos de felicidad. Los guapos que venían del sur eran tentaciones fáciles.

Un mundo cambiante.

Insertó la ficha en la ranura tras oír el tono y marcó el número del consultorio de Víctor Recasens sin dejar de mirar la amalgama de cuerpos que le rodeaba. El humo empezó a intoxicarle. Nunca había resistido la peste a tabaco. Ya en los años treinta era el único de la comisaría que no fumaba. Llegaba a casa y Quimeta le hacía ir a la galería a desnudarse.

—Consultorio del doctor Recasens, ¿dígame? —Escuchó la voz de la enfermera que atendía la consulta.

—Buenos días, soy el señor Mascarell. ¿Ha llegado ya Víctor? —Volvió a usar el nombre de pila para dar mayor sensación de familiaridad.

—¡Ah, buenos días, señor Mascarell! —El tono era afable—. No, el doctor no está, pero tengo aquí un recado para usted. Si quiere tomar nota...

—Un momento.

¿Un golpe de suerte? Parecía que sí.

Acomodó el auricular entre el hombro derecho y la mejilla y sacó el papel de sus anotaciones, así como el bolígrafo. Lo apoyó en la pared.

—Diga, diga.

—Mire: Herminia Salas Mora. Calle Murcia 18, tercer piso.

No hubiera necesitado el papel. Era fácil. Pero ya que estaba, lo escribió. Luego recuperó el auricular con la mano.

—Dele las gracias al doctor Recasens de mi parte, por favor.

—Lo haré. Buenos días.

Colgó y se quedó mirando el papelito. No tenía ni idea de dónde estaba la calle Murcia, pero sin duda haber dado con la novia de Ignasi era todo un premio.

Un pequeño paso más.

Atravesó la marea humana de regreso a la puerta del local llevándose consigo el olor a sudor y tabaco y respiró al llegar a la calle. Cuando se metió en el taxi tosió un poco, con la garganta llena de picores.

—¿Sabe dónde está la calle Murcia?

—Sí, señor. Por ahí entre la Meridiana y el Clot.

—Pues al 18, por favor.

El hombre arrancó.

Veinte metros.

—Otro día de calor, ¿eh?

Miquel se resignó. A veces en los taxis sí era mejor hablar. Como el día anterior, para no sentirse atrapado por el vértigo de sus emociones.

Una simple escapada mental.

La casa de Herminia Salas era estrechita, un piso por planta como mucho. Miró las alturas de la tercera desde la calle y fue entonces cuando se preguntó si una enfermera estaría en casa a aquellas horas matutinas. Las enfermeras tenían horarios salvajes, guardias de veinticuatro horas y cosas así.

La puerta de la calle estaba abierta.

Subió despacio la escalera, para no cansarse o sudar más de la cuenta, y antes de llegar al segundo se encontró con una mujer que bajaba. Le lanzó una desconfiada mirada y se le plantó delante, a modo de muro insuperable.

—¿A quién busca? —le interpeló.

Le habría puesto la credencial, si la llevara, en plena cara.

—Herminia Salas.

—¡Huy! —La vecina fue explícita—. ¿A estas horas? Está trabajando en el hospital.

Inútil preguntar su horario. Lo de las guardias...

—¿En cuál trabaja?

—En urgencias del Clínico.

—Gracias, señora.

Dio media vuelta y bajaron juntos las escaleras. Casi en la puerta de la calle, la mujer se puso cotilla.

—¿Es un pariente?

—No, hace muchos años que no la veo. —Empezaba a habituarse a mentir—. Se va a llevar una sorpresa.

—Es una buena vecina. Muy amable.

Miquel asintió con la cabeza. Luego se despidieron y fue a por otro taxi.

Tuvo que llegar a la Meridiana, y cruzarla, para cogerlo ya del otro lado.

Esta vez le tocó uno silencioso, veterano. Cuando le dijo que iba a urgencias del Clínico, lo miró de arriba abajo, por si tenía pinta de estar enfermo o ir a morirse de camino. Se tranquilizó y, a lo mejor, por esa razón, no abrió la boca en todo el trayecto. Una vez en el Clínico Miquel se acercó a la recepción, donde una enfermera malhumorada le hundió unos ojos como cuchillos.

—¿Herminia Salas, por favor?

Los cuchillos se hicieron más largos.

—¿Para qué la quiere?

—Es un asunto personal.

—Señor, esto es...

—Policía.

Se calló la boca.

Miquel puso cara de malo, porque si le pedía la placa estaba perdido.

—Espere ahí —le indicó la mujer—. Estamos a tope con las insolaciones y los golpes de calor.

Se sentó en una salita llena de gente con cara de sufrimiento. Unos aguardaban noticias de los que estaban dentro. Otros, a ser llamados para un examen. Una mujer, doblada sobre sí misma, no paraba de gemir, con su marido al lado tratando de consolarla. Un niño sangraba por un corte en el brazo, aunque no parecía grave, mientras su madre le recriminaba algo, enfadada.

Intentó aislarse.

Pero era difícil estar en las urgencias de un hospital sin deprimirse.

Tarde o temprano, todas las personas pasaban por allí.

La espera se prolongó diez minutos. Finalmente apareció ella. La enfermera de recepción señaló hacia él. La estudió a medida que se acercaba. Herminia Salas rondaba los treinta y dos o treinta y tres años y aun con el uniforme blanco y aséptico, rezumaba atractivo. Sin embargo, después de oír hablar de ella, la había imaginado dulce y tierna, con rostro de ángel, como la describían todos. Tal vez lo tuviera entonces, doce años antes. Ahora sus facciones mostraban una pátina sombría, dureza, frialdad en los ojos, que no eran sino dos piedras brillantes. Se le notaba fortaleza de carácter por el simple hecho de verla caminar. No llevaba anillo de casada, ni de pedida, ni había huellas en sus dedos de que los tuviera y se los hubiera sacado por el trabajo. La blancura de la piel se le antojó singular.

Miquel se puso en pie.

—¿Quería verme?

—¿Herminia Salas?

—Sí.

—¿Podríamos hablar unos minutos?

—¿Ahora?

—Si es posible.

—Estoy trabajando, señor. Y esto es urgencias. Aquí no paramos ni para ir al servicio.

Era la novia de un hombre acusado de asesinato y muerto en un calabozo, con su recuerdo manchado para siempre. No supo cómo ser cauto.

—Verá... —Buscó las palabras adecuadas—. Esto es algo importante para muchas personas, y muy especialmente para usted.

—¿De qué me está hablando? —Contrajo las facciones.

—Trato de probar que en 1938 su novio no mató a Indalecio Martínez.

Lo esperaba todo menos aquel silencio.

Las piedras de los ojos se hicieron opacas.

De pronto, a Miquel se le antojó que aquella mujer había sufrido mucho.

Y ahora mostraba la dureza de su resistencia.

—Señorita Salas...

—¿Probar? ¿Cómo? —lo interrumpió.

—Hallando al verdadero asesino.

—Bien —se limitó a decir.

—Yo tenía que haber investigado aquel caso y no pude. —Quiso explicárselo él ante la máscara de su parquedad y silencio—. Caí enfermo. Luego he pasado muchos años preso.

—¿Y qué es lo que le impulsa a buscar la verdad?

—Razones personales.

—¿Cómo ha dado conmigo?

—Haciendo preguntas.

Otro silencio, hasta que Herminia Salas volvió la cabeza al oír un pequeño tumulto a su espalda. Entraban a un hombre herido. Oyeron palabras como «atropello» y «sangre».

—Señor, ahora no puedo hablar. —Fue rápida—. Lo entiende, ¿no?

—¿Cuándo podríamos?

—Salgo a la hora de comer después de un turno de treinta y seis horas.

—No la entretendré mucho, se lo prometo. ¿Qué tal en su casa? Vengo ahora de allí.

Ya no se resistió más.

—De acuerdo.

—¿A las dos, las tres...?

—Entre dos y tres, sí, pero no puedo ser más precisa. Siempre pasan cosas inesperadas a última hora.

Iban a despedirse, pero algo lo aceleró.

—¡Herminia!

—¡Voy! —le gritó al médico que la llamaba.

—Sólo una cosa más. —La detuvo Miquel—. ¿Sabe dónde podría encontrar a Casimiro Sanjuán?

La respuesta fue seca.

—No.

Luego echó a correr hacia los dispensarios.

Miquel se quedó con su última expresión.

Ni siquiera sabía cómo definirla.

Se disponía a abandonar aquel reducto de dolor y angustia cuando se paró en la puerta para dejar pasar a otras cinco personas que llegaban de la calle con la tribulación de su prisa y los rostros constreñidos por la ansiedad. Una espiral de voces lo envolvió.

—¡Corre, corre!

—¡Ya verás cómo no es nada, mujer!

—¡Ojalá!

—¡Por aquí!

—Pero ¿qué te han dicho?

—¡No sé, que estaba en urgencias! ¿Qué querías que me dijeran?

—¡Ay, mi niño!

La turba humana acabó de cruzar aquel umbral.

Miquel vio entonces algo inesperado al otro lado de la calle.

Algo que reconoció de golpe.

Un hombre alto, mandíbula cuadrada, cabello muy bien cortado, con la raya a un lado tan marcada como una carretera y un bigote negro esculpido en el labio superior.

El mismo hombre que, en el despacho de Salvador Marimón, le había acompañado hasta la puerta.

Marcos.

Las últimas palabras del marido de Narcisa, dirigidas a su empleado, estallaron también en la mente de Miquel: «Luego, vaya a seguir lo que le pedí».

«Seguir.»

¿Le había estado siguiendo... a él?

Miquel se tensó de arriba abajo.

¿Un padre preocupado, un yerno precavido?

¿Qué?

Bajó la cabeza y salió al exterior. La sombra, el rastro de Marcos, pareció esfumarse en el aire, porque cuando oteó el panorama de reojo, ya no pudo localizarle.

18

La perplejidad le pudo.

Y el alud de preguntas sin respuesta le sepultó.

¿Temían la verdad o la esperaban para actuar en consecuencia?

Eso era un camino de dos direcciones.

—Calma —se dijo a sí mismo en voz alta.

Patro continuaba en poder de alguien. Eso era lo más importante. No servía de nada volver a ver a Marcelino Martínez o a Salvador Marimón para preguntarles qué estaba pasando y por qué le seguían.

¿Y si aquello sólo era cosa de Salvador? Marcos era su empleado.

—Bien, esto se complica, ¿y qué? —Volvió a hablar en voz alta.

Si daba con las respuestas, encontraría a Patro.

Tocaba seguir.

Con cautela, pero era lo único que podía hacer.

Había taxis en la puerta de urgencias del hospital. Se subió a uno y le dio la dirección de Concha Alba. No trató de ver si Marcos iba tras él. Seguro que lo hacía. Se arrellanó en el asiento y se quitó la chaqueta, que todavía llevaba puesta. Como siguiera sudando se quedaría sin ropa.

En un semáforo, el taxista le echó un vistazo al callejero

urbano. Lo hizo disimulando. Era un chico joven. Se le notaba inexperto.

—Es una paralela a Vía Augusta, cerca de Muntaner —le ayudó.

—Sí, sí, ya. Era para estar seguro. —Se hizo el listo.

Bajó frente a la puerta de la casa que había estado aporreando la noche anterior. Temió encontrarse al vecino que le había dado la información. Luego temió algo peor: que el matrimonio Muntada todavía durmiera, si es que trabajaban hasta tan tarde.

La que sí dormitaba era la portera.

Pasó por su lado en silencio, subió al piso y llamó a la puerta armado de valor.

Le abrió una mujer apenas mayor que Anita Camprubí. Ella le había dicho que su amiga Concha le llevaba un año y medio. Vestía una bata de estar por casa y calzaba unas pantuflas impropias para el verano. Al ver que era un desconocido se sujetó la bata por la parte de arriba. Tenía el cabello revuelto y daba la impresión de llevar muy poco en pie.

—¿Es usted Concha Alba? —Quiso estar seguro.

—Sí.

—Estoy investigando la muerte de Indalecio Martínez. ¿Le importaría que habláramos unos minutos?

La reacción fue la esperada.

—¿Cómo... dice?

Miquel se armó de paciencia.

En los siguientes dos minutos le contó lo que había explicado al resto de sus interrogados. Quién era, por qué hacía aquello, y lo importante de cerrar una historia acaecida doce años antes por el bien de la justicia y el buen nombre de Ignasi Camprubí.

Cuando terminó, Concha Alba miró hacia atrás.

—Mi marido está durmiendo —dijo bajando la voz—.

Y él... bueno, no sabe nada de toda esta historia, ni de que tuve un novio antes de que acabara la guerra. ¿No podría volver más tarde?

—Me temo que no, señora. Pero si hablamos en susurros...

No la convenció.

—¿Por qué no me espera abajo? Me visto y me reúno con usted en cinco minutos. ¿Le importa?

—No, no. Me parece bien.

—Gracias.

—No, a usted. Siento importunarla de esta manera.

Regresó a la calle y, antes de salir por la puerta, oteó el panorama distraídamente. Ni rastro de Marcos.

Y, sin embargo, sabía que estaba por allí, cerca.

¿Y si, simplemente, no se fiaban de él?

—No, hay algo más, ¿verdad? —le dijo a la calle.

La portera continuaba dormida. Miquel salió al exterior y se cobijó bajo un balcón para aprovechar la sombra. De nuevo el sol empezaba a golpear con dureza el asfalto. La lluvia de la semana anterior ya no era más que un recuerdo. Lo bien que había refrescado el ambiente... Le echó un vistazo al reloj y esperó.

No fueron cinco minutos, sino siete, pero por lo menos la señora Muntada, de soltera Concha Alba, no lo hizo esperar demasiado. Se había peinado y poco más. Llevaba un vestido muy ligero, de falda ancha, y calzaba unos zapatos sin tacón que la hacían parecer más baja de lo que era. Su rostro resultaba agradable, labios pequeños, ojos grandes, nariz generosa. Se detuvo delante de Miquel, bajo la misma sombra, y con las manos juntas, apretadas, habló con un deje de ansiedad.

—¿Qué quiere que le cuente, señor? Aquello pasó hace muchos años. Llevo todo este rato pensando y ni siquiera sé...

—Sólo le pido que trate de recordar algunos detalles, no se preocupe.

—Pero ¿yo qué puedo decirle de la muerte de Indalecio y la acusación de Ignasi? Con quien salía era con Jonás.

—Comience por él.

Tomó aire, asintió con la cabeza y se pasó la lengua por los labios. Luego, en lugar de mirarle a él, pareció asomarse a su interior, con los ojos ingrávidos, fijos en ninguna parte concreta del exterior.

—Conocí a Jonás la en primavera del 36 gracias a Anita, la hermana de Ignasi. A ella le gustaba otro chico del grupo, Lorenzo, y me llevó a mí un día a un partido para no sentirse sola, porque era la más pequeña. Entonces yo... bueno, me enamoré de él. Era una cría y Jonás me pareció un príncipe.

—¿El primer amor?

—Sí. —Se le iluminó un poco la cara—. Jonás también era el más joven de todos ellos, junto con Lorenzo. Nos vimos, salimos, hablamos... Lo que hacen todas las parejas, ¿no? Cuando estalló la guerra, todo eso se vino abajo. Jonás, Lorenzo, Indalecio y Casimiro se alistaron de los primeros y se fueron a luchar. Yo me quedé esperando, pensando que me lo iban a matar y no volvería a verle. Fue muy duro.

—Lo imagino.

—A fines de febrero del 38 regresaron los dos, Indalecio y él, heridos, uno en un costado y el otro en el brazo. A mitad de marzo, Indalecio ya estaba bien y deseando regresar al frente. A Jonás, en cambio, le quedó la parálisis del brazo.

—¿Jonás no volvió al frente?

—No.

—Creía que sí.

—No, no. Lo que pasa es que tras lo sucedido nos dispersamos un poco, como si nos pesara todo y no quisiéramos vernos para no sentirnos mal. Él decía que quería irse, que aunque no luchara algo haría, pero la verdad es que no podía y no se lo permitieron. Menos mal que era zurdo, porque la herida le afectó el brazo derecho.

—Así que siguieron viéndose.

—Sí, pero ya nada fue igual. Encima, al acabar la guerra, se entregó y le obligaron a cumplir una especie de servicio militar. Tres años. Medio manco y todo pero se lo quedaron, porque no estaba del todo inválido ni mucho menos. Nadie se libraba de un castigo. A otros les fusilaron, pero él no tenía delitos de sangre, no era más que un soldado. Les juró que había tenido que combatir porque la guerra le pilló en Barcelona, ¿qué iba a decir? Si se hubiera quedado en la ciudad... Pero no, le mandaron lejos, a Galicia. Eso hizo que acabáramos separándonos. ¿Cuántos años puede esperar una mujer joven a ser feliz?

—¿Cómo era su relación con los demás?

—Normal, aunque, como le digo, hay un antes y un después de la guerra. Incluso un antes y un después de las muertes de Lorenzo, Indalecio e Ignasi. Antes eran seis amigos jugando al fútbol, llenos de vida y de sueños. Después sólo fuimos personas atormentadas. Jonás se llevaba muy bien con todos. Admiraba a Indalecio, se reía mucho con Lorenzo y con Ignasi. No había nada de especial ni diferente a otras relaciones entre amigos.

—Hábleme de esos días.

—¿Qué quiere que le diga?

—Según me han contado, Indalecio volvió muy cambiado del frente, rabioso y medio loco.

—Había visto morir a Lorenzo, ¿le parece poco? Y tanto él como Jonás se salvaron por un pelo. De todas formas sí, lo reconozco, Indalecio no hacía más que hablar de la guerra, de los fascistas —bajó la voz al decir la palabra—, y repetía que sólo siendo fuertes podrían derrotarles. Estaba poseído. Le dominaba una furia ciega, una rabia absoluta. No me extrañó que se peleara con Ignasi cuando éste le dijo lo que le dijo. Me lo contó Jonás muy triste.

—¿Le habló Jonás del día en que fueron heridos?

—No le gustaba recordarlo, pero sí, un poco sí. Quedaron dispersos por el ataque, y gracias al valor de Indalecio no hubo que lamentar más muertes. A Jonás le alcanzó una bala perdida. El tiro le afectó a los nervios y los músculos. Le habrían salvado la movilidad del brazo al cien por cien si lo hubieran atendido antes, pero fue imposible. Por lo menos no lo perdió. —Sus ojos se llenaron de lágrimas—. De todas formas, si Indalecio regresó medio loco, Jonás lo hizo muy triste y afectado. Estaba callado todo el tiempo, taciturno, nervioso. Yo intentaba ayudarle, hacerle sonreír, pero era muy difícil. No nos separamos sólo por lo de su brazo o por esos tres años de servicio militar. También fue por su cambio de carácter. Iba a peor. Un día, llorando, desesperado, me dijo que ojalá hubiera muerto él en el frente.

—¿Jonás creía en la culpabilidad de Ignasi?

—No lo sé.

—¿No lo sabe?

—La policía dijo que había sido él. Parecía imposible, absurdo, pero... Era la policía, ¿no? La que más insistió en la inocencia de Ignasi fue su hermana Anita, y por supuesto Herminia, su novia. Jonás quedó anonadado. Todo se derrumbaba a nuestro alrededor. Además, ya no quiso ver a Salvador, amparado por su futuro suegro y seguro al lado de Narcisa. A fin de cuentas demostró ser el más listo. De Casimiro no tuvimos noticias durante meses. A él todo le pilló lejos.

—¿Le suena algún nombre que alguno de ellos hubiera sacado a colación aquellos días de marzo?

—No, ninguno.

—¿Un comentario, un indicio, por pequeño que fuese, que los relacionara con alguien más?

—Tampoco, lo siento. Yo salía con Jonás. Si Indalecio hizo o dijo algo que le causara la muerte... no me enteré. No es que pasáramos los días todos juntos precisamente. Lo que sé lo sé por comentarios de mi novio. Yo vivía enamorada, en una nube.

—¿Ha vuelto a saber de Jonás?

—Sí.

—¿Cuándo?

—Al terminar el servicio militar, y aunque ya lo habíamos dejado, vino a verme. Me pidió perdón, ya ve. Se sentía culpable. Dijo que todo había sido culpa suya y que las cosas podían haber sido muy distintas. No pretendía volver conmigo, sabía que era tarde, pero quería que entendiera lo que había sucedido. Yo ya estaba saliendo con Pablo, mi esposo. Jonás y yo quedamos como amigos y a veces nos hemos visto. Bueno, tampoco tantas, tres o cuatro en todos estos años, siempre de casualidad, como si el azar no quisiera soltarnos. La última fue hace unos meses. También se casó, con una mujer un poco mayor que él, y tuvo la suerte que yo, de momento, no he tenido: ser padre. Esa última vez me enseñó la foto de su hija, y es preciosa.

—¿Sabe dónde vive?

—En el Pueblo Seco. La calle se llama Cruz Canteros, aunque no sé el número. La portería tiene una reja metálica de color negro. Me la mostró porque coincidimos casualmente cerca de allí.

—Me dijeron que trabaja en el Tibidabo.

—No, eso fue durante un tiempo. Con un brazo mal, era difícil. Ahora no sé lo que hace.

—Y de Casimiro, ¿sabe algo?

—Se hizo primero boxeador y después se pasó a la lucha libre. Es todo lo que sé. En uno de esos encuentros con Jonás me comentó que no le había ido muy bien con el boxeo, mientras que con la lucha, que es más de mentira, pudo alargar su vida deportiva. Habilitó un local de su padre como gimnasio, pero no sé dónde. —Miró su reloj de pulsera sin disimulo y se inquietó—. Señor, he de volver a subir. Si mi marido se despierta...

—Me ha ayudado mucho.

—¿De verdad? —No pudo creerlo.

—No es fácil reconstruir las vidas de tantas personas doce años después, y mucho menos tratar de esclarecer un asesinato cerrado en falso. Le aseguro que cada detalle cuenta.

—Si no fue Ignasi, ¿quién pudo ser?

—Desde luego, alguien que le conocía.

—¿Uno de... nosotros?

—Es posible.

—Dios... —Se llevó una mano a los labios.

—Tranquila. Y gracias por todo.

—Que tenga suerte, señor.

Se dieron la mano y ella regresó al portal de su casa.

Miquel se quedó solo.

Recordó a Marcos, su sombra.

Fingió mirar calle arriba y calle abajo buscando un taxi y, de nuevo, no supo descubrir al hombre de Salvador Marimón.

O era muy bueno escondiéndose o no estaba allí.

19

Saber que no tendría que subir al Tibidabo para ver a Jonás Satrústegui le quitó un peso de encima. Entre llegar en taxi al final de la avenida del Doctor Andreu, acertar con el horario y subir en el funicular, conseguir hablar con él y hacer el camino a la inversa, habría tardado no menos de un par de horas. La cuestión era si a media mañana podría localizarlo fácilmente.

Tal vez no en su casa, pero con suerte alguien le diría su lugar de trabajo.

Paró un taxi y se dispuso a cruzar, una vez más, media Barcelona.

¿Y si se hacía taxista?

Le saldría más a cuenta.

Soslayó como pudo los intentos de entablar una conversación por parte del taxista. Le respondió con monosílabos hasta que el hombre comprendió que su pasajero no era muy hablador. Al contrario del día anterior, cuando más atenazado estaba por el rapto de Patro, ahora recuperaba una mínima serenidad para enfrentarse a los hechos más allá del dolor o la frustración. Le quedaban algunas horas, tal vez suficientes. Su instinto de sabueso le decía que, entre toda la maraña de información repetida que estaba consiguiendo, había algo escondido. Sólo tenía que esperar a verlo o encontrarlo.

Bastaba una palabra para delatar a un culpable.

Lo sabía por experiencia, y no lo había olvidado por el hecho de no ser ya policía desde aquel último caso en enero del 39.

Vio a un burro tirando de un carro, con dos orejeras sujetas con un arnés a ambos lados de la cabeza, para que no mirase a los lados y se concentrara en lo que tenía delante, y se sintió igual. Era el burro que tiraba del carro con un objetivo situado en algún lugar frente a él. Cerca o lejos. Si se despistaba, si el peso de lo que pudiera estar sintiendo Patro le desarbolaba, no lo conseguiría.

Paso a paso, pregunta a pregunta.

Persona a persona.

El taxi le dejó en Marqués del Duero. La calle Cruz Canteros no era muy larga y buscaba un portal con una reja metálica de color negro. Rebasó la placita de la entrada y caminó despacio por ella. Superó Elcano a la derecha y Murillo a la izquierda antes de dar con su objetivo, cerca de la calle Magallanes. Era una casa como todas las del barrio, humilde, con las barracas de Montjuïc flotando fantasmales por encima de sus cabezas como muestra de que la ciudad, allí, cambiaba de nombre y tenía una marginal frontera urbana. Sin portería, la puerta estaba abierta de par en par. Tampoco había buzones. Subió al primer piso y nadie le abrió la puerta. En el segundo, sí. Una mujer de unos cuarenta y pocos años, con una niña de cinco o seis agarrada de su falda, le lanzó una mirada asesina, como si acabase de interrumpirla haciendo algo importante.

—¿Qué quiere? —le endilgó.

Según Concha Alba, Jonás Satrústegui estaba casado con una mujer mayor que él y tenía una niña.

—¿Está Jonás? —Se arriesgó.

—¡Vaya al bar de la esquina! —le soltó con malos modos—. ¿Dónde quiere que esté?

La puerta se cerró en las narices.

—¿Quién era, mamá? —oyó preguntar a la niña.

—¡Nadie! —gritó ella, posiblemente para que la escuchara—. ¡Un idiota más, como tu padre!

Miquel regresó a la calle y caminó hasta el bar de la esquina.

Primero entró a observar. Buscaba a un hombre con el brazo derecho impedido, o de movilidad reducida. Todos los presentes, nueve en total, le parecieron normales y, además, mayores. El único treintañero estaba sentado a una mesa, al lado de la vidriera de la calle, y leía *El Mundo Deportivo*.

Pasó la página con la mano izquierda.

Miquel fue hacia él.

—¿Jonás Satrústegui?

El hombre levantó la cabeza. En otro tiempo, quizá, Concha Alba se hubiera enamorado de él por guapo, aunque ella fuese una muchacha discreta. Ahora parecía un tipo de lo más vulgar, barba de dos días, pelo revuelto, ropa ajada. Se lo quedó mirando con recelo.

—¿Quién es usted? —inquirió incómodo.

—Me llamo Miquel Mascarell. —Se sentó delante de él sin esperar una invitación, tomando la iniciativa—. Hace doce años era el inspector de policía encargado de investigar la muerte de su amigo Indalecio.

Jonás Satrústegui frunció el ceño.

—¿Cómo dice?

—Ya lo ha oído. Por culpa de un contratiempo le pasaron el caso a otro inspector, que fue el que detuvo a Ignasi Camprubí.

—Bueno, ¿y qué? —Mantuvo la incomprensión en su cara—. ¿Es policía?

—Ya no.

—Entonces...

—Me han pedido que investigue, eso es todo.

—¿Quién se lo ha pedido?

—No puedo decírselo.

El hombre empezó a reaccionar.

—¿Me está diciendo que doce años después va y se mete en una historia tan muerta como ésta?

—Hay quien cree que Ignasi no lo hizo, eso es todo.

—No fastidie, oiga.

—Concha Alba me aseguró que usted creía en la inocencia de su amigo —mintió.

—¿Ha visto a Concha? —Abrió los ojos.

—Sí, y también a Herminia Salas, Mariana Molas, Salvador Marimón, Narcisa Martínez...

El alud de nombres fue recibido como si de un bombardeo se tratase. Se echó para atrás y apoyó la espalda en la silla. La mano derecha no era del todo deforme, pero sí se le adivinaba una alteración, los dedos alargados y carentes de fuerza, los huecos más marcados.

—¿Me está hablando en serio?

—Sí.

Pareció ponerse en guardia.

—¿Y va a remover ahora toda aquella mierda?

—¿Qué mierda?

—¡Joder, oiga! ¿Le parece poco que uno de nosotros muriera reventado en el frente, que a Indalecio y a mí nos hirieran, que luego a él le mataran y que la policía acusara a Ignasi antes de que también la palmara? ¡A esa mierda me refiero!

—Creí que querría ayudar.

—¿Ayudar a qué?

—Si el verdadero asesino está suelto, nunca es tarde para dar con él.

—¡No me haga reír! —farfulló conteniéndose para no estallar—. ¡Han pasado doce años! ¡Doce!

—¿Por qué se enfada?

—¡Porque aquello nos mató a todos, no únicamente a Indalecio y a Ignasi! ¡Éramos felices, uno con Mariana, otro con Herminia, otro con Narcisa, yo con Concha...! ¡Creo que incluso habríamos resistido a la guerra! ¡Pero no pudo ser, Indalecio se volvió loco y alguien acabó con él! ¡No hay más!, ¿entiende? ¡No hay más!

—Probablemente no dé con la verdad, pero por intentarlo... —Se revistió de piel de cordero.

—Joder... —repitió envolviendo la palabra en un suspiro—. ¿Es que nunca viviremos en paz?

—Deme cinco minutos y me iré —le propuso.

—Cinco o cincuenta, ¿qué más da? ¿Qué quiere que le diga yo?

—Ha dicho que Indalecio se volvió loco.

—Loco es poco —aseguró—. Me llega a decir a mí lo que le dijo a Ignasi, o me llega a pegar como le pegó a él, y le juro que lo mato yo mismo, a pesar de lo mucho que le quería. Lo de Lorenzo le puso la cabeza del revés, ¿entiende? Él y yo sobrevivimos de milagro. La guerra no afecta igual a todas las personas. A él lo convirtió en una especie de... —Buscó la palabra adecuada—. Una especie de héroe vengador. Eso. Quería volver al frente y ganarla él solo. Además de con Ignasi, pudo meterse con cualquier otro. Y si le mató Ignasi es porque se hartó y ya no pudo más. Hasta el más bueno tiene un límite.

—Sus padres y su hermana Anita dicen...

—¡A la mierda con lo que digan! —Cerró la mano sana—. ¡Usted no sabe nada, no nos conoció! ¿Qué quiere que digan? ¡Era su hijo!

—Y su amigo.

—¡Todos éramos amigos! ¡Tenía que habernos visto jugar al fútbol! ¡Éramos un equipo! —Aumentó el énfasis de sus palabras.

Miquel mantuvo la calma, el tono, la persistencia.

—¿Qué pensó cuando la policía detuvo a Ignasi?

—Nada.

—Algo pensaría.

—Eso fue después, al morir. Entonces sí. Dijeron que había sido él y pensé que, finalmente, había tenido agallas.

—Un poco fuerte, ¿no?

—Ignasi era un buen chaval, mucho. En la paz, el mejor. Cuando las cosas se complicaron cambió, como lo hicimos todos. Se volvió derrotista. Yo admiraba y quería a Indalecio. Era... como mi hermano mayor. Su muerte me volvió rabioso, y cuando nos dijeron que había sido Ignasi... Creo que todos tocamos fondo. Comprendimos que era el fin.

—Muy triste, sí.

—No lo sabe usted bien. —Pareció un poco más calmado—. El único que se libró fue Casimiro. Le pilló todo muy lejos, en Cartagena. Fue uno de los que cargaron el oro español en los cuatro barcos rusos que se lo llevaron a Odesa. El marrón nos lo comimos nosotros. A Salvador casi ni se le veía, porque gracias a su futuro suegro también evitó ir a pelear. Yo, con esta mano —levantó el brazo medio rígido—, me convertí en un inútil. Puedo usarlo, pero no tengo fuerza en los dedos. A pesar de ello me cayeron tres años de servicio militar alternativo. No perdonaban ni una —bajó la voz—. Mire, de todo aquello ya no queda nada. Si no lo hizo Ignasi como dice, está buscando a un fantasma.

—Siempre queda algún rastro.

—¿Y usted no está muy mayor para ir jugando a los detectives?

—Supongo que sí. —Sonrió Miquel—. Pero así paso el rato. Tampoco tengo nada mejor que hacer. Salí hace poco de una cárcel.

—¿En serio?

—Me sentenciaron a muerte, me indultaron... Una larga historia.

—Esto es una mierda. —Abarcó el mundo con la mano izquierda.

Se acercó el camarero. Quedó frente a los dos, pero miró al recién llegado.

—¿Tomará algo, caballero?

—Un café, por favor. —Se dirigió a Jonás—. ¿Quiere algo?

—Bueno, sí. —Lo aceptó más tranquilo—. Tanto hablar reseca la garganta. Una cerveza.

—Marchando. —El camarero los dejó solos.

—¿Puedo hacerle unas preguntas más? —aventuró Miquel.

—Hágalas. —Se encogió de hombros—. No parece de los que aceptan un no por respuesta.

—Mi mujer dice que soy un pesado, sí.

—Pues mire que la mía...

No le dijo que acababa de verla, aunque si había dado con él en el bar era lo más lógico.

—¿Por qué Indalecio se volvió tan fanático?

—Él no lo llamaba fanatismo, sino patriotismo. En eso era visceral. Cuando combatíamos parecía poseído, despreciaba el peligro. Era el primero en atacar, el último en retroceder. Decía que ninguna bala fascista llevaba su nombre. Por eso hizo lo que hizo el día que nos hirieron.

—Lo llamaron héroe.

—Héroe o loco, ¿qué más da? Teníamos órdenes de avanzar y avanzamos, hasta que de pronto se nos vino encima una lluvia de fuego. Los compañeros cayeron como moscas. Rompimos filas e hicimos lo que pudimos. Yo quedé descolgado, sin nadie cerca. Indalecio y Lorenzo, juntos. Cuando la bomba mató a Lorenzo, a Indalecio se le fue la olla. Por lo visto empezó a correr, a pegar tiros, acabó él solo con un nido de ametralladoras. Luego nos fue recogiendo y reagrupando. Dios... parecía un general. La bala que me dio a mí me cegó de dolor. Sentí como si me arrancasen el brazo de lo mucho que me quemaba. Recuerdo que hubo un momento que ni sabía si avanzaba en una dirección o en otra. Disparé un par de veces con el brazo izquierdo, al tuntún. Después de que Indalecio volara ese nido se hizo un extraño silencio. No se veía nada a causa del polvo que flotaba por las explosiones. Fue... —Su rostro había adquirido un tono crepuscular—. Cayeron muchos de los nuestros ese día, y no pocos sufrieron heridas. Indalecio recibió el impacto de la metralla y el muy cabrón me dijo que ni se había enterado, que no le dolía. —Sonrió con admiración—. Era un hijo de puta con suerte.

—Pero se le acabó en Barcelona.

—Sobrevivir en el frente y caer en casa. —Chasqueó la lengua—. Parece un chiste, ¿verdad?

Regresó el camarero con el café y la cerveza. Depositó la taza y la botella con el vaso en la mesa y se fue. Jonás tomó la botella y bebió directamente del gollete. Luego se quedó mirando el envase, como si fuese la primera vez que veía algo así.

Una cerveza.

Como si volvieran los buenos tiempos.

Adiós a las restricciones, las limitaciones, las cartillas de racionamiento y todo lo demás.

Luces en la eterna posguerra que parecía no terminar nunca.

—¿Le ha dicho Concha dónde encontrarme?

—Sí.

—Buena chica, ¿verdad?

—Mucho. Habla de usted con cariño.

—Fuimos novios. Salió mal, pero no nos peleamos ni nada. Pasó lo que pasó al acabar la guerra, y ya está. No hay que darle más vueltas.

—Me habló mucho de su cambio, de cómo se volvió taciturno, incluso antes de la muerte de Indalecio.

—Claro. Era evidente que con este brazo no iba a poder seguir con mi vida de antes, ni volver al frente. Indalecio estaba ya a punto de irse. ¿Cómo no iba a estar taciturno? Oiga, ¿peleó usted en la guerra?

—Yo era inspector de policía.

—Ah, ya. —Pareció recordarlo—. Aquí pasaron hambre, y frío, y les bombardearon, como en aquellos días de marzo del 38, pero allá nos jugábamos la vida a diario. ¿Y quiere saber algo? Ignasi tenía razón. La guerra ya estaba perdida. A esos cabrones no les faltaba de nada, iban bien comidos, tenían mejores armas, aviones... ¡Bah! —Puso cara de asco—. Ni siquiera tendría que estar hablando de ello, y menos con un desconocido. —Le miró de hito en hito—. Espero que no sea un espía y me haya liado con ese cuento de la investigación.

—No, no lo soy. Intento resolver lo que no pude resolver entonces.

—Pues es un ingenuo, amigo. —Reapareció el hastío—. Métase en un asilo y viva lo que le quede de vida en paz, hágame caso. Usted ya habrá hecho lo suyo, digo yo.

Jonás Satrústegui era como un tobogán. Subía, bajaba, se aceleraba, frenaba. Aun así, Miquel siguió con su táctica de cordero, sin mostrar la piel del lobo. Había algo que no le gustaba. Algo imperceptible a veces y evidente otras. Jonás pasaba de ser una víctima a ser algo más. Vivía en la agitación.

—Siento haberle molestado —contemporizó.

El hombre miró por el ventanal del bar. La calle estaba tranquila bajo el sol. Bebió otro largo sorbo de su cerveza, aunque más que a eso a lo que olía era a malta.

Reapareció el culpable de nostalgia.

El derrotado.

—Todas las inocencias perdidas —dijo con dolor—, los sueños, la juventud, las esperanzas, las novias...

—Yo tenía esposa y un hijo que murieron. —Le puso una alfombra para que siguiera hablando.

—¿Lo ve? Y todo porque en este país siempre vamos a estar odiándonos unos a otros, de guerra en guerra.

Miquel apuró el café y miró la hora.

—Debería irme —dijo sin levantarse.

—¿Seguirá buscando a su fantasma?

—Bueno, seguiré haciendo preguntas.

—Allá usted.

—¿Ha vuelto a ver a Herminia? —Disparó sus últimas andanadas justo cuando Jonás había bajado la guardia.

—No, a ella no. A los únicos, Salvador y Casimiro. A Salvador fui a pedirle ayuda hace tiempo. Parecía un dios en su pedestal —rezongó con pesar—. A Casimiro sí le vi, haciendo lucha libre, aunque no mantuvimos el contacto.

—¿Sabe dónde puedo encontrarlo? Oí decir que habilitó un local como gimnasio.

—Sí, con un primo suyo, Torcuato Sanjuán. Está un poco lejos, en la calle Granada, entre Almogávares y Sancho de Ávila. Ni siquiera sé si le va bien, porque por ese barrio todo son fábricas o almacenes, pero era todo lo que tenía, supongo. —Hizo una pausa—. Casimiro siempre fue un inocentón, buena persona, corazón de oro. Se enamoró de Herminia, como todos, pero fue el que más se lo guardó. Sabía que no tenía ninguna posibilidad.

—A veces la gente prefiere mantener la amistad a perderla mezclando los sentimientos.

—Pues eso. —Bebió otro sorbo más de cerveza—. De todas formas, ¿qué va a preguntarle a él? No estaba en Barcelona cuando murió Indalecio.

—Nunca se sabe.

—Ustedes los policías siempre escarbando en el subconsciente, ¿eh? —Se hizo el listo.

Ahora sí, Miquel se puso en pie.

Jonás no.

—Lamento haber removido el pasado y haberle devuelto a aquellos días —se excusó.

—Da igual. —Chasqueó la lengua.

—¿Llegó a ver o saber el nombre de la persona que encontró el cadáver de Indalecio en esas ruinas?

—¿Quién?

—Ya sabe, el que avisó a la policía.

—No, ni idea.

—Gracias. —Le tendió la mano—. Ya pago esto en la barra, no se preocupe.

Le dio la espalda y caminó hasta la barra. Le pidió la cuenta al camarero y sacó cinco pesetas. Mientras esperaba, miró al otro lado de los ventanales del bar.

Nada.

O el espía de Salvador Marimón se había ido o se ocultaba mejor.

Y lo primero era bastante ilógico.

20

El gimnasio se llamaba Castor, contracción de Casimiro y Torcuato. La nave reciclada en centro pugilístico era vieja y lo único que permitía saber que allí había algo como aquello era un no menos viejo y deslucido rótulo situado sobre la puerta de la entrada, pequeña en comparación con la alta fachada de dos pisos y con sólo una ventana en la parte superior de la derecha. Nada más cruzar el umbral se encontró con un recinto cerrado, que olía a sudor y aceites, a lona y esfuerzo. Una docena de chicos y hombres se ejercitaba con tesón, tres haciendo sombra, tres más golpeando sacos, dos saltando a la comba, dos en los *punching balls* y dos en el cuadrilátero haciendo guantes. Otros cinco hombres les observaban; preparadores, entrenadores o simples expertos que aportaban el peso de su experiencia. La mayoría tenía la nariz achatada por los golpes. Las luces eran mínimas, tal vez para dar una mayor sensación de verosimilitud, como en el Price o el Palacio de los Deportes. Las paredes estaban llenas de carteles anunciando veladas, con decenas de nombres olvidados y dibujos o fotos de boxeadores en pose de combate. Púgiles que jamás llegaron a dar la talla, que se quedaron en el intento o fueron aniquilados y apartados de sus carreras, posiblemente por culpa de la guerra.

Nadie se fijó en él.

Así que caminó hasta el ring, observándolo todo con curiosidad.

—Un, dos, un, dos, mueve las piernas... Eso es, piernas, piernas, baila, baila... Bien, golpea, retrocede, golpea, retrocede, mide... Bien...

Se quedó junto al que daba instrucciones hasta que éste reparó en su presencia.

—¿A quién busca? —Se sintió molesto por la silenciosa interrupción.

—A Casimiro.

—Ahí.

«Ahí» era la escalera del fondo, que comunicaba con el piso superior, situado a lo largo de la pared de la derecha de la nave. Parecía un altillo sostenido por las columnas de abajo. Caminó hasta ella sin dejar de mirarlo todo. Parte del piso estaba acristalado, para poder ver lo que sucedía abajo. Por detrás de la escalera, metálica, vio una puerta que conducía a la calle trasera o, quizá, a un patio.

Subió la escalera.

El despacho, cuyos cristales daban al gimnasio, parecía no haber sido limpiado en años. Papeles, desorden y caos lo presidían de lado a lado. Olía a tabaco y en un cenicero se amontonaban las colillas aplastadas. En la pared opuesta a la cristalera había un sofá que merecía haber sido jubilado hacía años, más que gastado, roto y con los muelles recortándose por debajo de la gruesa tela. También allí había carteles, pero en este caso del dueño del local.

Casimiro Sanjuán, El Tigre de Bengala.

Un joven apareció de pronto por la puerta frontal.

Se lo quedó mirando sin saber qué hacer o decir.

—¿Casimiro Sanjuán? —preguntó Miquel.

El muchacho caminó unos pasos. Tenía una leve cojera y, tal vez, un poco de retraso mental. Le calculó unos diecisiete o dieciocho años. Siguió mirándole con cara de susto, como si fuera un inspector de sanidad o algo parecido.

—No está, señor.

—¿Dónde puedo encontrarle?

—No sé. —Puso cara de circunstancias—. Los días de combate prefiere desconectar y estar tranquilo, para no distraerse, así que no viene por aquí. Bueno, él y Torcuato, los dos.

Miquel se fijó en otro de los carteles.

El Tigre de Bengala y El Martillo.

Casimiro y Torcuato, haciendo pareja de lucha libre americana.

Uno bajo, el otro alto.

—¿Tienen combate hoy?

—Sí, esta noche, en el Palacio de los Deportes. Hay una gran velada, con El Estrangulador, el campeón mundial Gilbert Leduch, Font, Brossati, Tabola...

Para Miquel eran nombres chinos. No conocía a ninguno. En cambio el muchacho los pronunciaba con respeto, casi con reverencia.

—¿Y ellos...?

—Abren la velada, sí.

Para calentar el ambiente. Nada del otro mundo.

—¿Todo lucha libre?

—Sí, sí señor.

—¿Dónde vive Casimiro?

—Aquí. —Abarcó la puerta por la que él acababa de salir.

—¿Y Torcuato?

—Con su mujer, en su casa.

—¿Y la mujer de Casimiro?

—Oh, él no está casado, señor. —Se dio cuenta de que estaba respondiendo a un sinfín de preguntas de la manera más inocente y reaccionó volviendo a la preocupación—. Oiga, ¿usted quién es? ¿A qué viene todo esto?

Miquel puso cara de gángster.

—Tú calla y responde, ¿de acuerdo?

Consiguió impactarle.

—Sí, señor.

—Y tranquilo, que no pasa nada.

—No, si que no pasa nada ya lo sé —dijo algo encogido—. Ellos son muy buena gente, se lo aseguro. Van a lo suyo y no se meten con nadie. Pelean limpio, no como otros. Me dieron este trabajo cuando nadie me quería.

—¿Dónde vive Torcuato?

—Una calle más arriba, en la de Tánger, en el número 90.

—¿Estará Casimiro allí?

—No, ya le digo que desconecta de todo.

—¿Pelea esta noche y no entrena?

—Precisamente porque pelea esta noche prefiere... desfogarse antes —lo dijo con cautela.

—¿Tiene novia?

—Novia no.

—¿Quién es ella?

—No lo sé. —Bajó los ojos—. Eso no me lo dice.

—Pero ¿la conoces? ¿Ha venido por aquí?

—No, recibe en su casa. Él a veces se queda a pasar la noche. Yo me ocupo de abrir, tengo toda su confianza. —Volvió a levantar la barbilla con orgullo y agregó—: Saben que soy listo.

Una pista perdida. O aplazada.

El último de los amigos, a falta de que hablara con Herminia Salas.

Y, por la noche, el Palacio de los Deportes estaría a reventar.

—Señor, ¿por qué no viene mañana? —preguntó el muchacho con angustia.

—¿Seguro que no está ahí? —Miquel señaló la puerta de la vivienda.

—¡Que le digo que no! ¿Por qué iba a mentirle? —Se cruzó de brazos—. Usted hace preguntas muy raras, ¿sabe? El señor Casimiro tiene sus costumbres y ya está. Siempre hace lo mismo las noches de combate. Eso le pone en forma.

Una curiosa manera de ponerse en forma.

Miquel volvió a contemplar el lugar. Al frente, la puerta de la vivienda. A la izquierda, la cristalera por la que se controlaba el gimnasio. A la derecha, la pared llena de carteles y el sofá. A su espalda, la única ventana que daba a la calle Granada.

Se acercó a ella, sin dejarse ver.

Le costó encontrarlo, pero allí estaba.

Marcos.

Su sombra.

Oculto pero visible.

Ya no supo si sentir rabia o si era más la incomodidad de saberse observado y seguido.

—¿Cómo te llamas?

—Damián.

—Abajo he visto una puerta trasera. ¿Puedo usarla?

—Sí, claro.

—Y si alguien viniera a preguntar por mí, ¿tú qué le dirías?

Damián acabó por sonreír.

—Que no ha estado aquí, claro.

—Buen chico.

—Ya.

—Espero que Casimiro y Torcuato te tengan en consideración.

—¡Oh, sí lo hacen, se lo aseguro! ¿Volverá?

—Es posible.

—¿Quiere que les diga algo?

—No es necesario.

172

—Pero...

—Me llamo Pascual, sólo eso.

—Pascual. Bien, señor.

Miquel regresó a la escalera metálica. Ninguno de los hombres del gimnasio se fijaba en él. Descendió los peldaños con calma, buscando detalles o lo que pudiera llamar su atención. No vio nada fuera de lo común, y mucho menos extraño. A pesar de todo, sintió aquel hormigueo en el estómago. La voz de su instinto. Rodeó la escalera y llegó a la puerta posterior. Tenía un pomo que hizo girar. Del otro lado no podía abrirse, así que sólo era una puerta de escape, no de entrada. Salió a un patio y al fondo vio una especie de callejón que daba a la calle.

Se dio cuenta de algo más.

Una escalera situada a tres pasos, también metálica, conectaba el patio con una puerta ubicada por encima de su cabeza, un poco más allá de la inferior.

El piso de Casimiro Sanjuán tenía un acceso por ese lado.

Privado.

Se apartó un poco, para ver mejor esa puerta. La cerradura parecía consistente pero vieja.

Era de día. Demasiada luz. Y Damián estaba allí.

Seguía el hormigueo.

Y la voz de su instinto.

Dos hombres se habían llevado a Patro, uno alto, el otro bajo.

Como los del cartel de los primos Sanjuán.

El bajo, además, tenía los ojos muy juntos y la nariz grande.

¿Absurdo?

21

El número 90 de la calle Tánger era una casita unifamiliar perdida en mitad de un solar que amenazaba con engullirla en cuanto allí se construyera algo, una nave industrial o incluso un bloque de pisos. Llamó a la puerta y sonrió para infundir ánimos a quien le tocara abrirla, que fue una mujer de aspecto recio, mandíbula firme y ojos duros. Antes de que ella dijera nada, lo hizo él.

—Hola, buenos días, ¿está Torcuato?

—No, se ha ido hará cosa de diez minutos.

—Vaya por Dios —lamentó haciendo un aspaviento—. Mira que venir hasta aquí para nada...

—Puede encontrarle en el Price. Ha ido a ver a alguien de allí para preparar la pelea de la matinal del domingo.

—A lo peor voy y ya no le pillo.

—No, tranquilo. Tiene para rato. Claro que si va a pie...

—Tomaré un taxi, gracias. —Se inclinó como un caballero.

—No hay de qué.

Se le apagó la sonrisa al tiempo que ella cerraba la puerta.

El problema era pillar un taxi por allí.

Lo primero que hizo fue asegurarse de que Marcos no volvía a localizarle.

Aunque, a fin de cuentas, les bastaba con investigar un poco para saber dónde vivía, y al día siguiente...

El día siguiente.

El tercero.

Con Herminia y Casimiro cerraría el cuadro.

Después...

Intentó no pensar en ello. Evitó la tortura de la impotencia. Caminó por la calle Tánger pegado a las paredes de las naves industriales o las tapias medio derruidas buscando un taxi y siempre controlando que Marcos no apareciera a lo lejos. No le fue fácil encontrarlo. Estaba cerca de la plaza de las Glorias y su caos, con la prolongación de la avenida de José Antonio siempre pendiente para abrir Barcelona por el norte. El taxi apareció como un milagro cerca de las vías del tren. Se dio cuenta de lo cansado que empezaba a estar después de un día y medio de ir de un lado para otro, de momento sin éxito, cuando se sentó en el asiento trasero.

—¿Me lleva al Price, por favor?

—Sí, señor. Buen local —empezó a hablar el hombre—. ¿Es usted aficionado?

Al taxista le gustaba la lucha libre americana, así que sabía quiénes eran los luchadores que había citado Damián e iban a pelear esa misma noche en el Palacio de los Deportes.

—Le diré una cosa, Font sale a escándalo por pelea, es sucio y marrullero, pero más listo que el hambre. Grallet lo va a tener mal, muy mal. Y no digamos Brossati con Tabola, porque cuando le da por pelear bien, es muy bueno, pero cuando se pone sucio... Tabola hará bien en controlarlo.

Miquel se sintió un poco acomplejado.

¿Se estaba quedando atrás?

Kubala, la lucha libre...

¿Y si se leía *El Mundo Deportivo* cada mañana en el bar de Ramón?

Por lo menos...

Se bajó en la misma esquina de Casanova con Floridablanca, al pie de las tres plataformas circulares de la fachada con el rótulo del Gran Price y con la cabeza llena de nombres y datos. Una vez solo y en silencio, tomó aire antes de enfrentarse a su nuevo destino. El taxista se alejó feliz por su sapiencia y por haber dado con un pasajero tan receptivo. Por lo visto, la cita de la noche era de lo más impactante. Lo comprobó cuando vio a un vigilante a la entrada del local leyendo *El Mundo Deportivo* y con la noticia en la misma portada, acompañada por un dibujo de Muntañola, en el que se veía a cuatro de los luchadores junto al expresivo titular «El Estrangulador ante Font». En segunda línea se añadía «y Victorio Ochoa contra Marcel Manuel».

El hombre bajó el periódico al ver que Miquel se detenía ante él.

—¿Sí?

—Vengo a ver a Torcuato Sanjuán, el que hace lucha libre. He quedado con él.

—Pues aquí no se admiten visitas.

Parecía un luchador retirado. Corpulento, brazos rollizos, pecho cuadrado.

—¿Está seguro? —Miquel se hizo el duro.

Si el otro parecía un luchador, él seguía pareciendo un policía.

El intercambio de miradas entre los dos gallos de pelea duró unos segundos. Pocos.

—Pase —se rindió el celador de la puerta—. Cruce la pista directamente y vaya a la parte de atrás. Creo que está allí.

—Gracias. —Inclinó la cabeza.

Pasó por el vestíbulo y accedió a la parte central de la pista por una de las bocas. En el ring había un simulacro de pelea, tal vez un ensayo. Dos hombres se agarraban el uno al otro. Antes de que llegara hasta allí, uno le hizo una llave a su contrincante. Los dos cayeron a plomo sobre el tapiz. Se levantaron y volvieron a sujetarse.

Un ballet.

Ni más ni menos.

Un ballet físico, violento, pero mucho menos sangrante que el boxeo profesional.

Reconoció a Torcuato Sanjuán por los carteles del gimnasio Castor. Él era el alto del dúo. Su primo Casimiro, el bajo. No tenía la corpulencia de un armario, sino la de un hombre de aspecto fibroso y ágil aunque de complexión fuerte. Incluso poseía cierto atractivo animal. Tendría más o menos la misma edad que los amigos de Casimiro, treinta y cinco años. Lo vio hablar con otro hombre, de pie, con la serenidad de los que no discuten, sino que intercambian opiniones en torno a una conversación casual.

Miquel decidió esperar a la puerta de las oficinas.

Trató de serenarse, porque estaba demasiado tenso.

Un hombre alto, otro bajo. Un hombre alto, otro bajo.

Miró el local. No había estado allí más de tres o cuatro veces desde su inauguración en 1934. Un baile, una reunión... El Price ya era un emblema de la nueva Barcelona, como antes lo había sido el local enclavado en el mismo lugar, la sala de baile La Bohemia Modernista. Allí sí había ido a bailar con Quimeta antes de su derribo. En el fondo, el sitio era bonito, con sus pisos en torno a la pista, los bancos y las sillas. Imaginó que en las veladas de boxeo y lucha aquello se convertía en un hervidero de gente gritando, envueltos en el humo de sus cigarros.

Ya sólo se podía gritar en el fútbol o en lugares así.

Los dos luchadores del ring seguían ensayando su coreografía, o practicando llaves, la mejor forma de caer.

—No eres de este siglo —musitó en voz baja.

A todo el mundo le gustaba el fútbol o los demás deportes, menos a él.

Si no fuera por Patro, estaría muerto en vida.

Recordó el tema de la paternidad y se le hizo un nudo en el estómago.

Iba a darle a la España de Franco un españolito o españolita más.

La charla entre los dos hombres concluyó unos minutos después. Uno se quedó en la oficina. Torcuato, sin prisa, se acercó al lugar en el que le esperaba Miquel.

Hora de presentarse.

—¿Señor Sanjuán?

—¿Sí?

—Me llamo Miquel Mascarell. —Le tendió la mano escrutándole los ojos en pos de su reacción mientras hablaba con voz relajada—. Estoy buscando a su primo Casimiro.

Al oír su nombre, fue como si Torcuato Sanjuán hubiese oído mentar al diablo.

—Mi primo no está aquí. —Se quedó rígido.

Miquel mantuvo la mano extendida.

Hasta que el otro la estrechó con la suya.

—Ya lo sé —siguió con su contenido tono relajado—. Me han dicho en el gimnasio que hoy tienen combate y que suele pasar las horas previas con una amiga.

Tanta información hizo que Torcuato Sanjuán se liberara apretando las mandíbulas.

—Ese chico... ¡Menudo bocazas!

—No le culpe. Yo...

—¿Para qué quiere verle? —Lo interrumpió sin perder la tensión, poniéndose en guardia de repente a pesar de la calma de Miquel.

—Hace años, durante la guerra, un amigo suyo murió y otro fue acusado del asesinato. Lo estoy investigando.

El luchador cerró los puños.

Como si fuera a pegarle.

—Ya sé la historia —dijo.

Ni un «¿por qué?». Ni un «¿ahora?».

Miquel intentó no pensar en Patro. Dependía de su serenidad, de cómo mantuviera el control. Hablar de más no le serviría de nada. La campanilla de su instinto se había convertido en una campana que daba fuertes aldabonazos en su cabeza.

—No quisiera molestarles, y más hoy que tienen ese combate, pero me es urgente localizarle.

Los ojos de Torcuato seguían atravesándole. Una mirada en parte cautelosa, en parte furiosa. Pero más allá de la posible ira, lo que captó Miquel, de pronto, fue miedo.

Le tocó ponerse en guardia a él, por si acaso.

—¿Cómo ha dado con nosotros? —quiso saber el luchador sin darle la información pedida.

—Haciendo preguntas. ¿Puede ayudarme?

—No —respondió con sequedad.

—Pero ¿por qué? —Fingió inocencia.

—Mire. —Torcuato Sanjuán se le puso delante—. Los días de combate se va de putas, sí. ¿Cree que me las presenta? No tengo ni idea de dónde está. Vendrá esta noche al Palacio de los Deportes y eso es todo. Si quiere verle, vaya mañana al gimnasio.

Hizo ademán de marcharse.

Miquel lo evitó.

Torcuato Sanjuán podía derribarlo de un plumazo. Incluso soplando. No le gustó que lo retuviera agarrándolo del brazo.

Miquel tensó un poco la cuerda.

—¿Tiene prisa?

—¡Pues claro que tengo prisa! ¿No le he dicho que vaya mañana al gimnasio?

—¿Por qué se enfada?

—¡No estoy enfadado! —se alteró un poco más—. ¡Pero bastante tenemos ahora como para remover el pasado, maldita sea! —Se dio cuenta de que se estaba excitando demasiado, casi implicándose a sí mismo, traicionándose, y entonces trató de disimular haciendo a destiempo y con nervios aquella pregunta, como si no lo supiera—: ¿Y usted qué pinta en todo esto?

—Ya le he dicho que estoy investigando lo que sucedió.

—Mire, antes de la guerra mi primo y yo teníamos poco contacto —disimuló de la mejor manera posible, contándole lo primero que se le pasó por la cabeza—. Yo vivía en Viladecans. Fue después cuando hablamos y me metió en lo de la lucha para ganarme la vida. Lo que hiciera o sucediera antes es cosa suya. Y tengo prisa, sí, ¿de acuerdo? ¡Combato esta noche, coño!

Se soltó de su mano y echó a andar.

Aunque más pareció una incómoda huida.

—Yo también salía ya. —Le acompañó Miquel, decidido a no soltar su presa.

Cruzaron la pista. Los dos luchadores se tomaban un descanso sobre el ring, hablando entre sí. Ninguna rivalidad. Ningún odio. Sus cuerpos sudorosos brillaban. Tenían la piel sonrosada a consecuencia de los golpes y las caídas. Más que musculosos, en el fondo estaban gorditos. Una curiosidad más.

Llegaron al exterior. El vigilante saludó a Torcuato.

—Hasta luego, suerte esta noche.

—Gracias, Juan.

Otros dos pasos, hasta que Torcuato Sanjuán se detuvo igual que un perro enjaulado.

—¿Va a seguirme o qué?

—Oh, no. Perdone —se excusó Miquel.

No le dijo nada más. Caminó hasta un viejo coche aparcado junto a la acera, por el lado de Floridablanca. Un vehículo que se caía a pedazos. Metió la mano en el bolsillo del pantalón para buscar las llaves.

Miquel sintió la punzada final.

La adrenalina le corrió por el cuerpo.

«No te precipites», escuchó la voz de su experiencia.

No salvaría a Patro provocando al luchador. Al contrario. Lo único que haría sería descubrirse.

Se controló.

—Buen cacharro —dijo señalando el coche.

Torcuato Sanjuán pareció más calmado.

Sólo un poco.

—Nos va bien para cuando peleamos por ahí. —Se encogió de hombros aunque empleando los mismos malos modos—. Era de mi padre. Una reliquia, pero mientras chute...

Se metió dentro y arrancó.

En medio de una pestilente nube de humo negro y el rugido del destartalado motor.

22

Casimiro y Torcuato.

Los dos hombres. Uno alto, otro bajo. El bajo con los ojos juntos y la nariz grande. El coche. Ellos.

Ahora tenía que ser cauto.

Esperar a la noche.

Confiar en su instinto.

Y mientras, por si acaso, seguir haciendo preguntas.

Sudaba por la excitación, los nervios...

No le dirían dónde estaba Patro. Tenía que encontrarla. Ellos eran dos, jóvenes y fuertes. Lo negarían y punto. Si les provocaba perdería el factor sorpresa, su mejor baza. Si se equivocaba, eran capaces de hacer una estupidez.

Lo asombroso era que dos luchadores hubieran orquestado todo aquel plan, y casi a cara descubierta, yendo con aquel coche a por Patro.

—Cierra el círculo —se exigió—. Primero acaba de verles a todos.

Herminia Salas.

El último sería Casimiro.

Si tuviera una pistola, iría al gimnasio Castor. Pero no la tenía.

Levantó la mano y detuvo el enésimo taxi del día. Temblaba. Se subió con el cerebro del revés y a duras penas recordó la dirección de la ex novia de Ignasi Camprubí. Se quedó unos segundos en blanco.

—¿Adónde, jefe?

El «jefe» le miró como si acabase de aterrizar volviendo de Marte.

—Calle Murcia 18 —recordó por fin.

Logró respirar en cuanto el vehículo se puso en marcha. Lo hizo profundamente, con inspiraciones largas. Le dolía el pecho, pero más las sienes. Debía de tener mala cara, porque un par de veces el taxista le observó por el retrovisor. Al llegar a su destino se quedó en la acera con la misma sensación. La lluvia de pensamientos era igual que un fuego de San Telmo en mitad del mar.

Herminia Salas no había llegado todavía.

Regresó a la calle y a unos cincuenta metros vio un bar. ¿Otro día sin comer nada? Mejor que no tentara a la suerte. Caminó hasta él y, aunque desde el interior no podía ver el portal, se sentó a una mesa y esperó a que el camarero le atendiera. Se le acercó una muchacha chispeante, risueña, de unos veinte años. Era de las que coqueteaban con todo el mundo, porque los parroquianos le hacían bromas y ella les provocaba con su risa y sus contoneos. Hacía calor, pero le pidió una sopa, y de segundo una tortilla de patatas. No se sentía con fuerzas para comer carne. Lo primero que le trajo fue una jarra de agua. Bebió la mitad al darse cuenta de que tenía mucha sed, y antes de que le trajeran el primer plato se pasó por el lavabo, infecto, mojado y pestilente. Al volver a la mesa ya tenía la sopa esperándole.

Sabía que le sentaría bien.

Lo que no le sentaba bien era la soledad.

En cuanto se quedaba quieto, Patro volvía a ser el centro de sus pensamientos, y más ahora que creía haber descubierto a los secuestradores.

No, creer no. Estaba seguro.

Había tenido que contenerse tanto con Torcuato Sanjuán...

Acabó de comer, pagó, dejó propina para la pizpireta camarera y regresó al piso de Herminia Salas.

Segundo intento, segundo fracaso.

Eran más de las tres.

Pensó sentarse en la misma escalera, pero si bajaba un vecino y le veía...

Paseó por la acera. Diez metros arriba, diez metros abajo. Quince minutos después empezó a cansarse del juego. Se apoyó en la pared, para, al menos, descansar en algún sitio. Otros cinco minutos después notó el peso en las piernas. ¿Se sentaba en el bordillo? No le gustó la idea.

Otra larga serie de paseos.

Las tres y media. Las tres y treinta y cinco. Las tres y cuarenta.

¿Un plantón?

Herminia Salas era una pieza clave en todo aquello, estaba convencido de ello.

La enfermera llegó a las tres y cincuenta. Caminaba sin excesivo brío. Nada de correr porque llegaba tarde a su cita. Por un lado, el calor. Por el otro, su propio cansancio. La cara reflejaba el paso de las horas haciendo guardia en unas urgencias como las del Clínico. Ojeras, ojos agotados, la piel casi descolorida. Se detuvo ante Miquel y en su tono de voz flotó de todo menos entusiasmo.

—Lo siento. Iba a salir cuando han traído a cinco heridos de un accidente de coche. Una colisión frontal. Dos han muerto en el quirófano y tres están graves pero estabilizados.

—Duro trabajo el suyo.

—Es lo que hay. —Se encogió de hombros—. Pero me gusta.

—Lo entiendo.

—Por lo menos ahora tengo libre todo el día de mañana. Dormiré doce horas seguidas y listos. ¿Subimos?

—Por favor...

Ella entró primero en el portal. Miquel la siguió escaleras arriba, a un par de pasos. No pudo evitar mirarle las piernas, muy bonitas. Toda ella destilaba feminidad más allá de los rasgos ligeramente endurecidos de la cara. Abrió la puerta del piso y le hizo entrar.

Un lugar cómodo, femenino, pero sencillo.

Muy pequeño.

—Siéntese, al fondo. Voy a quitarme la ropa de trabajo —le indicó.

El fondo era el comedor, con una mesa pequeña y dos sillas. No había butacas. No cabían. Sofá sí, pero no se sentó en él. Prefirió una de las sillas. Se quitó la chaqueta porque hacía calor y la ventana estaba cerrada. En el aparador de la derecha vio vasos y platos, una sopera y la cubertería, todo colocado con mimo encima del marmol. En una librería de la izquierda, algunos libros y un par de recuerdos. La única foto era la de un hombre joven y sonriente, muy guapo, que miraba a cámara con el desafío de sus veinte o veintiún años. Estaba protegida por un aparatoso marco de plata con los cantos labrados.

Herminia Salas le sorprendió examinándola al regresar.

—Es Ignasi —le dijo.

Doce años muerto, pero seguía en su vida.

En su corazón.

—Parecía simpático.

—Lo era. Mucho. —Esbozó una sonrisa de cortesía mientras abría la ventana del comedor para que pasara el aire.

—¿No se ha casado?

La mujer se sentó en la otra silla. Se había puesto una falda plisada y una blusa muy liviana. No llevaba zapatos. Tenía los pies grandes.

—No, sigo soltera —respondió a su pequeña impertinencia.

—No será por falta de oportunidades —quiso enmendarlo—. Es usted muy guapa.

—Gracias. —Volvió a mirar la foto instintivamente.

—¿Tanto le quería?

Los ojos de la dueña del piso destilaron un sinfín de luces.

—Sí, tanto —concedió.

—No quisiera molestarla con esto —se excusó Miquel—. Sé que no es bueno reabrir heridas, aunque pueda servir para cicatrizarlas como es debido.

—No me molesta. —Quiso dejarlo claro—. Siempre supe que era inocente. Yo más que nadie, porque era la que mejor le conocía. Es tarde para hacer justicia, pero bienvenido sea usted si está dispuesto a investigar todo aquello. —Lo atravesó con una mirada cargada de intenciones—. ¿Qué le impulsa a hacerlo? Antes me ha dicho que eran «razones personales», pero eso es un poco ambiguo.

—También le he dicho que, de haber llevado yo el caso, probablemente no habría detenido a Ignasi con tan escasas pruebas, por más prisas que me hubieran metido mis superiores.

—Usted no conoció al padre de Indalecio.

—No, pero yo no era el inspector Miranda. —Se inclinó un poco sobre la mesa—. Mire, sé que no le sirve de nada que le hable de mala suerte, de que el destino se confabuló en contra de todos, pero es la verdad. Ahora es distinto.

—¿Ésa es su única razón?

—Sí.

Le miró mucho más profundamente, si es que eso era posible.

No le creía.

Sabía que mentía.

186

Ella sí lo sabía, porque seguía enamorada del recuerdo de su novio muerto, por intuición femenina, por la razón que fuera.

Pero no dijo nada más.

Miquel tampoco.

—¿Quiere tomar algo? —le ofreció la dueña de la casa.

—Acabo de comer, gracias. La que estará muerta de hambre es usted.

—No, la verdad es que no. Demasiado cansancio encima. —Hizo un gesto con la mano—. Cenaré antes y listos. ¿Cómo ha dado conmigo?

—Como le he dicho antes, haciendo preguntas.

—Debe de ser bueno. Creía vivir aislada. Perdí todo contacto con las personas de aquellos días. Me aparté de los amigos de Ignasi, de sus padres... Veía en todos y cada uno de ellos al posible culpable. No pude soportarlo. Alguien lo hizo, y estaba ahí, tal vez consolándome y todo. Además, me convertí en «la novia del asesino», ¿se imagina? Empecé a volverme loca. No podía defenderle. En lo único que puedo pensar ahora es en que el rastro de aquel crimen, el motivo por el que alguien mató a Indalecio, habrá desaparecido.

—Como ex policía le diré que siempre queda algo.

Herminia Salas se cruzó de brazos.

—De acuerdo, ¿en qué puedo ayudarle?

—Cuénteme lo que sepa de Ignasi.

—¿No es mejor que le hable de Indalecio?

—Vayamos por partes. Usted era la novia de Ignasi, no de Indalecio. ¿Qué hacía, de qué hablaba o con quién se veía él en marzo del 38?

—Ése es el problema, porque le aseguro que no hay mucho. ¿Qué hacía? Trabajar como corrector en una editorial y buscarse la vida realizando trabajos esporádicos en imprentas. ¿Con quién estaba? Conmigo, siempre que podíamos y teníamos cinco minutos libres. Yo estudiaba y el tiempo era limitado. Sin olvidar la guerra, los bombardeos... Soñábamos con casarnos en cuanto acabara todo. Nada más. ¿Ha estado usted enamorado, señor?

—Sí.

—¿Mucho?

Quimeta.

Patro.

—Creo que sí —asintió.

—Él y yo lo estábamos. Hasta la médula. Todo el mundo decía que éramos tal para cual, la mejor pareja y todas esas cosas. Y es cierto. A mí... me dolía el estómago de tanto quererle. Era tierno, dulce, una buena persona, sin egoísmos, sin odios ni dobleces, honesto, sincero, leal. —Suspiró—. Podría gastar todo el diccionario y aún me faltarían palabras. ¿Cree que alguien así podría matar a un amigo y a traición, deliberadamente?

—¿Aunque el amigo le hubiese humillado y golpeado?

—¡Él apreciaba a Indalecio! ¡Ni esa pelea habría acabado con su amistad! Además, lo único que hizo fue decirle la verdad, que la guerra estaba perdida. Después del altercado Ignasi me dijo que no le guardaba rencor, que lo único que sentía era lástima.

—¿Lástima?

—Estaba seguro de que Indalecio acabaría muriendo en el frente, cegado por lo que sentía, en plan heroico. Y si no, que se iría lejos, fuera de España. En uno u otro caso, iba a perderle.

—¿Usted les conoció bien a todos?

—Claro. Espere.

La mujer se levantó y salió del comedor sin hacer ruido. Sus pies descalzos parecían suaves. No estuvo fuera ni veinte segundos. Regresó con unas fotografías viejas. Se sentó y se las fue pasando a Miquel, una a una.

En la primera aparecían ellos, los seis, uniformados, con sus pantalones cortos, los borceguíes y las camisetas. Debía de ser después de un partido, porque estaban sucios, embarrados y despeinados, pero muy sonrientes.

Herminia puso un dedo encima de cada uno.

—Lorenzo, Jonás, Ignasi, Indalecio, Salvador y Casimiro. El resto del equipo casi ni contaba. Eran ellos, siempre ellos.

Miquel le dio la vuelta a la fotografía.

«Domingo, 8 de marzo de 1936. Nosotros 7, Ellos 3.»

Dos años antes de aquel fatídico 17 de marzo de 1938.

Miró la siguiente imagen y entonces sonó un timbre telefónico.

—Perdone. —Se levantó ella.

Teléfono. Casi un lujo. Tal vez por ser enfermera necesitase estar siempre preparada para una emergencia. Debía de tenerlo cerca, porque lo descolgó antes de la tercera señal, y la voz de Herminia le llegó con nitidez a pesar de usar un tono comedido.

—¿Sí?

Pausa.

—Ah, hola, Teresa. Tengo una visita, ¿te llamo luego?

Segunda pausa.

—No, no, un viejo conocido del 38.

Tercera pausa, ligeramente más larga.

—Sí, bien, bien. De acuerdo. Hasta luego. Ya te cuento, sí.

Colgó el auricular y regresó al comedor.

—¿Su hermana? —dijo Miquel antes de que se sentara.

Ella se quedó muda.

—Sabe usted mucho —logró reaccionar, frunciendo el ceño.

—Ya le he dicho que hago preguntas —repuso él.

23

Herminia Salas pareció escrutarle de otra forma.

Miquel se sintió incómodo.

Aunque sólo fuera por el simple hecho de que ella fuese diferente.

Diferente a Narcisa Martínez, Salvador Marimón, Mariana Molas, Concha Alba, Jonás Satrústegui... e incluso al padre de Indalecio.

—¿Por qué me mira así? —le preguntó.

—Porque es usted extraño.

—¿Yo?

—Como policía, me lo habría imaginado de otra forma.

—¿De qué forma?

—No sé. —Subió y bajó los hombros—. Más seco, más distante, menos humano.

—Serán los años. —Esbozó una sonrisa.

—No, la gente no cambia tanto. Parece bueno en lo suyo.

—Era bueno —proclamó con cierto orgullo.

—Creo que, si hay algo que descubrir, usted dará con ello. Se mueve bien. —No le dejó meter baza y agregó—: Aún no me ha dicho quién le ha dado mis señas o le ha hablado de mí.

—¿Tanto le interesa?

—Como acabo de contarle, me aparté de todos ellos y preservé mi intimidad.

—Estudiaba enfermería en aquellos días. Por lo tanto, si lo era ahora, su nombre tendría que estar en alguna parte.

Levantó las cejas admirada.

—¿Y a quién ha visto?

—No, ahora me toca a mí. —Señaló las fotos, que había dejado sobre la mesa—. Iba a hablarme de ellos.

—La mitad están muertos.

—Cuando se asesina a una esposa, en el noventa por ciento de los casos el asesino es el marido. Cuando se asesina a una persona, en el noventa por ciento de las ocasiones se trata de alguien de su entorno. Ahora dígame cómo eran, por favor.

—¿Por dónde empiezo?

—Por los vivos.

—Vivos o muertos, ¿qué más da? Salvador era el más listo y actuó en consecuencia: no fue a pelear y se casó con Narcisa. En el otro extremo, Casimiro, el más simple, un pedazo de pan. En medio, Jonás, que seguía a los mayores como un perrillo faldero, y Lorenzo, discreto hasta el punto de ser el primero en caer. De Ignasi ya he hablado. Y de Indalecio... A veces he pensado que cualquiera podía haberle matado, porque se lo buscaba con ganas. Pero eso ya se lo habrán dicho si, como empiezo a pensar, ha dado con los supervivientes de aquello.

—Me han dicho que usted los revolucionó a todos.

—Eso es una estupidez.

—No tanto. Salvador se enamoró, y lo mismo me han dicho de Lorenzo o de Casimiro. Hasta que usted escogió a Ignasi.

—Dicho así, parece que yo hubiera ido a piñón fijo.

—No, pero hizo una elección.

—Ignasi y yo nos enamoramos al mismo tiempo. No le seduje, si es lo que está pensando. —Movió la cabeza negativamente—. Éramos muy jóvenes y sí, supongo que yo fui un poco la novedad, pero sólo eso. Era atractiva y ellos vulnerables.

—¿A quién conoció primero?

—A Salvador. Él me presentó al resto. En cuanto Ignasi y yo nos miramos... saltó la chispa, aunque tardamos en dar el primer paso. Eso fue lo que dio alas a Lorenzo y al propio Salvador. Casimiro se lo guardaba todo para sí mismo. Cuando vieron que Ignasi y yo nos hacíamos novios, Lorenzo se resignó y Narcisa se lanzó a tumba abierta a por Salvador, dispuesta a no perder más tiempo y lamerle las heridas. —Tomó un poco de aire—. Por lo visto estaba enamorada de él desde la adolescencia. Típico de las hermanas pequeñas. Salvador acabó viendo que era su oportunidad y ya no lo dudó. Marcelino Martínez era poderoso entonces con unos y ha seguido siéndolo después con los de ahora.

—Hábleme de marzo del 38.

—No todo arrancó ahí —dijo ella—. Empezó nada más estallar la guerra y sus discusiones sobre el conflicto. Casimiro se fue a la marina, Salvador se apalancó con el enchufe de su futuro suegro, Ignasi no podía combatir por sus problemas de corazón, que no le impedían llevar una vida normal y haber vivido muchos años, pero sí pelear o hacer lo que se hace en la guerra. La prueba fue que jugó al fútbol mucho tiempo antes de que se lo descubrieran. Si murió en ese interrogatorio, fue porque debieron de torturarle y llevarlo al límite. —Levantó una mano para impedir que Miquel metiera baza y continuó—: Los otros tres consiguieron ir juntos al frente, en plan mosqueteros. De hecho, Indalecio fue el primero en apuntarse, y los otros dos le siguieron entusiasmados. Como si se fueran de excursión. La diferencia es que Indalecio tenía madera de héroe, pero Lorenzo y Jonás no. —Hizo otra pequeña pausa—. Indalecio parecía poseído. Para él todo era blanco o negro, sin matices. La República representaba la legalidad y los otros no. Punto. Odiaba el fascismo con todas sus fuerzas. Un auténtico líder.

—A Ignasi le llamó cobarde y le pegó. ¿Por qué no hizo lo mismo con Salvador?

—Salvador nadaba y guardaba la ropa. Ignasi no, era sincero. Y, como amigo, le dijo lo que pensaba. Ahí se equivocó. No se puede discutir con un fanático. Además, Indalecio quería mucho a su hermana. Meterse con el hombre que Narcisa amaba era meterse con ella, así que se contuvo. Lo de Ignasi le dolió más.

—Acaba de decir que a Ignasi debieron de torturarle y debo manifestarle que eso no es cierto. No éramos bestias.

—Ese inspector tenía que encontrar un culpable a toda prisa. Para Ignasi una bofetada ya era una tortura.

Miquel pensó en Valentí Miranda.

Sí, presionado hasta el límite era capaz de todo.

—¿Hay algo que recuerde de manera especial durante los días previos a la muerte de Indalecio?

—No. —Tensó los labios—. Le vi poco. Y cuando lo veía... Ya se lo he dicho: discutía y se peleaba con todo el mundo. Imaginamos que la muerte de Lorenzo le había acabado de volver loco. Jonás, en cambio, no hablaba, era una tumba. Le recuerdo con la mirada perdida y la cara inexpresiva. Indalecio protestaba por todo, se quejaba por todo. Veía a alguien riendo por la calle y se ponía a gritar, a insultarle llamándole emboscado, porque mientras ellos morían en el frente por la libertad, el resto del mundo ni se enteraba. Pero más allá de eso estaba firmemente convencido de que el fascismo no podía ganar, que era imposible. Ignasi fue el único que se lo rebatió y ya sabe qué pasó.

—¿Intimó usted con las novias de ellos, Mariana, Concha...?

—Intimar no. Era una amistad superficial. Como ellos estaban muy unidos, pasamos a formar parte de eso, pero no llegamos a las confidencias.

—¿Cuándo fue la última vez que vio a Indalecio?

—La tarde del 16, el día antes de su muerte. Fui a verle para rogarle que le pidiera perdón a Ignasi.

—¿Cómo estaba?

—Extrañamente callado, como si le pasara algo o tuviera un nuevo tormento en el alma.

—¿Se imagina qué podía ser?

—No.

—¿Le dijo si le pediría perdón a Ignasi?

—Sí. Dijo que lo sentía, que se había dejado llevar por la rabia y que antes de regresar al frente hablaría con él. Pero le repito que estaba... como ausente, preocupado y, al mismo tiempo, dolorido.

—¿Le aseguró que lo haría antes de regresar al frente, no en ese momento o al día siguiente?

—Sí. Cuando me iba me miró y, muy serio, hizo un comentario que no entendí. Pronunció las palabras: «Es la hora de las decisiones».

—¿No le preguntó qué quería decir?

—No. Probablemente tampoco me lo habría dicho, porque parecía tener la cabeza en otra parte. Fue algo misterioso. De inmediato volvió a encerrarse en sus pensamientos.

—Y a Ignasi, ¿cuándo le vio por última vez?

—El día antes de que le detuvieran.

—¿Cómo estaba?

—Imagínese. Consternado. Y eso que lo del asesinato todavía no se había hecho público. Sólo sabíamos que Indalecio había sido hallado sin vida en aquellas ruinas. Lloró como un niño en mis brazos, por su amigo y porque había muerto estando los dos peleados. Él era sí. No le guardaba el menor rencor por aquel puñetazo, ni por haberle llamado cobarde.

—¿Y después de morir Ignasi?

Herminia bajó la mirada.

La escena debía de estar impresa a fuego en su mente.

Su voz se hizo levemente opaca al responder.

—Allí estábamos todos, menos Mariana y Narcisa, en el entierro, casi sin que nadie se atreviera a levantar los ojos del suelo, machacados. —Suspiró llena de dolor—. Me dijeron lo evidente: que Ignasi no había podido ser, a pesar del comunicado oficial de la policía dando por cerrado el caso. —Otro largo suspiro—. Fue la última vez que estuvimos juntos.

—¿Y después?

—Ahí acabó todo. Me encerré en mi casa y... Ya no quise saber nada de ellos.

—¿Sospechaba de alguno?

—No se me ocurría ninguno, ni tampoco por qué habría querido matar a Indalecio.

—Me intriga eso de que Indalecio estuviera preocupado por algo antes de que le asesinaran.

—Desde luego, no parecía él. Pensé que me tendría que pelear, o que discutiríamos. Pero no. Su cabeza estaba en otra parte, eso seguro.

«Es la hora de las decisiones.»

—¿Sabe si Indalecio habló con alguno de los otros acerca de su incidente con Ignasi?

—No, pero también se mostró raro con Jonás.

—¿Se imagina por qué?

—Ni idea. La muerte de Lorenzo estaba ahí, les pesaba a los dos. Puede que Indalecio hubiera preferido ver caer a Jonás antes que a Lorenzo y eso le hiciera daño, por más humano que fuera pensarlo. A veces uno ha de descargar su amargura de alguna forma. Es muy difícil hablar de los sentimientos de aquellos días.

Miquel se quedó callado.

Buscó más preguntas.

Pero lo que tenía eran muchas dudas.

Otra vez sus voces interiores, las alarmas disparadas.

¿Por lo que ya sabía... o porque había un hueco enorme en alguna parte?

—¿Cree que dará con la verdad? —preguntó de pronto Herminia Salas.

—No lo sé. —Fue sincero.

—¿Tiene alguna idea?

—Sí.

—¿Querrá compartirla conmigo?

—Ahora no.

—Ignasi era todo para mí.

Y Patro para él.

—Volveré a verla. —Se levantó de la silla dispuesto a irse.

Irse con aquella extraña sensación en el estómago.

Investigar con cansancio y miedo tenía esas cosas: uno no veía el conjunto con claridad, sólo las partes, algunas inconexas entre sí.

Las fotos de Ignasi y sus amigos seguían encima de la mesa.

24

Miró la hora al poner un pie en la calle y darse cuenta de que ya era muy tarde.

Su segundo día enfilaba la recta final, y tenía mucho que hacer antes de que llegara la noche.

Lo primero, liberarse.

Buscó otro bar con teléfono público. Los prefería. Caminó en dirección a la Meridiana y localizó uno en la calle del Suspiro, al lado del pasaje de la Oliva. Era otro antro de barrio, mal iluminado, lleno de olores y con algunos parroquianos jugando al dominó. El estallido de las fichas sobre las mesas de mármol era continuo, y también los gritos.

—¡Pito doble!

—¡A cincos!

—¡Me cagüen tus muertos, paso!

Por suerte, el teléfono público estaba donde siempre solía estar: al final de la barra, colgado de la pared, a una distancia relativa de los jugadores.

Pidió un café y cinco fichas, porque se imaginó que las necesitaría todas y tal vez más.

—No hay café —le dijo el camarero—. Achicoria.

Miquel se encogió de hombros.

Recogió las fichas y se dirigió al teléfono. Sacó la tarjeta de Salvador Marimón y, tras escuchar el tono e introducir la primera, marcó los seis números. Al otro lado del hilo telefónico escuchó la voz del recepcionista de la empresa.

—Martínez e Hijos, ¿dígame?

—Con Salvador Marimón. —Puso voz autoritaria.

—Un momento, por favor.

Segundo paso: su secretaria.

—¿Dígame?

—Soy el señor Mascarell. El señor Marimón ha dado orden de que me comunicaran con él si llamaba.

—¡Oh, sí, aguarde, por favor!

La espera no fue larga. Entre veinte y treinta segundos. Las fichas aguardaban en orden en la repisa del aparato. Por detrás de Miquel los jugadores continuaban sus partidas en las tres mesas ocupadas.

—¡Cierro!

—¡Claro, porque sabes que tengo el seis-cinco!

—¡Potra!

—¿Señor Mascarell?

Se lo dijo directamente, sin el menor preámbulo cortés.

—Voy a hacerle una pregunta, y quiero que sea sincero.

—Claro, diga.

—¿Por qué ha mandado que me sigan?

Al otro lado se hizo el silencio.

Miquel continuó:

—Vi a ese hombre, Marcos, en su despacho. Así que no se me haga el inocente y responda.

—Verá... —vaciló Salvador Marimón.

—Si me dice que es para protegerme, me echaré a reír.

—No, no, no es por eso. —Pareció rendirse envolviendo sus palabras con un suspiro.

—Entonces, o usted mató a Indalecio y trata de protegerse, o quiere ser el primero en saber quién lo hizo. —Le disparó una imaginaria bala.

—No sea tan ingenuo, hombre —se defendió rápido—. Si lo hubiera hecho yo y quisiera protegerme como dice, ya estaría usted muerto. Pero ni lo hice ni soy un asesino, por Dios.

—Queda la tercera vía.

—Mi suegro. —Arrojó la toalla.

—¿Él le dijo que me pusiera un perro de presa?

—Sí.

—¿También quiere ser el primero en saber lo que descubra?

—Así es. ¿Le sorprende?

—Me deshice de Marcos. La pregunta ahora es: ¿lo intentará de nuevo?

—Mire —Salvador Marimón dio muestras de cansancio, o de estar atrapado entre dos frentes—, mi suegro se ha puesto hecho una furia cuando le he dicho que Marcos le ha perdido. Y no se imagina lo que es que él se ponga así.

—Genio y figura.

—No lo sabe usted bien. Se supone que ya no está aquí, que se ha retirado de los negocios, pero lo controla todo con mano de hierro. Nadie puede discutirle nada. Usted ni siquiera es policía, así que...

—Se lo repito, ¿lo intentará de nuevo?

—Usted ha destapado una caja cerrada hace mucho tiempo. Una caja llena de truenos. Me temo que sí. Es capaz de todo con tal de saber si aquello fue un error y el asesino sigue libre. La paciencia no está entre sus mejores virtudes.

—Entonces deme el teléfono de su suegro.

—¿Va a llamarle?

—Sí.

—¿Se ha vuelto loco?

—No.

—Créame, no le desafíe. No tiene la menor oportunidad. Cuando quiere algo, lo consigue.

—Yo también, pero a mi aire. Deme su teléfono o cojo un taxi y me planto en su casa. Le dije que le informaría de lo que descubriese, pero trabajo solo, no con guardaespaldas ni con una sombra pisándome los talones.

Puso otra ficha en la ranura del teléfono.

—De acuerdo, pero no le diga que yo se lo he dado.

Miquel sacó el papel de las anotaciones y el bolígrafo. Apuntó el teléfono y ya no volvió a guardárselo. Se dispuso a colgar, pero su interlocutor lo evitó.

—Señor Mascarell, ¿ha hecho algún progreso?

—No soy un mago —se quejó con acritud.

—Mi suegro me dijo que usted tenía algo especial, y no le falta buen ojo para juzgar a las personas.

Se lo comentaba, sobre todo, para ver cómo reaccionaba.

—Me falta hablar únicamente con uno de los implicados. Cuando lo haya hecho, tendré un cuadro bastante preciso de cómo son, cómo eran, y de qué forma vivieron aquellos días.

—¿Quién...?

—Buenas noches, señor Marimón —le cortó la pregunta antes de colgar.

Se movió rápido. Insertó la tercera ficha y marcó el número de Marcelino Martínez. El zumbido al otro lado llegó a sonar tres veces. Luego se puso una mujer. Miquel no supo si se trataba de la criada o no.

—Póngame con el señor Martínez —ordenó con voz autoritaria.

—El señor cena temprano y...

—Me llamo Miquel Mascarell. Estuve ayer con él y me pidió que le llamara a cualquier hora. Avísele, ¿quiere?

No se lo pidió «por favor».

—Un momento, señor.

Quizá lo tuviera al lado, aunque por el auricular no escuchó el menor sonido. La voz del hombre que había precipitado la investigación de Valentí Miranda doce años antes le llegó con amable cordialidad a los cinco segundos. A Salvador Marimón no le había dado tiempo de llamarlo para advertirle.

—Buenas noches, señor Mascarell.

Él no perdió ni un segundo en ser amable ni cordial.

—No me gusta que me sigan.

Marcelino Martínez tampoco pretendió disimular.

Sólo se tomó un respiro.

—Era por su bien —confesó.

—¿Me protege?

—Su visita de ayer despertó viejos fantasmas. No he dejado de pensar en ello desde que se fue.

—No tenía por qué ponerme un perro de presa en los talones.

El hombre mantuvo la calma. Su voz continuó siendo serena.

—Si es cierto que ese asesino sigue impune y sabe que alguien va tras sus pasos, ¿cree que se cruzará de brazos?

—Eso es cosa mía.

—No quiero que muera sin decirme lo que averigüe, eso sí es cosa mía.

—Le dije que si descubría algo le avisaría. Por ejemplo, para que lo denunciara usted.

Las caretas empezaban a caer.

O no le creía o...

—Señor Mascarell, ¿puedo preguntarle algo?

—Adelante.

—¿Por qué no me dice la verdad?

—No le entiendo. —Arrugó la cara como si fuese un niño pillado en un renuncio por su maestra.

—¿Doce años después de los hechos, se interesa por este caso remoto, sólo por sentirse mal, porque en su día cayó enfermo y su sustituto tal vez metiera la pata? No me tome por ingenuo, por favor. Yo le digo a mi yerno que no vuelva a se-guirle, pero usted ha de contarme qué está sucediendo.

Miquel paseó una mirada por el bar. Las mesas, los juga-dores, sus gritos, la gente que vivía su vida ajena a todo, so-portando la situación como mal menor. Probablemente en su mundo no hubiese asesinatos ni miedos, sólo el recelo de la pobreza y la angustia de no tener un futuro.

Marcelino Martínez ya le había hundido los dientes en la yugular y no pensaba soltarlo.

Otra ficha en el ojo ciego del teléfono público.

—Vamos, señor Mascarell. —Suspiró a través del hilo te-lefónico—. No creo que tenga usted muchos amigos. Más bien está solo. Solo y metido en un caso que, hoy por hoy, le viene grande si tiene razón. —Del suspiro pasó al ataque—. He investigado un poco: inspector de policía, detenido, sen-tenciado a muerte, condenado a trabajos forzados en el Valle de los Caídos, indultado y libre desde julio de 1947. Perdió un hijo en el Ebro y a su esposa después. Casado en segundas nupcias con una mujer muy joven, mucho más que usted. Ya hace tres años que llegó a Barcelona. Tres. ¿Y de pronto, aho-ra, recuerda el caso de mi hijo?

Miquel sabía cuándo estaba acorralado.

Lo que no sabía era qué ganaba, tanto si hablaba como si callaba.

—¿Quiere que se lo repita? —dijo Marcelino Martínez apretando un poco más las tuercas del cepo—. Sabe que pue-de necesitarme.

Contó hasta tres y lo soltó:

—Han secuestrado a mi esposa para obligarme a investi-gar como lo hubiera hecho en el 38. Y me han dado tres días, lo que tardó Ignasi Camprubí en morir.

El hombre debía de esperarlo todo menos aquello.

—Dios... —exhaló.

—Lo que no saben es que no les habría hecho falta se-cuestrarla para que yo les ayudara, sean quienes sean.

—¿Por qué habla en plural?

—Se la llevaron dos hombres, y la carta que me dieron emplea ese plural.

—Lo siento.

—Yo también, señor Martínez.

—¿Alguna sospecha?

—Vagamente.

—¿Puedo...?

—No —le interrumpió—. Fue mi trabajo y conservo los mimbres.

—¿Qué le propusieron en el supuesto de dar con la ver-dad?

—Sólo me dijeron que se pondrían en contacto conmigo.

—¿Eso es todo?

—Sí.

—¿Cuándo acaba el plazo?

—Mañana por la noche más o menos. O, siendo precisos, a las nueve de la mañana del sábado.

—¿Cree que la matarán si no cumple con lo que le han pedido?

—No lo sé. —Fue sincero—. Ésa es mi duda. Además, mi mujer está embarazada.

La pausa fue menos crispada.

Ya no había secretos.

Aunque la distancia que les separaba fuese enorme.

—¿Por qué no me dijo esto ayer? —quiso saber Marcelino Martínez.

—No sabía en quién confiar. Y aún no lo sé.

—Indalecio era mi hijo.

—Y también un rebelde contrario a sus ideas.

—¿Me está diciendo que un padre mataría a su propio

hijo por ello? —Subió un poco el tono—. ¡Maldita sea! ¿Vino aquí a verme como si yo fuera un sospechoso más?

—Ayer no sabía nada. Hoy sí, al menos entiendo la historia y el marco de los hechos. Sé que no lo hizo usted, es cuanto puedo decirle. Todavía estoy investigando al resto de los implicados. Me falta lo más esencial: el motivo.

—Algo me dice que dará con él.

—Gracias por su optimismo.

—¿Sabe que mucha gente le recuerda?

—¿En serio?

—Sí, y me han asegurado que era bueno.

Tuvo ganas de reír.

Se contuvo.

Insertó la quinta ficha en la ranura.

—Ya que ha preguntado por mí, ¿ha conseguido alguna información del caso, un expediente perdido, algo que pudiera servirme de ayuda?

—No, lo siento.

—Hasta ahora me he movido a ciegas, sin un golpe de suerte.

—Tengo dinero, poder —le recordó sin ambages—. Podría haberle ayudado. Y aún puedo.

—Seguiré mi instinto.

—¿Solo?

—Sí.

—Es usted una mula.

—Uno no puede cambiar de hábitos así como así.

—¿Y si descubre que, pese a todo, lo hizo Ignasi Campru-bí? Esa gente no le creerá.

—Depende de quiénes sean, de lo decididos que estén o... qué sé yo. Si no me hubieran visto un día por la calle, no se les habría ocurrido este absurdo ni habrían puesto en peligro a mi mujer. ¿Quiere que le diga lo que pienso? Que no son más que aficionados a quienes la vida les ha golpeado y están seguros de que ésta es la única manera de hacer las cosas. Idealistas creyendo en milagros y buscando una verdad que les salve del pasado. —Disparó la última andanada—: Indalecio era un soldado republicano y declarado antifascista, por mucho que se tratase de su hijo. Saben que hoy nadie movería un dedo para investigar nada. Por eso han acudido a mí mediante ese absurdo plan.

Marcelino Martínez acusó el golpe.

¿Cómo lucha un padre con su hijo?

—¿Por qué no me cuenta qué ha averiguado hasta ahora?

—No he averiguado nada, se lo aseguro.

—¿Me lo diría?

—No.

No debió de gustarle. Probablemente nadie le había desafiado en años.

—Señor Mascarell, se lo repito: no me deje al margen.

—Lo tendré en cuenta.

—Es más que eso. Soy amigo de mis amigos, pero el peor enemigo de mis enemigos. Esté de mi lado. Créame si le digo que me lo agradecerá.

Era algo más que una advertencia.

—Me queda poco más de un día, y mucho trabajo. Buenas noches, señor Martínez.

—Mascarell...

Colgó el auricular.

Sabía que los ganadores de la guerra eran malos enemigos. Lo sabía de sobra.

Fue a por su achicoria, que esperaba en el mostrador, para salir de allí cuanto antes.

25

Serafina Camps se sorprendió al volver a verlo.

—¿Usted?

—Siento molestarla, señora.

—Pase, pase. Parece cansado.

Lo estaba, pero no se lo dijo. La abuela de Indalecio Martínez cerró la puerta del piso.

—Quería saber si conservaba cosas de su nieto.

—Claro —dijo como si fuera lo más natural del mundo, alargando la «a» con amoroso énfasis—. Nunca se me habría ocurrido tirarlas. Es todo lo que conservo de él.

—¿No se las reclamó su padre?

—No.

—Si no fuera mucha molestia, ¿me permitiría verlas?

Sabía que era como meter las narices en la intimidad de una persona. Y, además, una persona muerta en plena juventud más de una década atrás.

La anciana se asomó a sus ojos.

Lo que vio en ellos fue la verdad.

La pura y simple honestidad de la inocencia.

—¿Qué cree que puede encontrar?

—No lo sé, señora. Pero nunca se sabe. Depende de lo que usted conserve o de lo que él guardara como importante.

No tuvo que convencerla más.

—Pase.

Regresó al lugar en el que habían hablado el día anterior, y ocupó la misma silla. Las ventanas también estaban abiertas y al otro lado se extendía el cementerio lleno de silencios y tumbas olvidadas. Serafina Camps no lo acompañó hasta el comedor. Se metió en una habitación a medio camino y, cuando reapareció, lo hizo sosteniendo una caja de zapatos.

—En la ropa no hay nada, pero si también quiere verla...

—No será necesario, gracias.

—Aquí lo tiene. —Depositó la caja sobre la mesa—. Vacié los cajones y lo guardé todo. Yo misma no me atreví a indagar en esas cosas hasta pasados algunos años. Hay alguna carta, fotos y... Bueno, mire, mire. —Ella misma abrió la caja de zapatos y extrajo unos pequeños pedazos de hierros, retorcidos y ennegrecidos—: Es la metralla que le sacaron del costado, ¿qué le parece? Quiso conservarla.

Miquel casi no se atrevió a tocarla.

Indalecio Martínez había llevado aquello incrustado en su cuerpo, y había vivido para contarlo.

Roger, su hijo, no.

—Increíble —musitó.

—A su amigo Jonás la bala le atravesó el brazo, pero a Indalecio... Ya ve. Lo guardaba como un triunfo.

—¿Puedo?

—Sí, sí, haga.

Miquel extrajo el contenido de la caja y lo puso boca abajo sobre la mesa, para irlo depositando en el mismo lugar y en idéntico orden una vez le hubiera echado un vistazo. Las fotografías eran las de cualquier joven, escasas pero significativas. Algunas de su niñez, otras de la adolescencia, muchas de su etapa futbolera, y tres de la guerra. En una reconoció a Jonás. El otro era Lorenzo.

Siempre aquellas sonrisas.

Indalecio se alistó como un valiente y sus amigos le habían seguido entusiasmados, como si fueran a una fiesta.

Ninguna guerra era una fiesta.

No había ningún diario personal. Hubiera sido demasiada suerte. Pero sí dos cartas de Mariana en respuesta a las de él y una libreta con algunas anotaciones curiosas, entre ellas resultados de fútbol o una lista de películas vistas. Ojeó las páginas y, salvo eso, lo único que encontró fueron un par de nombres. Uno de ellos el de un capitán llamado Pelegrí.

—¿Le suena este nombre?

—¿Pelegrí? Sí, era el superior de Indalecio —dijo la mujer—. Le respetaba mucho. El día de su muerte iba a verle.

—¿Ah, sí? —Se sorprendió.

—También fue herido en aquel combate y estaba en Barcelona, recuperándose.

—Me han dicho que Indalecio estaba muy serio el día anterior.

—Sí, lo recuerdo.

—¿Tenía que ver esa seriedad con su visita al capitán Pelegrí o se trataba de una simple cortesía ajena a su estado?

—No lo sé, señor. Pero, desde luego, a Indalecio le preocupaba algo. Yo pensaba que eran las ganas que tenía de volver al frente.

—¿Iba a ver al capitán Pelegrí a su casa, al hospital...?

—No, a la comandancia o un cuartel, no sé. Habían quedado para comentarle algo.

—¿Su nieto a Pelegrí?

—Sí.

Miquel se quedó pensativo.

Reaccionó.

A tiempo de buscar más indicios en la libreta, aunque sin encontrarlos.

Pasó a las cartas.

Mientras abría la primera notó la tristeza de Serafina Camps. Se sintió igual que si una oleada de nostalgia y ternura lo envolviera, porque eso era lo que ella destilaba en ese instante. Nadie había leído aquellas pulcras líneas escritas a mano por la novia de Indalecio salvo él y su abuela.

Doce años después transgredía su intimidad.

La primera de las cartas hablaba de amor. Nada más. De cómo se sentía, de la soledad, del miedo, de cómo la guerra estaba afectando y cambiando a Barcelona, de lo mucho que le echaba de menos y lo mucho que esperaba el reencuentro, pero aún más el fin de la contienda para recuperar el tiempo perdido.

El tiempo perdido.

Los jóvenes no sabían que eso era imposible.

Que se nace con un cheque en el que está apuntada la duración de la vida y que, segundo a segundo, minuto a minuto, hora a hora, día a día... se va gastando, sin vuelta atrás.

La segunda carta era distinta. Respondía a las inquietudes que él debía de haberle manifestado con una de las suyas.

Se quedó con algunas líneas y frases:

No estoy de acuerdo con lo que dices, amor mío. ¿Cómo estarlo? No todo es honor, morir por los ideales, defender a la patria... Sí, soy mujer, y en lo único que pienso es en tenerte aquí, conmigo, vivo. Es cuanto me importa. ¿Morir? Ni hablar. ¿Por qué has de ser tan severo contigo mismo? ¿Por qué has de exigirte más que a ningún otro? Dices que o se es blanco o negro, que se tienen ideales o no se tienen, en cuyo caso no eres nada. ¿Qué ideal es superior al amor? Cuando leo que fusilarías a tu propio padre sin pestañear, porque en el fondo es un traidor a la causa, me asustas. ¡Es tu padre! Equivocado o no, ¡te dio la vida!

¿Qué es la cobardía? ¿Tratar de vivir, por ti y por los demás, es cobardía? Entonces yo lo soy. Dices que en el frente hay muchos cobardes, que disparan a ciegas, o con los ojos cerrados, y que hay muy pocos valientes. ¿Por qué eres tan severo? Me dejaste muy impresionada cuando me hablaste de ese muchacho al que abofeteaste porque lloraba. ¡Tú mismo decías que tenía diecisiete años! ¡Por Dios, era un crío! Si no fuera porque te amo, me sentiría avergonzada. ¡Le abofeteaste! ¿Crees que eso le hizo mejor, más hombre o más valiente? ¿Crees que cuando le maten, porque no se atreva a volver a llorar o tener miedo, su madre se sentirá orgullosa de su sacrificio? ¿Qué futuro le espera a España, aunque ganemos la guerra, si hemos perdido a la mayoría de nuestros hombres e incluso mujeres que también luchan en el frente?

No puedes ser el guardián de los demás, ni juzgarles, y menos según tu estricto baremo.

Dobló las hojas de papel y las guardó de nuevo en el sobre.

El resto de los recuerdos no eran más que eso: recuerdos. Algunas entradas de cine, cartelitos de películas, billetes de tranvía capicúas, un pañuelito bordado a mano, una flor seca, un librito de poemas con algunas líneas subrayadas, propaganda, un reloj de pulsera que ya no funcionaba, dos cajitas vacías, otras dos llenas de cosas tan curiosas como un par de dientes de leche o unos carnets...

—No hay mucho, ¿verdad? —intervino Serafina Camps.

—Suficiente —dijo él.

—¿En serio?

—No sabía que ese día su nieto iba a ver a un capitán, y puede ser relevante. También lo es lo que Mariana le dice en esta carta. Indalecio estaba hecho de una madera poco común. No sólo era su valor, sino también su integridad. ¿Y sabe qué? Empiezo a pensar... a estar seguro de que le mataron por ello realmente.

—Señor... —Se emocionó la anciana.

—Lamento haber vuelto a molestarla. —Él mismo cerró la caja de zapatos ya con el contenido devuelto a su interior—. Espero que sea la última vez.

—Yo no —afirmó ella—. Si hay una verdad, sé que la encontrará.

Miquel se levantó.

Fue a darle la mano, pero lo que hizo la mujer fue cogerlo por los brazos y darle dos besos.

Era mayor que él, aunque no tanto.

Se sintió como un niño.

Salió de la casa pensando en todas las abuelas con nietos muertos en la guerra, solas y abatidas, y al llegar a la calle se mordió el labio inferior. Ignoró el pequeño asalto de cansancio e impotencia, porque le quedaba por delante mucho que hacer. Parte de ello, además, de noche. Era temprano, todavía, para ir al Palacio de los Deportes, pero a lo peor era tarde para pasarse por *La Vanguardia* para ver a Agustín Mainat.

Se arriesgó.

El taxi le dejó en la calle Pelayo quince minutos después. Otro trayecto silencioso. Bajó y se metió en la sede del periódico. En abril había sacado a Agustín de aquel espantoso lío en el que acabó acusado de asesinato. Cuatro meses después, el hijo de su viejo amigo estaba ya casado y era feliz tras la pesadilla. Las dos últimas veces se habían visto en su casa. No pisaba la redacción de *La Vanguardia* desde entonces.

La primera sorpresa fue encontrarse con una desconocida en la recepción.

—¿Agustín Mainat?

—¿De parte?

—Miquel Mascarell.

—Si quiere esperarle...

—En la salita, sí. —Se dirigió a ella.

Agustín no tardó ni dos minutos. Abrió la puerta y los

brazos para estrecharle con toda su energía palmeándole la espalda. Intercambiaron los saludos de rigor sobre cómo estaban y Miquel le mintió al decirle que Patro estaba bien.

—Quería pedirte un favor. —Fue más conciso que de costumbre.

—Claro. ¿De qué se trata?

—He de examinar en vuestra hemeroteca unos periódicos de hace doce años.

—¿Doce? —Agustín abrió los ojos.

El crimen de Indalecio había sido el 17 de marzo.

—Sí, los días 18, 19 y 20 de marzo de 1938.

Para cualquier barcelonés que hubiera vivido o estado en la ciudad aquellos días, las fechas estaban grabadas a fuego en su memoria.

Imposibles de olvidar.

Imposible cerrar los ojos ante aquel crimen y sus 1.300 muertos y 2.000 heridos, prácticamente todos civiles, aunque la Generalitat hubiese acabado certificando «sólo» 924 muertos, entre ellos 118 niños, atendiendo a los que habían sido identificados. A eso cabía añadir 48 edificios destruidos y otros 78 seriamente dañados. Cifras para la estadística. Cifras para el horror y la vergüenza. Cifras grabadas a fuego en el colectivo humano. Del 16 al 18 de marzo el infierno había existido en la Tierra.

—¿Qué está buscando?

—Información.

—¿Otro lío? —Abrió los ojos y sonrió abiertamente.

—No seas malo —le reprochó Miquel.

—Venga.

Lo llevó al interior del periódico, cruzando la redacción, con la gente trabajando febrilmente para dejar lista la edición del día siguiente. El teclear de las máquinas de escribir era un murmullo con algo de orquestación musical. Entraron en una sala inmensa, enorme, en la que se alineaban, encuadernados, todos los ejemplares de *La Vanguardia* desde sus inicios, el 1 de febrero de 1881. En el centro había una mesa para poder estudiar los gruesos volúmenes y algunas sillas. Agustín Mainat se apartó de él, se dirigió a unas estanterías, buscó el año 1938 y luego el mes de marzo. Tuvo que subirse a una escalerita para sacar el tomo de su lugar. Le quitó un poco el polvo con la mano y lo llevó hasta donde se encontraba Miquel.

—¿Le dejo?

—¿No te molesta?

—Para nada. Tranquilo. A mí todavía me queda una hora. Si me necesita viene a buscarme.

Esperó a quedarse solo y abrió el grueso tomo. Las páginas amarilleaban ligeramente y parecían pergaminos antiguos. Pasarlas era como agitar la historia y penetrar en el oscuro túnel del pasado. Posiblemente él hubiese tenido en las manos un ejemplar de aquel mismo periódico aquel 18 de marzo. Cuando lo encontró se quedó como hipnotizado ante la primera página.

Los titulares.

Los artículos.

«Barcelona sufrió ayer los más duros bombardeos de la aviación extranjera», «Un millar de víctimas y numerosos edificios derrumbados», «Los aviadores al servicio de Franco lanzaron bombas en los puntos más céntricos de la ciudad, donde ni remotamente podía haber un objetivo militar», «Las baterías antiaéreas derribaron dos aviones».

Leyó algunas líneas al azar.

«Una de las bombas, que estalló en medio de la calle, mató a casi todas las personas que formaban cola en una parada de tranvía; otra alcanzó, incendiándolo, a un autobús lleno de viajeros, pereciendo despedazados o carbonizados todos ellos»... «No es esto la guerra. Esto es una filosofía de destrucción sistemática al margen de toda sensibilidad. No puede existir casuística, como no sea de monstruos, capaz de dispensar estas hecatombes de la población civil»... «Piensan los bárbaros asesinos inconcebibles que así pueden ganar la guerra, y acabarán abrasados por sus propios procedimientos. No triunfarán, no pueden triunfar, porque ni Londres, ni París, ni Washington, ni Moscú se resignarán a ser destruidos como les amenaza la barbarie teutona.»

Logró abstraerse de la lectura de la fatalidad.

Aunque le costó.

Franco había ganado la guerra. Su guerra. Londres, París, Washington o Moscú no habían hecho nada. Bastante habían tenido con ganar la Segunda Guerra Mundial, la suya. En España campaba la dictadura asesina y la historia se reescribía sobre la sangre de los muertos y los que todavía se hacinaban en las cárceles.

Punto.

A Miquel le costó pasar las siguientes páginas.

Nada el día 18 de marzo.

Nada el día 19 de marzo, salvo la repetición de las pérdidas por los bombardeos.

Y nada el 20 de marzo, con el primer recuento de los muertos y los heridos, cifras todavía por redondear porque en portada se hablaba de 1.200 heridos, 670 muertos, 48 edificios destruidos y 71 deteriorados. Las cifras finales, las reales, las sabían todos los catalanes de memoria.

Los últimos titulares eran:

«Continúa la aviación de Italia y Alemania bombardeando ciudades abiertas», «Se extiende la protesta del mundo civilizado ante las bárbaras agresiones de los países "totalitarios"», «Cada hombre, en su puesto».

Nada de un asesinato el 17 de marzo. Nada de un presunto asesino fallecido en comisaría mientras era interrogado. Ninguna información. Demasiados muertos para pensar en uno solo.

Cerró el grueso volumen y lo dejó en la mesa, incapaz de cargarlo y devolverlo él mismo a su lugar.

Ahora, lo que quería, otra vez, era salir a la calle para respirar un poco de aire.

Abandonó la hemeroteca y fue a buscar a Agustín Mainat.

26

Era temprano para acudir a la velada de lucha libre del Palacio de los Deportes, pero no para lo que quería hacer. Por un lado, ver a Casimiro Sanjuán. Por el otro, estar seguro de que él y su primo Torcuato entraban en el lugar para celebrar su combate, dejando libre y vacío el gimnasio Castor.

Tomó un taxi más y le dio la dirección del pabellón deportivo.

—¿Qué hay hoy? —le preguntó el taxista.

—Lucha libre.

—Pero ¿eso no está trucado, oiga?

—No creo.

—En el boxeo se dan de bofetadas, y los ves sangrar, pero la lucha es más como un ballet. Aunque, eso sí, las llaves son bonitas, muy artísticas y plásticas.

Le había salido un taxista poeta.

Se bajó en la calle Lérida y caminó hasta la entrada de camiones, empleados y actuantes, a la derecha del Palacio de los Deportes. Faltaba mucho para que arrancara el espectáculo, pero algunos curiosos ya se arremolinaban por los alrededores del lugar. En las taquillas se formaban pequeñas colas en busca de las últimas entradas. Por si acaso, y sólo para estar seguro, se dirigió a uno de los que cuidaban aquellas puertas de acceso.

—Perdone, ¿sabe si han llegado los Sanjuán?

—¿Quiénes?

—Casimiro y Torcuato Sanjuán. Combaten los primeros.

El hombre se volvió hacia otro que controlaba todo desde unos pasos más atrás, a modo de segundo filtro. Llevaba una gorra que le confería una mayor autoridad.

—¡Eh, tú, por aquí preguntan por los que combaten primero!

—¡No han llegado todavía! ¡Falta un rato, hombre!

El hombre miró a Miquel.

—Ya lo ha oído.

—Gracias.

Se apartó del lugar y fue al bar de la esquina, al lado de las taquillas. Ya apenas se cabía. Consiguió llegar a la barra a base de empujones y «perdones». Pidió un bocadillo, lo pagó y regresó a su vigilia. Para no estar de pie y dado que por todas partes los más jóvenes se sentaban en los muretes y bancales de la zona que envolvía al Palacio, optó por hacerlo en el bordillo.

Descubrió lo muy agotado que estaba al detenerse durante aquellos minutos.

Media hora.

Una hora.

La cabeza llena de pensamientos, no todos buenos, no todos malos.

No podía fallarle a Patro.

Tenía sed, pero ya no se movió de su puesto de guardia. Había una fuente cerca, por algún lugar, pero optó por no perder su única oportunidad. A la hora y cuarto vio aparecer a Torcuato Sanjuán, con una bolsa colgada del hombro. Iba solo. Si tenían que calentar antes de abrir la velada, Casimiro no podía tardar, así que Miquel se levantó, recuperó la movilidad en sus piernas y caminó hasta el acceso, junto al que se amontonaban ya más curiosos para ver de cerca a los luchadores estrella.

No había mujeres.

—¿Quiere una entrada, caballero? Más barata que en taquilla.

Miró al revendedor. Era un tipo bajito, con gorra, mal afeitado pero bien peinado. Actuaba como un conspirador de película.

—Si es más barata que en taquilla, ¿qué gana usted?

—Yo se la vendo más barata, pero luego usted será tan generoso de darme una propina, digo yo.

—Pues dice mal.

—Usted se lo pierde.

—Lo imagino.

—Nada, hombre. Buenas noches.

Se alejó de su lado.

Justo a tiempo.

Reconoció a Casimiro Sanjuán por los carteles y por las fotos de antes de la guerra, aunque por supuesto había cambiado mucho. Bajo, ojos juntos, nariz chata, rostro inexpresivo...

Miquel apretó los puños.

—Calma —se dijo en voz alta.

Le costó controlarse.

Si tenía a Patro, era el culpable de todo.

¿También el motor del plan?

Fue hacia él y lo detuvo unos metros antes de que llegara al acceso. Lo hizo a base de interponer su cuerpo, frenar sus pasos y evitar que siguiera andando. Lo mismo que su primo, cargaba una bolsa con sus cosas. El luchador reaccionó y levantó la cabeza para mirarle.

Su cara se mantuvo inexpresiva.

Como si no le conociera.

Torcuato había reaccionado al decirle el nombre, no antes. Y era evidente que los dos primos no habían hablado en las últimas horas. Casimiro no sabía nada.

Ellos no le habían visto antes, nunca.

«Cuál no sería nuestra sorpresa cuando hace unos días le vimos a usted por la calle. Vivo. El gran inspector Mascarell.»

Las palabras de la carta golpearon su mente.

No tuvo tiempo para pensar en ellas.

—Hola, Casimiro.

El hombre se tensó.

Pareció darse cuenta, de pronto, de quién era el aparecido.

—He de hablar con usted —dijo Miquel.

—¿De qué?

—De Indalecio Martínez y de Ignasi Camprubí.

No hubo respuesta. Sólo el peso de aquella mirada puesta en guardia.

Estaban en mitad de la calle, rodeados por los curiosos, pero nadie les prestaba la menor atención. Casimiro y su primo no eran estrellas de nada.

—Tengo trabajo y llego tarde. —Intentó apartarle.

Miquel volvió a cerrarle el paso.

—Dos minutos.

—¿Para qué?

—Usted lo sabe.

—No, no lo sé. —Los ojos fueron cambiando. De la tensión al temor, de la sorpresa a la inseguridad—. Venga mañana a mi gimnasio.

—¿No me pregunta quién soy?

—Eso. —Levantó la barbilla—. ¿Quién es usted?

Miquel supo que le podía matar de un puñetazo, más por intención que por fuerza. Casimiro Sanjuán no parecía un hombre de excesivas luces. Era primitivo.

«Cuál no sería nuestra sorpresa cuando hace unos días le

vimos a usted por la calle. Vivo. El gran inspector Mascarell.»

Alguien que no podía haber orquestado todo aquello.

Entonces ¿quién?

Miquel casi pegó su nariz a la del luchador.

—Si le hacen daño, les mato. A usted y a su primo.

Ahora sí, vio el miedo en sus ojos.

—¿De qué... me está hablando?

—O son ingenuos, o estúpidos, o las dos cosas a la vez. —Miquel le escupía las palabras—. ¿A cara descubierta y en el viejo coche de su primo? ¿O no creían que me movería tan rápido y llegaría hasta ustedes? ¿No querían que investigara? ¡Pues aquí estoy, hijo de puta!

Ahora sí, Casimiro le empujó.

Con fuerza.

—¡Déjeme en paz, está loco! —gritó.

Los que estaban cerca les miraron.

—¿Dónde está ella? —Se cegó Miquel por primera vez.

—¡Que me deje en paz he dicho! —aulló Casimiro.

—¡Seguiré investigando, pero dígame dónde...!

El luchador no sólo se apartó de su lado, sino que echó a correr sin que pudiera retenerle.

Se perdió en la puerta de entrada del personal del Palacio de los Deportes.

Miquel, con los ojos de los más próximos fijos en él, se sintió desnudo.

27

El taxista le preguntó dos veces si estaba seguro de la dirección. Miquel insistió. Al apearse frente al gimnasio Castor,
bajo la noche y en medio de aquel desierto por el que no tran-
sitaba ni un ser humano, el hombre siguió sin parecer muy
convencido, pero acabó encogiéndose de hombros y le abandonó a su suerte.

Miquel miró la fachada de la nave.

Sabía que era inútil tratar de acceder a su interior por allí,
pero había querido estar seguro de que no se veía ninguna luz,
ni a través de la puerta ni de la única ventana, la del despacho
del piso superior.

Luego rodeó aquel bloque de ladrillos, como una sombra
de la noche, y se internó por la parte de atrás, la del callejón,
la que daba al patio trasero del gimnasio y a las dos puertas
posteriores: una, la del propio gimnasio, por la que había salido horas antes; la otra, subiendo la escalera metálica exterior, hasta la vivienda de Casimiro Sanjuán.

No se oía nada.

Un silencio tan sepulcral como si se hubiera tatado de un
cementerio.

Se detuvo al pie de la escalera y contempló las dos puertas
con una mezcla de impotencia y furia.

Si Patro estaba encerrada allí dentro, lo único que le separaba de ella eran esas barreras, presumiblemente la de arriba, la del piso que Damián no le había dejado ver.

Probó la puerta del gimnasio.

Hermética.

Subió la escalera metálica, evitando hacer ruido, y examinó la cerradura de la otra.

Vieja, pero tan hermética como la de abajo.

Pero era verano, hacía calor.

La ventana superior, más bien un ventanuco, estaba entreabierta.

Miquel calculó la distancia. Unos dos metros y poco más. Aunque no sólo era la distancia: eran los años. En primer lugar, tenía que llegar hasta ella. En segundo lugar, conseguir colarse dentro.

¿Cómo?

La única luz de la que podía servirse era la de la luna, pero no estaba precisamente llena, aunque con el cuarto creciente, por lo menos, podía ver los detalles y contornos de las cosas. Algo era algo. Regresó al patio y encontró lo que buscaba, diseminado por él. Cajas de madera, unas tablas, un saco de cemento medio lleno...

Tuvo que hacer varios viajes, cargado escaleras arriba. Primero el saco, para dar consistencia con algo sólido en la base, después las cajas, finalmente las tablas. Era de noche, pero comenzó a sudar por el esfuerzo. Los pantalones empezaron a dar pena. Cuando lo tuvo todo apilado bajo el ventanuco, llegó la parte en la que se tenía que jugar el tipo.

Matarse o entrar.

Le daba igual romperse la crisma, pero eso implicaría que no lograría salvar a Patro.

—Venga, tú puedes —se dijo en voz alta.

La última vez que había hecho el Tarzán había sido en mayo del 49, por la azotea de aquel cine, buscando a los hombres del complot para liquidar a Franco. Y parecía haber llovido tanto desde entonces...

¿Y si esperaba al día siguiente y, mientras, vigilaba el gimnasio?

—No.

Estudió los movimientos. Primero, subirse a las cajas y las tablas, casi un metro por encima de la tarima metálica abierta frente a la puerta del piso y bajo el ventanuco. Segundo, mantener el equilibrio. Tercero, asirse al canalón de desagüe que bajaba por la parte izquierda. Cuarto, meter al menos los codos por el hueco de la ventana, para hacer fuerza e impulsarse hacia adentro. Si no metía los dos jamás lo lograría, porque soñar con elevarse sólo con las manos, en plan gimnasta olímpico, era impensable.

La pared era de ladrillos.

Tenía algunos huecos donde, al menos, apoyar los pies.

Se decidió. Con una mano en la barandilla de la escalera y otra en la pared, trepó por el saco, las cajas y las tablas. Cuando lo coronó todo, el mundo empezó a moverse.

Aquello se desmoronaría de un momento a otro.

Puso la mano izquierda en el canalón y lo asió con fuerza. Estaba medio podrido, así que su consistencia también era un misterio. Con la derecha se sujetó al alféizar del ventanuco. Una vez logrados los apoyos, intentó hacer lo mismo con los pies.

El izquierdo, en un saliente de los ladrillos. El derecho...

La montaña de cajas y tablas se vino abajo con estrépito.

Se quedó paralizado.

Podían pasar dos cosas, y todas malas. La primera que el ruido atrajera a alguien y le pillaran tratando de meterse en una propiedad ajena. La segunda que se cayera y, ya claramente, se rompiera la cabeza.

No sucedió ninguna de las dos.

Como si por allí, de noche, no hubiera nadie. Y además tuviera un santo de cara.

Miró el ventanuco, tan cerca, tan lejos.

El sudor le empapaba el rostro, la camisa, con la chaqueta y los pantalones hechos un guiñapo.

Subió el pie izquierdo y lo asentó en otro saliente.

Buscó un punto de apoyo para el derecho.

Seguía aferrado al canalón con una mano y al alféizar del ventanuco con la otra.

Un poco más.

Insertó el codo en el hueco por el cual pretendía colarse en el piso de Casimiro Sanjuán.

Ahora tenía que dejar de sujetarse en el canalón, confiar en que podría sostenerse a peso con el brazo derecho y meter el izquierdo por el mismo hueco.

—La madre que os parió a todos... —gimió asustado.

Por primera vez en la vida, la voz que escuchó en su oído no fue la de Quimeta, sino la de Patro.

—¡Vamos, tú puedes!

¿No había sido capaz de embarazarla?

¿No iba a ser padre?

¡Claro que podía!

Contó hasta tres, se soltó del canalón y por un instante creyó que no lo lograría.

Pero se sujetó con ambos codos y las manos, como quería, y además con un pie en cada saliente de aquellos viejos ladrillos. En precario, pero suficiente.

Respiró con todas sus fuerzas.

El sudor le cegaba.

—¿A que nunca habías estado tan cagado de miedo? —se dijo.

Era único para darse ánimos.

Justo cuando tomaba impulso para tratar de meter el tronco por el ventanuco, el hombro derecho le mandó un mensaje al cerebro. El disparo de abril mantenía su recuerdo. Dominó el dolor, incluso una náusea, y continuó con su esfuerzo. Manos, codos, tronco...

Llegaba otro momento decisivo: abandonar los soportes de los pies.

Primero uno. Luego el otro.

Se impulsó hacia arriba, metió medio cuerpo por el hueco, luchó contra su angostura y logró colar el vientre, las caderas y, por último, las piernas.

Cayó del otro lado arrastrando algo parecido a una mesita y una silla.

Otro estrépito.

Pero la noche seguía callada.

Miquel se recompuso, asustado. Giró sobre sí mismo y quedó sentado en el suelo, a oscuras, jadeando como un poseso. Se pasó el brazo por la frente, los ojos, la cara. El pañuelo no habría bastado. Tardó diez segundos en recuperarse, pero no para encontrar una mínima fuerza capaz de impulsarle a seguir. Estaba derrengado. Jadeó otro largo minuto y, por un momento, incluso le dio las gracias a los ocho años y medio de trabajos forzados en el Valle de los Caídos, que le habían servido para mantenerse en la ligera forma que acababa de permitirle hacer aquello. La idea de que Patro estuviese allí, tan cerca, terminó de ponerle alas.

Patro también «le ponía en forma».

Bendita ella.

Se incorporó y, a tientas, palpó las paredes hasta dar con un interruptor de la luz. No tenía más remedio que abrirla si no quería matarse allí dentro ahora que había hecho lo más difícil.

Giró la manecilla y una bombilla cenital desparramó su pequeña luminosidad por el lugar.

Estaba en un altillo, no muy grande, casi un pequeño trastero ubicado sobre la puerta de entrada al piso. Un paso más y habría caído hacia abajo, porque al frente no había pared, sólo una escalerita de madera que descendía al nivel de la vivienda.

Bajó por la escalerita, encendió la luz de la parte inferior, subió de nuevo y apagó la de arriba. Si todo iba bien, Casimiro y Torcuato estarían en el Palacio de los Deportes un buen rato, aunque, tal vez, al terminar su combate, regresaran a sus respectivas casas de inmediato, sin ver el resto de la velada.

—Os quedaréis, seguro —afirmó para darse ánimos.

Pero tenía que ir rápido.

Lo primero que hizo fue gritar:

—¡Patro!

Agudizó el oído.

Nada.

—¡Patro, si me oyes pero no puedes hablar, haz algún ruido, lo que sea!

Tensó al máximo los músculos, cerró los ojos, dejó de respirar unos segundos.

Lo mismo.

Nada.

Patro no estaba allí, o la habían drogado y metido en un lugar cerrado, oculto a los ojos de cualquiera.

Tocaba ser minucioso.

Lo registró todo. Y no sólo lo registró, sino que fue dando golpecitos por todas las paredes, en busca de un agujero disimulado. El piso de Casimiro en lo alto del gimnasio tampoco era muy grande, más bien todo lo contrario. Además, estaba sucio y olía mal. Comunicaba con la oficina por la puerta que horas antes había protegido Damián.

Miquel se sintió muy desilusionado.

Había creído...

No, había estado casi seguro de que Patro estaría allí.

Si los primos Sanjuán eran los responsables de su secuestro...

No quiso marcharse sin más. Registró la vivienda, cajones y armarios, y lo mismo hizo con la oficina del gimnasio, en la que sólo parecía haber papeles. Los revolvió y poco más, aunque dejándolos como estaban, para que no se notara el registro. Captó un detalle: no había máquina de escribir.

Y la nota del día anterior estaba escrita con máquina.

La había redactado alguien que, además, no hacía faltas y tenía un mínimo de cultura gramatical, alguien que se expresaba bien con las palabras.

¿Y si la máquina de escribir estaba en casa de Torcuato?

Más preguntas sin respuesta.

—No sois más que dos patanes —rezongó pensando en los dos luchadores—. Incluso el plan es excesivo para vosotros.

Acabó de revisar el piso, apagó las luces y salió de la oficina lamentando su fracaso, malhumorado y cabreado. Bajó por la escalera que lo comunicaba con el gimnasio y en él abrió otra luz. Se movía con dificultad, por lo mucho que le dolía el cuerpo. En el gimnasio, sin embargo, todavía era más difícil ocultar algo, porque se trataba de cuatro paredes y poco más. No había ni un mal sótano. Examinó los vestuarios, el baño y las duchas. Cuando comprendió que perdía el tiempo y que llevaba allí demasiado rato, se dirigió a la puerta trasera, la misma que había utilizado horas antes para darle el esquinazo a Marcos, su perro de presa.

Se dispuso a salir al patio, al callejón.

Algo seguía sin encajar.

El Castor era el lugar adecuado para ocultar a Patro, y si no estaba allí...

¿Y si en el fondo sabían que la investigación le llevaría hasta ese lugar?

Miquel se quedó con la puerta abierta.

No cruzó el umbral.

La cerró sin darle la vuelta al pasador, por si tenía que escapar por piernas. Apagó la luz del gimnasio y regresó al piso superior.

—¿Vas a jugártela?

Sí. Iba a jugársela.

A la desesperada.

En primer lugar, buscó un escondite.

Nada mejor que el altillo del ventanuco, por el que había entrado en la nave.

En segundo lugar, se sentó a la mesa de Casimiro Sanjuán y se dispuso a examinar más detenidamente cada cajón. La mayoría de los papeles eran facturas, anotaciones de gastos e ingresos. El negocio era precario. Por suerte, lo de las peleas no iba mal. En otra libreta se daba cuenta de sus actividades en ese sentido. En uno de los cajones encontró una agenda de direcciones. Le echó un vistazo.

Casimiro sabía muy bien dónde vivían todos, desde Marcelino Martínez hasta Herminia Salas pasando por Salvador y Narcisa, Jonás o Mariana Molas.

También Pere Sellarés.

Y él: Miquel Mascarell.

Encontró una carpeta con fotos, de Casimiro luchando y boxeando, de él y de su primo en pose, de los amigos, algunos familiares... y una imagen del destrozo causado por la bomba del 17 de marzo de 1938 en la esquina de la Gran Vía con la calle Balmes.

Una foto demoledora.

El vivo recuerdo de una tragedia.

Miquel se la quedó mirando. La conocía. La diferencia era que ahora la veía con otros ojos.

Allí había muerto Indalecio, había comenzado la tragedia

de Ignasi y, doce años después, la de todos los supervivientes directos o indirectos, como Patro y él.

Lo dejó todo tal y como estaba, pero se guardó en el bolsillo una fotografía de propaganda de Casimiro y Torcuato. Luego sí, se dispuso a seguir su loco plan.

Tenía que ser loco si quería salvar a Patro.

Se metió en la cocina del pequeño piso. Encontró un cuchillo lo bastante grande como para hacerlo servir de arma. Bebió dos vasos de agua, orinó, y después apagó las luces, se orientó y subió al altillo. Una vez en él se acurrucó en el suelo, en la más cómoda de las posturas que pudo conseguir, y se dispuso a esperar.

Esperar.

El silencio exterior chocó con la tormenta interior.

Iba a esperar a un hombre peligroso con la única defensa de un cuchillo de cocina, intimidador pero tal vez no suficiente.

Bueno, en abril había escapado de Pavel con el palo de una escoba como única arma.

Y había recibido un disparo, eso sí.

—Relájate...

¿Cómo hacerlo, en medio de la oscuridad y el silencio?

Al cabo de un rato, lo asaltaron las preguntas.

¿Y si Casimiro también se iba con su puta al acabar cada combate?

¿Y si...?

Cerró los ojos para contener la depresión, el miedo, el alud de interrogantes. Y, sin darse cuenta, acabó dormido.

28

Cuando despertó, sobresaltado, no supo si había dormido cinco minutos, una hora o una eternidad.

Quizá más.

Porque allí estaba Casimiro, de vuelta en su piso.

Tos, un portazo, pisadas...

Miquel agarró el cuchillo. Lo único que tenía que hacer era esperar a que el luchador se acostara, metérselo en la garganta y, con suerte, obligarle a hablar. Si era estrecho de miras como creía, tenía una posibilidad con él.

Remota, muy remota, pero...

Prestó atención a los movimientos del dueño del gimnasio hasta que escuchó un ruido característico que parecía provenir del despacho.

El sonido de la rueda de un teléfono al ser discada.

Se inclinó sobre la parte abierta del altillo, porque si Casimiro telefoneaba a alguien a esa hora...

Apareció su voz.

—Hola, soy yo. —Y casi a continuación, agregó—: Sí, ya sé la hora que es, lo siento. Es que ha pasado algo.

Miquel se imaginó a la persona con la que estaba hablando.

«¿Qué es?»

—Me ha encontrado.

Siguió imaginando, pero ahí se equivocó, porque la respuesta de Casimiro fue:

—¡Sí, ya sé que era lo previsible! ¡Lo que no lo es tanto es que el tipo haya aparecido esta noche en el Palacio de los Deportes y me haya pillado de improviso! ¡Encima nada de contemporizar o tantearme! ¡Ni siquiera se ha ido por las ramas, coño! ¡Me ha preguntado dónde estaba ella, directamente!

Ahora sí acertó.

«¿Qué le has dicho?»

—¡Que no soy idiota, hostias! ¿Qué iba a decirle? ¡Pues nada! ¡Me he metido dentro y lo he dejado en la puerta! ¡Pero me ha entrado el miedo, qué quieres que te diga! ¡Ése vuelve mañana!

Ya no jugó a imaginar lo que le decía la otra persona.

Las pausas eran breves.

—¡No es nadie, sí, pero ése mata por su mujer, como haría cualquiera! ¡Joder, está seguro de que la tengo aquí!

Una pausa más.

—Sí, también sabe que Torcuato está metido, y que tiene un coche y que fuimos los dos a por ella. ¡Lo sabe todo! ¡Ahí tenías razón: es listo!

La otra persona hablaba rápido, o lo hacía con frases cortas, porque Casimiro apenas si respiraba o mostraba puntos de inflexión en sus palabras.

—¡Y yo qué sé cómo lo ha sabido! ¿Crees que me he parado a charlar con él?

La pausa más larga hasta ese instante.

—¡Sí, sí, claro que le he dicho a Torcuato que cierre la boca! Pero él sólo me ayudó y me ha dejado bien claro que no quiere líos, así que me preocupa aún más.

Casimiro chasqueó la lengua mientras la otra persona hablaba.

—De acuerdo, no tiene pruebas —exclamó con agotamiento—. Pero por más que digas que no le harían caso, si va a la policía...

Miquel cerró los ojos.

—Vamos, di un nombre —musitó—. Dilo.

—Mira, yo no estoy tan seguro de eso, pero sí sé que mañana estará aquí en cuanto abra y es capaz de venir armado.

La persona con la que hablaba intentaba calmarle, estaba claro.

Esta vez la perorata fue más larga.

—¡Dijiste que él daría con la verdad! Pero ¿y si no descubre nada? ¡Ha dado con todos, bien!, ¿y qué? ¿Crees que quien lo hizo confesará sin más? —Siguió hablando, probablemente atropellando lo que le decían a través del hilo telefónico—. ¡No, quedamos en que a ella no le haríamos nada! ¡Y eso él no lo sabe! Si viene y se pone violento...

Últimas pausas.

—¡Ya sé que es un viejo y le tumbo de un soplo, pero no se trata de eso!

Quedaba muy poco. Miquel lo sabía.

Y Casimiro no decía el nombre que necesitaba.

—Bien... Sí, bien... ¡De acuerdo! Joder... Ya, sí.

Colgó el aparato.

Así que había alguien más.

¿Quién?

¿Y dónde diablos podían retener a Patro?

Miquel retrocedió para ocultarse de nuevo en lo más oscuro del altillo.

Apretó el cuchillo.

¿Se arriesgaba?

No, después de lo que acababa de escuchar era absurdo. Ni Casimiro soltaría prenda ni su locura de fingir que era capaz de hundirle el cuchillo en la garganta tenía la menor oportunidad de ser creída sin la respuesta que necesitaba.

¿En qué estaba pensando?

El cansancio, sí. La locura, sí. La incertidumbre por Patro, sí.

Todo y más.

Pero ¿cuándo había resuelto un caso comportándose irracionalmente?

Le quedaba un día.

Y, en el fondo, sabía más de lo que hubiera imaginado en un principio.

Casimiro y Torcuato habían sido los ejecutores, no el inductor de todo aquello.

Miquel permaneció muy quieto escuchando los movimientos del luchador. Cerró la puerta del despacho, abrió otra, también la cerró. Lo imaginó desnudándose y acostándose. A los dos minutos ya no se oía nada.

Era su turno.

Tardó quince minutos en hacer el primer movimiento, y tras él, cada uno de los siguientes los llevó a cabo a cámara lenta. Primero abandonar el altillo, segundo bajar por la escalerita de madera suplicando que a ningún peldaño le diera por gemir. Su idea de salir por la puerta trasera del gimnasio ya no tenía sentido. A oscuras no conseguiría cruzar el piso de Casimiro y descender por la escalera que lo comunicaba con la planta inferior. Su única opción era salir por la puerta del piso y bajar por la escalera exterior, cuidando de que sus pasos no resonaran en el metal de sus peldaños.

Se arriesgó.

Hizo girar el pomo muy despacio, abrió la puerta y cruzó el umbral.

Las cajas, el medio saco de cemento y las tablas seguían allí, dispersas y caídas. Eso le hizo comprender algo esencial: que Casimiro no había entrado en su piso por ese acceso, sino por la puerta principal del gimnasio.

Un golpe de suerte.

Suspiró aliviado.

Si el luchador hubiera visto todo aquello, habría sabido que una persona se le acababa de colar en la vivienda y su entrada habría sido muy distinta.

¿Cómo no había pensado en eso?

¿Tan agotado, o ciego, estaba?

Miquel echó a andar.

Patio, callejón, calle.

Barcelona desierta.

Sabía que no encontraría un taxi en mucho rato. Sabía que tendría que caminar una gran distancia. Sabía que estaba llegando al límite de sus fuerzas. Sabía todo eso y más.

Pero ¿qué podía hacer?

Seguir.

Llegar a casa como fuera y dormir un poco.

Mientras sus pasos resonaban en el silencio, sin pretenderlo recordó sus largas caminatas de enero del 39, arriba y abajo de la ciudad, durante aquellos cuatro días decisivos, buscando al asesino de una niña en la derrotada Barcelona, fría, vencida y castigada por el miedo.

En aquellos días sabía que moriría en cuanto Franco tomara la ciudad.

29

Los dos primeros taxis que vio, bastante después, no se detuvieron a recogerle. El tercero sí.

—Pero, hombre de Dios, ¿qué le ha pasado?

—Nada, nada, me he caído.

—¡Pues parece que le haya arrastrado un caballo desbocado!

—He rodado por un terraplén que estaba muy sucio. —Afinó un poco más la excusa.

—¿Se encuentra bien? ¿Quiere que le lleve a un dispensario?

—No, no. A mi casa. Todo lo que no arregle un buen sueño...

—Seguro que estaba oscuro. ¡Si es que está ciudad está mal iluminada, y con lo que crece día a día...! ¡Huy, mejor me callo, que tendrá usted la cabeza como un timbal!

No se calló, pero el trayecto se hizo más corto de lo esperado. En el fondo había tenido suerte. Sucio como estaba, habrían podido detenerle.

Cuando bajó en la esquina de Gerona con Valencia, por si faltara poco, se tropezó con el sereno, que caminaba justo por delante del portal.

—¡Señor!, ¿se encuentra bien?

A él se lo dijo de corrido.

—Me he caído por un terraplén, estaba sucio, estoy bien y lo único que necesito es dormir, tranquilo, gracias.

—¿Le ayudo a subir?

—Que no, que no.

El sereno le abrió la puerta.

—Tenga, una cerilla. No vaya a caerse otra vez y se haga más daño.

No tuvo más remedio que agradecérselo. Después de todo, la gente era amable.

Y más con la gente mayor.

—¿Mayor? —rezongó mientras cerraba la puerta de la calle—. ¡Anciano!

Por si acaso, prendió la cerilla.

Subió unos peldaños enfadado consigo mismo por este último comentario. Nunca se había castigado la moral, entendía que sobrevivir, a veces, era lo más importante, porque sobreviviendo uno podía continuar luchando, pero ahora... Lo de la paternidad, que seguía sin asumir, agravaba su a veces frágil resistencia.

Teniendo a Patro lo que quería era ser inmortal, eterno.

Hubo un Miquel Mascarell que murió en el 39, con Quimeta, o a lo largo del cautiverio, en el Valle de los Caídos. El de ahora era nuevo, desconocido incluso para sí mismo.

Llegó a su piso y, cuando cerró la puerta, apenas si pudo creerlo.

Estaba en casa.

Maltrecho, sudoroso, sucio, agotado, pero en casa.

Caminó como un autómata de los que sorprendían y provocaban la risa de los niños en el Tibidabo y lo único que hizo al entrar en la habitación fue quitarse la chaqueta y poner a salvo el informe del médico, sobre la cómoda. Luego se derrumbó en la cama, incapaz de seguir con los pantalones, la camisa...

Pensaba que se dormiría en segundos.

Y no.

Si cerraba los ojos, veía fantasmas.

El silencio empezó a oprimirle el cerebro.

—A ver si te va a dar una apoplejía —gruñó.

La furia empezó a dominarle.

Había estado tan seguro de que Patro se encontraba en el Castor...

—¿Dónde estás?

¿Con quién había hablado Casimiro por teléfono?

Le costó incorporarse, pero lo hizo. Necesitaba algo más que tumbarse en la cama para dormir unas horas. Necesitaba sentirse en paz. Se quitó los zapatos, los pantalones, la camisa, los calzoncillos y los calcetines. Caminó desnudo hasta el lavadero y se subió a él para bañarse de arriba abajo. Una vez seco, bebió dos vasos de agua en la cocina, regresó a la habitación y, nada más entrar, ya empezó a sudar de nuevo. No había ventana abierta que resistiera la canícula. Le echó un vistazo al armario, para escoger la ropa que se pondría al día siguiente, y se encontró con la de Patro, tan perfectamente colgada como siempre.

Tomó un vestido y lo olió.

Hizo lo mismo con el cajón de la cómoda. Las bragas, los sujetadores, las combinaciones...

Olerlo.

El informe médico estaba allí encima, donde acababa de dejarlo, doblado y ya un poco arrugado.

El informe que lo cambiaba todo.

En su vida, en la casa.

Uno más.

Un bebé.

Se sentó en la cama y apagó la luz. Intentó dejar la mente en blanco, pero lo primero que apareció, igual que la noche

anterior, fue la culpa. Él dormiría en su cama y Patro posiblemente en un suelo o algo peor. Y en su estado.

Estaba tan cansado...

Tanto...

El vértigo dándole vueltas...

—¿A quién has llamado, Casimiro?

Fuera quien fuese, le conocía bien. Le tenía confianza.

¿Marcelino Martínez?

No, su visita le causó sorpresa. Hablarle de un posible error
en la culpabilidad de Ignasi Camprubí le desconcertó. Y la llamada telefónica de unas horas antes, para pedirle que no le si-
guieran, lo único que mostraba era a un hombre puesto nuevamente en tensión, de vuelta al pasado y a la muerte de su hijo.

—Vamos, Miquel...

Sí, lo sabía.

Su sexto sentido.

Su instinto.

Estaba allí, en alguna parte, gritándole aunque él no lo oía,
recordándole que, en algún momento de aquellos dos días,
alguien le había dicho algo.

¿Dicho?

—No, es lo que no te dijo. —Suspiró al comprenderlo.

Pero ¿qué? ¿Quién?

Intentó recordarlos a todos.

Sus preguntas, las respuestas, las sensaciones.

Había un hueco enorme en alguna parte. ¿Cómo era posible que no lo encontrara?

—Duerme —escuchó la voz de Patro—. Mañana es el último día y te necesito vivo y al cien por cien.

Buscarla a ella.

Buscar a un asesino.

La noche pasada había acabado llorando.

Esta vez se fue al mundo de los sueños sin darse cuenta.

Día 3

Viernes, 25 de agosto de 1950

30

Le despertó el timbre de la puerta.

Abrió los ojos sin saber dónde estaba, qué día era o qué diablos sucedía, y se quedó boca arriba, asustado, sin entender qué le pasaba ni el motivo de su agitación.

El timbre sonó una segunda vez.

Entonces sí, todo se le vino encima de golpe.

Patro. El tercer día.

Saltó de la cama. O, por lo menos, hizo el gesto. Las agujetas le picotearon todos los músculos, asaeteándole el cuerpo hasta el punto de provocarle, casi, una amarga sensación de invalidez. Cuando todo llegó a su cabeza, intentó tomárselo con calma.

Hizo lo que pudo.

Se quedó sentado en la cama para recuperarse un poco.

Tercer timbrazo.

Acompañado por unos golpecitos en la puerta.

—¡Ya voy! —gritó.

Consiguió levantarse. La bata de Patro colgaba de la puerta de la habitación. Era lo único que tenía a mano, porque ponerse a buscar la suya... Logró encajar en ella, pues al menos era amplia, de mucho vuelo, y anudándosela lo justo para no escandalizar a nadie se encaminó al recibidor. Cuando llegó a la puerta, ni siquiera preguntó quién llamaba.

La abrió de golpe.

Teresina le miró de arriba abajo, con los ojos como platos. Descalzo, cabello alborotado, la bata...

—¡Ay! —exclamó temiendo haber metido la pata e interrumpido algo.

—Yo también te deseo buenos días —le espetó él.

La dependienta de la mercería se atribuló un poco más. Si ya de por sí era asustadiza, ahora pareció al borde del colapso.

—Yo...

—¿Qué quieres, Teresina? —Mantuvo el tono.

—Perdone, señor, no quería molestar, pero es que... bueno, verá... —Como se atropellaba, optó por ir al grano—. ¿Está la señora?

—No.

Eso la desconcertó aún más.

—¿No?

—Han surgido unos imprevistos y tiene que atender unos asuntos personales. Hoy tampoco irá a la tienda. Puedes ocuparte tú, ¿no?

—Sí, sí —asintió vehemente—. Es que me extrañaba que no me dijera nada, con lo cumplida que es.

—Pues tranquila, ¿de acuerdo?

—Mañana...

—Espero que sí. —Lo dijo con un nudo en la garganta.

—No se preocupe, que yo ya... ya yo...

—Anda, vete, que debe de haber cola de parroquianas dispuestas a vaciarnos los estantes y hacernos ricos a todos.

—Ojalá, porque con este calor es como si la gente no saliera a la calle, y menos para comprar nada. —Arrió velas—. Buenos días, señor.

—Gracias, Teresina.

—¡Y perdone, eh!

Cerró la puerta y se movió con mayor rapidez. De hecho tenía que darle las gracias a la chica, porque, de no haberle despertado ella, a lo peor hubiera dormido dos o tres horas más, acortando el que tenía que ser el día decisivo en todo aquel lío.

Se lavó muy rápido, al menos para quitarse el sudor de la noche, y se puso sus últimos pantalones finos, de verano. La chaqueta del día anterior estaba hecha una pena, así que cogió de nuevo la otra, la del primer día, tan arrugada como la había dejado. Como hiciera veinticuatro horas antes, se guardó el informe médico en el bolsillo. No quería separarse de él.

Bajó la escalera venciendo las agujetas a base de movimiento, para que los músculos entraran en calor, y discutiendo consigo mismo, una vez más, acerca de si desayunaba o no. El bocadillo de la noche anterior, a las puertas del Palacio de los Deportes, parecía muy lejano en el tiempo. Si no comía, desfallecería. Pero ahora, ya, cada minuto contaba demasiado.

Desfallecer era lo último que podía permitirse.

Justo en el tramo final, antes de llegar al vestíbulo, se encontró con la portera, que había empezado a subirlo con un sobre en la mano.

—¡Ah, señor Mascarell! —Se detuvo al verle—. Ahora le llevaba esto. Acaban de traerlo y me han dicho que era urgente.

Era un sobre idéntico al del primer día.

El que lo había desatado todo.

—Gracias. —Lo tomó de su mano.

—Hoy tampoco he visto a la señora.

No le hizo caso.

—¿Quién se lo ha dado? —preguntó.

—Un hombre.

—¿El mismo de anteayer?

—No, otro.

—¿Cómo era?

—Pues... joven, no sé. Ha sido visto y no visto. Cojeaba un poco.

Damián.

Su primera idea fue echar a correr, salir a la calle y localizarlo.

La abandonó al momento.

En primer lugar, porque el mensajero estaría ya lejos, y en segundo lugar, porque no era necesario.

—Gracias —le dijo a la portera mientras se metía el sobre en el bolsillo y pasaba por su lado.

—¿La señora...? —insistió ella.

—Un asunto familiar —dijo ambiguamente pero con todo el aplomo que le fue posible reunir.

Salió a la calle y se puso a caminar sin rumbo. No se detuvo para abrir el sobre hasta estar seguro de que la dichosa portera no le espiaba. La hoja de papel que contenía estaba igualmente escrita a máquina, como la primera, y en este caso el texto era mucho más breve, apenas unas líneas.

Intentó no precipitarse.

Ayer se movió usted bien, o al menos eso parece. Enhorabuena. Pero si va a la policía, no la volverá a ver. No se la juegue. Sea listo y nadie saldrá perjudicado. Es el último día y ya no son necesarias las caretas. Si descubre la verdad, le esperamos donde ya sabe. No venga sin más, con las manos vacías. No falle. Lamentamos haberle puesto en esta tesitura, pero era nuestra única esperanza. Llevamos doce años así: esperando. Esto ha de terminar ahora. Necesitamos vivir en paz, todos.

Seguían amenazándole.

—Pandilla de idiotas... —masculló.

La gente veía películas americanas y creía que en todas partes se funcionaba igual.

Aquello era aquello, y España, España.

Dio la vuelta a la manzana escrutando todas las distancias, cortas o largas. Quería estar seguro de que no le seguían, Marcos o quien fuera. Cuando tuvo el convencimiento de que era así, se metió en el primer bar que encontró para tomar algo antes de embarcarse en lo que fuera que le esperase a lo largo de las horas siguientes. Echaba de menos a Ramón y su bar, su cháchara futbolera, su tortilla de patatas, *El Mundo Deportivo* que siempre insistía en darle y nunca leía y todo lo demás. Uno no se da cuenta de lo que necesita o le hace feliz en la vida hasta que le falta. Y casi siempre lo importante son las cosas sencillas y cotidianas. Pesado o no, Ramón era un buen tipo, y su bar, un local maravilloso en el que sentarse a desayunar y relajarse.

Tenía que decírselo en cuanto pudiera.

La duda final surgió en su mente antes de parar al primer taxi del día.

¿Y si telefoneaba a Marcelino Martínez para que le mandara al Séptimo de Caballería? ¿Le diría Casimiro Sanjuán dónde estaba escondida Patro? ¿Y por qué tenía que ayudarle el padre de Indalecio?

Ahora también él esperaba que diera con el asesino de su hijo.

Leyó la breve nota mecanografiada por segunda vez.

«Es el último día y ya no son necesarias las caretas.»

«Llevamos doce años así: esperando. Esto ha de terminar ahora.»

«Necesitamos vivir en paz, todos.»

Aficionados.

Unos pobres e infelices aficionados.

No, no le harían daño a Patro. Al menos de manera consciente. Simplemente eran personas con vidas amargas y pasados marcados por una tragedia. Personas que no creían en casi nada y pensaban que ésa era la única forma de hacer las cosas, de obligarle a él a llevar a cabo lo que le pedían.

Pero como Patro perdiera al hijo que esperaba, a causa del miedo o la angustia...

Pasara lo que pasase, era la recta final.

—¡Taxi!

Le dio al hombre la dirección de los juzgados y se concentró en sus últimos pensamientos de la noche pasada, cuando se le dispararon las alarmas, le habló su sexto sentido y escuchó el grito de su instinto.

La misma pregunta.

¿Qué era lo que alguien no le había dicho?

¿Por qué allí estaba la clave para saber, al menos, quién tenía a Patro?

—Hoy también hará calor, ¿eh? —inició su parloteo el taxista.

31

Eulalia Enrich tardó diez minutos en aparecer. Lo hizo con una carpeta llena de papeles bajo el brazo y una sonrisa de orgullo colgada de sus orejas. Miquel se levantó del banco en el que la esperaba y lo primero que hizo fue advertirla.

—Tengo mal aspecto, lo sé.

—Caray, que no iba a decirte nada.

—Por si acaso.

—Pero ahora que lo mencionas...

—Eulalia...

Ella soltó una risa. Parecía mentira que mostrase aquel aspecto de mujer feliz, trabajando en los juzgados de la Barcelona franquista.

Quizá sólo fuera buen ánimo.

—¿No me dijiste que pasarías por la tarde o irías a mi casa?

—Lo siento. Se me complicó el día.

—Lo imagino. —Suspiró ella—. Anda, ven.

Lo devolvió al banco en el que la había estado esperando sentado. Los pasillos estaban llenos de personas que iban y venían, enfrascadas en sus asuntos. De vez en cuando pasaba una pareja de policías con un reo esposado, pero lo que más abundaba eran los abogados. Se les notaba por la pomposidad de su habla.

Eulalia bajó el tono de su voz.

—De entrada te diré que me pediste lo típico de la aguja y el pajar.

—Ya.

—Y que me jugué el tipo.

—Lo sé, perdona.

—Por suerte, nadie me preguntó qué buscaba. Soy de esa clase de personas que parecen invisibles aunque esté por todas partes.

—Tú eres todo menos invisible.

—Si fuera visible, no llevaría aquí tantos años, guerra incluida. Y haz el favor de no contradecirme y callarte. Déjame disfrutar del éxito.

—¿Tienes algo? —Se sorprendió Miquel al ver su cara de triunfo.

—¿Vas a permitirme que me regodee, sí o no?

—Te lo permito, te lo permito.

—Mira, aquí lo que no está destruido está sellado o guardado bajo llave —le advirtió—. Encima, lo que se conserva está medio traspapelado, mal archivado o ha sufrido el implacable rigor de su pésimo cuidado en forma de manchas de humedad o mordiscos de las ratas.

—¿Ratas?

—De las de verdad, con cola.

—Pero ¿has encontrado algo, sí o no? —se impacientó.

—Tienes suerte de que sea buena, y paciente —se lo dejó claro—. Tardé una hora en dar con ese rastro, y no precisamente por los nombres de los implicados, que de ellos no hay nada. Al final se me ocurrió ver si quedaban archivos a nombre de Rosendo Puigpelat y, en efecto, ahí aparecieron algunas carpetas, diversos casos, un historial de su juzgado... Qué sé yo, un verdadero caos, todo un rompecabezas. —Dio por concluido el preámbulo—. Pero sí, mira tú por dónde tropecé con el asesinato de Indalecio Martínez. Constaba la detención del presunto culpable, su muerte y el fin de la historia. Uno de los atestados estaba ilegible. En cambio, había otro con lo que me dijiste que te interesaba.

—¿Tienes el nombre de la persona que encontró el cadáver? —No pudo creerlo.

—Ajá. —Reapareció la sonrisa de oreja a oreja.

—Eulalia, eres un sol. Te besaría aquí mismo si no te comprometiera.

—¿Porque eres mayor o porque eres rojo?

—Eso, grita un poco más. —Miquel paseó una mirada preocupada por los alrededores—. Venga, dame ese nombre y me voy.

—Amadeo Coll. Conductor de tranvía.

—¿Una dirección?

—Calle de la Sal, en la Barceloneta, aunque aquí viene lo único malo: el número estaba ilegible. Si le buscas, tendrás que ir casa por casa. Y menos mal que no es una calle larga.

Miquel lo anotó.

—¿Y si voy a la compañía de tranvías?

—¿Conoces a alguien en ella?

—No.

—¿Y vas a pedirles por un tranviario de los de la guerra?

No era la primera vez que iba casa por casa buscando a alguien. Lo había hecho en abril, recorriendo toda la calle Milá y Fontanals tras la pista de Irina.

—Puede que siga vivo —musitó esperanzado—. ¿Decía algo más ese atestado? ¿La declaración de Coll...?

—No, lo siento.

—¿Imagino que una autopsia...?

—Nada. Si cuando di con esto, ya me puse a dar saltos. Tú y tu suerte.

—Es más de lo que imaginaba —asintió.

—¿Sabes qué pienso? Pues que lo que dijo ese hombre tampoco debía de ser muy relevante. Le tomarían declaración y listos. A fin de cuentas, lo único que hizo fue tropezarse con el muerto, ¿no?

—Te lo dije, Eulalia: los muertos hablan. De seguir en el caso, el primero con el que habría hablado hubiera sido él. Si Valentí Miranda no lo hizo o no lo tuvo en cuenta, era para matarlo. El muy idiota detuvo al primero del que sospechó y, al morírsele, dio el tema por cerrado para colgarse la medalla.

Eulalia Enrich le puso una mano amiga en la rodilla.

—Recuerdo lo minucioso que eras, Miquel. —Su sonrisa fue cómplice, heredada de un pasado no muy lejano pero sí perdido—. A ti no se te escapaba una, y ya podían presionarte, ya, que tú... ¿Dejaste algún caso por resolver?

—Supongo que sí, ya no me acuerdo —mintió.

—Ojalá todo fuera distinto, ¿verdad?

—Sí, ojalá.

—Anda, vete. —Ella se puso en pie la primera—. Aquí todo el mundo parece ir a lo suyo, pero te apuesto lo que quieras a que me preguntan quién eras antes de cinco minutos.

—Espero no haberte comprometido.

Su amiga se encogió de hombros.

—Me ha encantado ayudarte, pero al menos podrías tener la decencia de venir un día a mi casa para contarme de qué iba todo esto y en qué ha terminado, si es que termina en algo.

—Te lo prometo.

—Huy, sí.

—En serio. Creo que me has dado la pista más importante.

—Así que tenía razón: juegas a policías y ladrones.

—Ayudo a alguien, nada más.

Eulalia Enrich se lo quedó mirando unos segundos. Luego le dio un beso en cada mejilla.

Destilaba ternura.

—Seguro que también hay un cielo para los que perdimos la guerra —le susurró en voz muy baja.

Miquel la vio alejarse.

¿Un cielo?

¿Un cielo rojo?

Salió de los juzgados con los ojos fijos en el suelo, como temiendo que alguien llegara a reconocerle. Bastante había tenido ya en el 39, con su detención, la sentencia de muerte, la espera y, finalmente, todo lo demás. No quería volver a pasar por ello.

Lo primero que hizo al llegar a la calle fue buscar otro bar más, aunque no fuese para llamar por teléfono. Lo encontró cerca de los juzgados, con un personal variopinto que bastante tenía que ver con el lugar del que acababa de salir, aunque más que abogados lo que había eran delincuentes o parientes de los que iban a ser juzgados en el día. Tuvo que pedir un café y, a continuación, el listín telefónico. No tenían el de calles, pero sí el de nombres. Buscó Coll y no tardó en desilusionarse, porque había muchos, pero ninguno en la calle de la Sal. Claro que imaginar a un tranviario con teléfono era un poco ilusorio.

Le tocaba recorrer la calle, casa por casa, una vez más.

Se bebió el horrible café, lo pagó y salió a la carrera para meterse de cabeza en el primer taxi que quedó libre tras dejar a unas mujeres en la puerta de los juzgados.

32

La Barceloneta todavía se estaba recuperando de la guerra. Parecía mentira, pero era así. El tiempo, allí, daba la impresión de haberse detenido. Quedaban algunas casas maltrechas y otras estaban abandonadas o se alquilaban a los emigrantes que llegaban en tren en busca de un nuevo futuro. El barrio de pescadores cambiaba con rapidez. Sus estrechas calles, con sus aún más estrechas casas, formaban un mundo aparte entre la Barcelona urbana y la Barcelona marinera, aunque a causa de los tinglados el mar apenas se viese, salvo en las playas.

Recorrió la calle de la Sal con su eterna paciencia y, ya en las primeras casas, empezó a desilusionarse. Allí era normal que se conociese todo el mundo, vecino a vecino, pero muchas puertas estaban cerradas, en otras no había nadie, y en las que sí conseguía hablar con alguien se encontraba con las mismas caras de indiferencia o desconocimiento.

—¿Amadeo Coll? No, no me suena.

—Trabajaba en la compañía de tranvías. Era conductor.

—No, no, lo siento.

Casi llegó al final de la calle, de momento mirando sólo en el lado izquierdo. Entró en una panadería y esperó a que las dos parroquianas que le precedían hicieran la compra. Eran de las que hablaban.

—Si no da el peso y me pone *torna*, que sea un *crustonet*, que a mi hija le gustan.

—Yo lo mismo, ¿eh? —dijo la otra.

Se pusieron a discutir sobre si era mejor la parte interior o la exterior de una barra de pan, la *molla* o la *crosta*, hasta que Miquel carraspeó impaciente y las tres mujeres lo atravesaron con una mirada digna de Boris Karloff.

—Atienda al señor, que parece que tiene prisa —dijo una.

—Sí, sí, que nosotras, total... La comida se hace sola —le endilgó la otra con marcada ironía.

—Dígame, señor —le habló la panadera.

—Busco a un hombre llamado Amadeo Coll. Vivía en esta calle hace unos años.

La palabra «buscar» siempre dejaba entrever algo serio. Las dos mujeres cambiaron sus miradas. Las nuevas fueron de respeto. De arriba abajo.

—Vivía ahí enfrente —dijo la panadera sorprendiéndole—. Pero, como usted bien ha dicho, de eso hace unos años. No sabría decirle cuándo dejé de verle. La que venía a comprar el pan era su mujer, y cuando se murió...

—¿No era uno calvo con una cicatriz? —preguntó la primera mujer.

—No, ése era Argimiro, el hermano de la señora Clara —la corrigió la otra.

Fallido su intento de meterse en la conversación, esperaron la reacción de Miquel.

—Gracias, señora. Ha sido muy amable. Y perdonen la interrupción.

Salió de la panadería y, al llegar a la calle, aún pudo escuchar sus comentarios, por más que hablasen en voz baja.

—Policía, ¿verdad?

—¿Para qué lo debe de buscar?

—Todavía estamos así.

Miquel cruzó la calle con los ojos de las tres mujeres fijos en su espalda. Por suerte, el portal de la casa indicada por la panadera estaba abierto. Subió al primer piso y llamó a la puerta. Una anciana la entreabrió asomando un temeroso ojo por la ranura. Al ver a un desconocido estuvo a punto de volver a cerrarla.

—Busco al señor Amadeo Coll. —Colocó una mano en la madera para evitarlo.

—Ya no está —dijo la mujer.

—Pero ¿en qué piso vivía?

—Arriba.

Se apartó y ella pudo cerrar la puerta.

En el segundo le abrió un hombre mayor. Iba en camiseta y una colilla apagada le colgaba de la comisura izquierda del labio. Tenía las manos grandes y los dedos de la derecha amarillos por la nicotina.

—Buenos días —lo saludó Miquel—. ¿Amadeo Coll?

—No.

—¿No qué?

—Que no soy yo.

—Lo imagino. —Se revistió de paciencia—. Le estoy buscando...

—¿Para qué? —lo interrumpió.

—Para hacerle unas preguntas, no tema.

—No, si yo no temo. —Se encogió de hombros—. Ya no vive aquí.

—Pues ya está. —Se contuvo lamentando no ser policía de verdad—. ¿Sabe dónde puedo encontrarlo?

—Yo recuerdo su apellido por lo de Coll —se puso a hablar de pronto sin venir a cuento—. Cuando me dijeron que eso era *cuello* me hizo mucha gracia. Pero no llegué a conocerle, así que no sabría qué decirle. Yo llegué a Barcelona en el 47. Mi hija sí le trató, cuando ella y su marido se mudaron aquí. Por lo visto él enviudó y no quiso quedarse donde tantos recuerdos, ¿sabe lo que le quiero decir?

—¿Conoce las nuevas señas del señor Coll?

—No, yo no.

—¿Y su hija?

—Es posible, sí. Creo que se vieron una o dos veces más, para llevarle cartas, papeles que aún llegaban aquí... Usted es policía, ¿no?

—No.

—Ah.

—¿A qué hora llega su hija, o dónde puedo encontrarla?

—Mire, vaya a la esquina, doble, y la siguiente es Marineros. Verá la tienda de legumbres en la que trabaja.

—¿Cómo se llama su hija?

—Como su madre. —Y antes de que Miquel le preguntara cómo se llamaba su esposa, el hombre añadió—: Benedictina.

—Ha sido muy amable.

—Pues tiene toda la pinta de ser un policía, ¿sabe?

Dejó atrás al estrafalario personaje que, o hablaba poco o soltaba largas parrafadas, y aceleró el paso. Nada más salir por el portal descubrió a las tres mujeres de la panadería pendientes de él, como si le esperasen. Fingió no verlas, dobló la esquina y al llegar a la calle Marineros localizó el puesto de legumbres.

Allí había media docena de mujeres comprando garbanzos, lentejas, judías... Una de las dependientas era mayor. La otra, joven. Miquel imaginó que ésa era la hija del hombre del piso. Se puso frente a ella mientras admiraba su arte para hacer cucuruchos de papel en los que introducía los pedidos. Algunas de las mujeres llevaban ya fiambreras o incluso lecheras para no mancharse con las gotas que caían.

—Perdone. —Se adelantó a la mujer a la que atendía—. ¿Benedictina?

—Sí. —La joven se tensó un poco.

—Estoy buscando al anterior inquilino de su piso, el señor Amadeo Coll.

—¿Le ha pasado algo?

—No, no, sólo quiero hablar con él.

Ella se tranquilizó.

—Es que después de lo de su señora, la pobre...

Ahora, todas las parroquianas estaban pendientes de lo que hablaban ellos dos.

—Creo que murió —dijo Miquel, por decir algo.

—Y se quedó solo, y sin hijos. Ya me dirá.

—¿Sabe dónde vive? —insistió.

—Con un primo suyo, en... Sí, espere que haga memoria... —Elevó los ojos al cielo unos segundos. Miquel cruzó los dedos—. ¿Cómo se llama esa plaza de Gracia donde ponen entoldados en las fiestas?

—¿Unificación? ¿Rius y Taulet? ¿Sol? ¿Diamante? —la ayudó él.

—¡Rius y Taulet, sí! ¡En esa plaza, cerca de la esquina con la calle de un músico muy famoso!

—Mozart.

—¡Exacto!

—No sabe cómo se lo agradezco —dijo Miquel.

—Si le ve, dele recuerdos míos.

—Se los daré, descuide.

Abandonó la tienda y caminó hasta el paseo Nacional para encontrar un taxi libre. A un lado, los restaurantes ofreciendo sus variedades de pescado. Al otro, los tinglados sombríos ocultando el puerto y el mar. Por lo menos la actividad febril no había decrecido. En veinte, treinta o cincuenta años, tal vez ya nadie se acordase de la Guerra Civil, ni de la larga posguerra, ni de nada.

Ni siquiera de Franco.

¿O sí?

¿Cuán alargada podría llegar a ser su sombra en el futuro?

Le tocó un taxista sosegado. En todos los conceptos. Sosegado porque no se puso a hablar, y sosegado porque conducía con la mayor de las parsimonias, sin correr, tomándose su tiempo como si fuera de paseo. Miquel estuvo a punto de pedirle que le diera un poco de gas, pero se contuvo. Los taxistas tenían mala uva en cuanto alguien se metía con ellos. Podía llevarle a Gracia pasando por Horta.

Se bajó en la esquina de la plaza y la calle Mozart. El portal era típico, pequeño y con unos hierros labrados formando un círculo en la parte superior, para permitir la ventilación. No era la mejor hora para pillar a nadie en casa, y no sabía si Amadeo Coll todavía trabajaba de tranviario o no. Justo al lado del portal vio a una mujer anciana sentada en una silla aprovechando la sombra. Se acercó a ella despacio, para no asustarla.

—¿Sabe si el señor Coll está en su casa?

—¿Quién? —Se puso una mano detrás de la oreja derecha.

—¡El señor Coll! ¿Sabe si está en casa? —le gritó Miquel.

Le miró, como decidiendo si valía la pena darle la información o no. Es decir, valorando si merecía su confianza.

—A esta hora debe de estar ahí, en la plaza. —Señaló el rectángulo al aire libre en el que jugaban los niños disfrutando los últimos días de vacaciones y tomaban el sol o la sombra los ancianos como ella—. Pero no veo muy bien, así que no sé dónde pueda estar.

—¿Cómo le reconozco? —Volvió a gritarle junto al oído.

—¿No sabe cómo es?

—No.

Otra larga mirada. Hasta que acabó encogiéndose de hombros.

—Siempre lleva boina. Siempre. Haga frío o calor. —Fue lo único que le dijo—. Y mire que con este sol...

33

Amadeo Coll no estaba al sol, sino en un banco a la sombra. Era el único que llevaba la boina calada por encima de la frente y también el único que no hablaba con nadie, solitario y ausente. No sostenía un pitillo apagado en la comisura del labio, como el hombre que vivía en la que había sido su casa, pero sí un mondadientes. Miquel se lo quedó observando unos segundos antes de acercarse a él. Mirada perdida hacia ninguna parte, las dos manos apoyadas en el bastón del que se servía para caminar, rostro castigado más por el dolor que por los años y el cuerpo menguado y doblado sobre sí mismo. Le calculó unos setenta, pero parecía mayor, aplastado por un peso invisible.

Se le antojó la imagen de la más viva soledad.

La pelota de unos niños pasó cerca de sus pies. Ni la miró. El enjambre de niños fue tras ella disputándosela entre gritos. Sin saber cómo ni por qué, Miquel sintió un ramalazo de pánico.

¿Acabaría siendo un anciano de parque, cuidando de su hijo, mientras las comadres creían que era su abuelo?

¡Él en un parque!

¡Como un viejo!

La ausencia de Patro proyectaba ideas e imágenes demasiado radicales en su mente.

Se sentó al lado del silencioso descubridor del cuerpo de Indalecio Martínez aquel 17 de marzo de 1938.

—¿Señor Coll?

El hombre ladeó un poco la cabeza, para mirarle.

—Sí.

—Me llamo Miquel Mascarell. —Le tendió la mano—. ¿Podría hablar con usted unos minutos?

—¿Conmigo?

—Sí.

—¿Está seguro?

—Claro.

La mano seguía extendida. Amadeo Coll finalmente desplazó la suya. Las unieron con fuerza. Un apretón firme. Con ella había manejado un tranvía, probablemente, durante años.

—¿Nos conocemos? —Arrugó la frente tratando de recordar.

—No.

—Entonces ¿de qué quiere hablarme?

—Hace doce años usted ayudó en la búsqueda de cadáveres en las ruinas del edificio hundido en la confluencia de la Gran Vía con la calle Balmes, ¿recuerda?

—¿Cómo no voy a recordarlo? —Un inesperado crepúsculo invadió sus ojos—. Si mi tranvía hubiese ido más rápido, o si la bomba hubiese caído unos segundos después, yo no estaría aquí ahora. Me pilló muy cerca, mucho. Y además encontré a un joven muerto, asesinado, según dijeron.

—Indalecio Martínez, sí.

—Así se llamaba. —Lo miró con mayor atención—. ¿Quién es usted?

—El policía que en aquellos días debió encargarse de ese caso y que, a causa de una apendicitis inesperada, no pudo hacerlo.

—¿Y qué quiere ahora?

—Se detuvo a un inocente.

—¿En serio?

—Sí.

—Pero... —levantó un poco la cabeza, con el rostro ensombrecido por las dudas—, ¿no ha pasado mucho tiempo para volver a hablar de eso ahora? Supe que el que detuvieron murió en la cárcel.

—Nunca es tarde para hacer justicia —dijo Miquel.

Amadeo Coll asintió de forma casi imperceptible. El tono crepuscular seguía flotando en sus ojos mortecinos. Parecía una persona que ya lo había perdido todo, y que se contentaba con esperar.

Tal vez la muerte.

—¿Aún es policía? —quiso saber.

—No, ya no.

—¿Y cómo es que sigue vivo?

—Me sentenciaron a muerte y me indultaron por un extraño azar. Salí de la cárcel hace poco.

La mirada se le endureció.

—Entiendo —dijo—. ¿Y cómo lo lleva?

—¿Cómo llevo qué?

—Esto. —Abarcó la plaza, Barcelona, Cataluña, España, el mundo en general.

—Sobrevivo.

Amadeo Coll repitió su leve gesto con la cabeza.

El crepúsculo dio paso a una prolongada sombra que se proyectó más allá de sus ojos, hacia el interior de su alma.

—¿Así que quiere quedar en paz consigo mismo? —dijo tras unos segundos.

—El inspector que se encargó del caso se precipitó. Detuvo a un joven que murió sin confesar, por lo que decidió que él era el culpable y cerró la investigación.

—Recuerdo a ese policía. —Subió la comisura del labio con amargura—. ¿Puedo serle sincero?

—Claro.

—Era idiota. —Fue categórico.

—Se lo acepto y se lo confirmo.

—Fui a comisaría, me tomaron cuatro datos, me hicieron un par de preguntas y adiós.

—¿Qué preguntas?

—A qué hora encontré el cuerpo y si lo toqué.

—¿Sólo eso?

—Sólo eso.

—Yo le habría interrogado mucho más a fondo.

—Cualquiera lo habría hecho, menos ese inspector. Siempre había pensado que cuando una persona encuentra un muerto se le hacen más preguntas. No sé, puede que mi declaración no sirviera de mucho, pero... —Hizo un gesto vacuo con la mano—. Todos parecían tener mucha prisa. Le dije que no había tocado nada, ni mucho menos el cuerpo, porque estaba claro que estaba muerto, bastaba con verlo. Tenía la herida en la cabeza y las marcas en el cuello. Como la sangre aún estaba fresca, y no había coagulado, supe que llevaba muerto muy poco rato. Vamos, que acababa de suceder.

—¿Vio salir a alguien al llegar usted a la zona donde le encontró?

—No, pero tampoco puedo serle muy preciso. Apenas se veía con claridad a un par de metros. Aquello era una locura, todavía flotaba el polvo del hundimiento del edificio, quedabas sucio nada más caminar por entre los cascotes, y estaba el riesgo de que se hundieran más paredes. Cuando yo llegué, ya acudían otras personas, todos tratando de ayudar. ¿Quién iba a imaginarse que alguien acababa de cometer un delito? —Hizo una pausa—. Al caer la bomba fue como si se hundiera el mundo entero. La tierra tembló, fue espantoso. Pensamos que era una bomba muy grande, pero luego resultó que no, que la deflagración alcanzó a un convoy militar cargado con dinamita y que eso multiplicó los efectos de la onda expansiva. Usted seguro que lo recuerda.

Hablaba bien, manejaba un correcto vocabulario. Por primera vez, Miquel se dio cuenta de que un libro asomaba por el bolsillo de su pantalón.

—¿Podría contarme exactamente qué hizo?

—¿De veras está buscando al verdadero culpable de aquello?

—Sí.

El hombre le miró con admiración.

—Es usted de ésos, ¿eh? —Suspiró.

—¿De ésos?

—Íntegro.

Una palabra acertada.

Miquel le sonrió con afecto.

—Sí —convino Amadeo Coll—. Justamente algo de lo que carecen éstos. —Miró en dirección a una pareja de grises que caminaba por el centro de la plaza y, apretando las mandíbulas, exclamó—: Hijos de puta...

—Cuéntemelo —insistió él.

—Pues... llegué a las ruinas, como le he dicho, y subí la montaña de escombros que daba a la Gran Vía. Era la parte más alta de cascotes. Por el otro lado descendía un poco, quizá porque allí había un patio de luces. Grité, por si alguien me oía, y seguí avanzando con mucho cuidado, vigilando dónde metía los pies. Un paso en falso y uno se rompía una pierna, o la crisma. Estaba seguro de que allí no había supervivientes, era imposible, pero aun así continué avanzando y gritando. De repente, me lo encontré. Lo primero que pensé fue que era una víctima del hundimiento, pero al acercarme, como le he dicho, vi la sangre en la cabeza y esas marcas en el cuello. Lo de la cabeza podía ser un golpe, pero lo del cuello... Eso no. Luego comprendí algo más: estaba sobre las ruinas, no cubierto o medio tapado por ellas. Encima. Esa persona, por lo tanto, no había muerto a causa de la bomba.

—Es usted detallista.

—Me fijo, sólo eso. Y le diré algo: tengo esas escenas grabadas en la memoria, por eso puedo hablarle de ello como lo hago. Uno no se encuentra un muerto todos los días, ni siquiera estando en guerra.

—Siga, por favor.

—Pues... no hay mucho más. La piedra con la que le habían dado estaba caída a un lado, con sangre y restos de piel y cabello. Le miré. El polvo, eso sí, ya le cubría de arriba abajo. Por eso vi lo de las lágrimas.

Miquel se envaró.

—¿Lágrimas?

—Ese joven tenía el rostro mojado, es decir, al estar cubierto de polvo, las huellas de esas lágrimas se mantenían, como si hubiera llovido. Era evidente que el asesino había llorado sobre él al matarle.

—¿Está seguro de eso?

—Absolutamente. No había huellas de dos o tres lágrimas. Eran muchas y estaban perfectamente delimitadas picoteando la capa de polvo.

—¿Cómo eran las marcas del cuello?

—¿Qué quiere decir?

—¿Eran uniformes?

—No, uniformes no. La del lado izquierdo del muerto era muy grande y solitaria. En el derecho, en cambio, había más y un poco más pequeñas.

Miquel pudo escuchar el golpe en mitad de su cerebro.

El gran golpe.

«Los muertos hablan.»

Indalecio Martínez lo había gritado sin que nadie, y menos Valentí Miranda, lo hubiera escuchado.

Amadeo Coll se dio cuenta de su pasmo.

—¿Le dice algo eso?

—Creo que sí. ¿Cómo estaba el cuerpo?

—Hombre, boca arriba. El que le sorprendió debió golpearle a traición, por detrás, moviendo la mano lateralmente porque la herida estaba en el temporal izquierdo, pero luego le dio la vuelta, seguro.

Otro aldabonazo.

—¿La herida no estaba en el cráneo, la nuca...?

—No, no, en el lado izquierdo de la cabeza.

Miquel deseaba echar a correr.

Pero mantuvo la calma.

—Así que usted interpretó el golpe, cómo le dio la vuelta y cómo le ahogó.

—Por sentido común y un poco de lógica. Y, desde luego, no fue un robo. La cartera le asomaba por uno de los bolsillos.

—¿Qué hizo tras encontrar el cadáver?

—¿Qué iba a hacer? Regresé a la calle y se lo dije al primer guardia que apareció. Le conduje hasta el muerto y me pidió que me quedase allí, vigilando, porque él iba a dar el parte. Esperé cosa de unos diez minutos, hasta que aquello se llenó de policías. Luego me llevaron a comisaría para la declaración, y eso fue todo.

Todo.

Valentí Miranda lo había tenido delante de los ojos.

Pero no, habló con los que conocían a Indalecio, se enteró de la pelea con Ignasi, fue a por él, lo atornilló y...

—¿Le he ayudado? —preguntó Amadeo Coll.

—No lo sabe usted bien.

—¿En serio?

—Sí, porque ya sé quién cometió ese crimen.

264

La nueva mirada estuvo revestida de admiración.

—¿Cómo ha dado conmigo?

—Es una larga historia, pero básicamente haciendo preguntas.

—Debe de ser bueno.

—Por cierto, Benedictina le manda saludos.

Reaparecieron las sombras en su rostro.

—Buena chica —dijo—. Oiga, si usted ya no es policía, ¿qué hará ahora?

Pensó en los que retenían a Patro.

—No lo sé —manifestó inseguro.

—¿Cree que a alguien va a importarle hoy la muerte de un soldado de la República? Como se le ocurra ir a la policía, igual lo echan a patadas, o le encierran.

Miquel se puso en pie. Como solía hacer, le tendió la mano.

Amadeo Coll ya no le preguntó nada más.

Él sí lo hizo.

—¿Qué lee? —Señaló el libro.

—*El jugador.*

—Dostoievski.

—En efecto. —Sonrió el hombre—. Es de lo poco que viene de Rusia que todavía no ha sido condenado al olvido, aunque ésta es una edición de antes de la guerra, claro.

—Gracias por todo, señor Coll.

—Puede encontrarme aquí siempre que quiera. —Miró la plaza—. O al menos hasta que esto se termine y me llegue la parca.

—Suerte —le deseó Miquel.

—Lo mismo digo.

La pelota con la que jugaban los niños llegó de nuevo hasta ellos.

Esta vez, Miquel acertó a darle un puntapié para devolverla al centro de la plaza entre el griterío de la chiquillería.

34

A la mujer de Pere Sellarés no le gustó nada volver a verlo.

Pero no podía decir que su marido no estaba porque había ido a dar un paseo.

—¿Otra vez usted? —manifestó pesarosa.

—Sí, lo siento.

—No me lo altere, ¿quiere?

—No es mi intención, señora.

—Pues anteayer lo hizo. Si dejara en paz el pasado...

—Es el pasado el que no nos deja en paz —repuso él.

Ya no le contestó. Esta vez no le hizo esperar en el recibidor. Apagó la luz y eso quiso decir que podía seguirla. Se adentró por el pasillo tan silenciosa como dos días antes y, al llegar a la sala, lo único que hizo fue meter la cabeza por el quicio de la puerta sin marco.

—Ha vuelto tu conocido —dijo.

Luego se apartó para dejarle pasar.

Pere Sellarés llevaba la misma ropa y estaba sentado en su silla de ruedas en el mismo lugar que el miércoles, con la ventana abierta para que, si soplaba la menor brisa, refrescara el ambiente enrarecido de la casa.

Se sorprendió menos que la primera vez, pero se sorprendió.

—¿Usted?

—Sí.

—Vaya por Dios.

—Le dije que tal vez volvería.

—Bueno, era de los concienzudos —se resignó—. ¿No me diga que ha averiguado algo?

—Lo he hecho.

El inválido levantó las dos cejas.

—¿De verdad?

Miquel optó por sentarse, ya que el dueño de la casa no le invitaba a hacerlo.

—He averiguado lo mismo que Miranda y usted habrían averiguado si hubieran profundizado más en los detalles del caso en lugar de ir a toda prisa y detener al primer sospechoso que encontraron.

—Un sospechoso evidente. —Quiso dejarlo claro obviando el tono acusador de su visitante.

—Pero circunstancial, y desde luego inocente.

—¿Cómo puede estar tan seguro?

—Porque lo estoy.

Pere Sellarés reflejó toda la incomodidad que sentía.

—¿Y ha venido a restregármelo? —manifestó.

—No, eso no.

La incomodidad se convirtió en ira.

—¡Por Dios, Mascarell, ya sabe cómo era Miranda!

—¿Y usted?

—¿Desde cuándo un subinspector está al mando? ¡Se hacía lo que él decía y punto! ¿No era usted igual?

—Acaba de decir que yo era concienzudo.

—¡No me fastidie! —exclamó.

Miquel miró a la puerta temiendo que Elena apareciera por allí para meter baza, pero no lo hizo.

—¿Nadie le dijo a Miranda que no corriera tanto?

—¡No! ¡Usted no llegó a conocer al padre del muerto! ¡De

haber seguido con el caso, ¡habría notado su aliento en el cogote! ¡Todo fue por su culpa! ¡Su hijo, su hijo! ¡Quería venganza a toda costa! ¡Mierda, lo más seguro es que usted hubiera hecho lo mismo que Miranda!

—Lo dudo.

—Ya, es fácil decirlo a toro pasado. —Soltó una bocanada de aire, algo así como un globo que, desde su interior, buscase el cielo para subir libre por él—. Ese joven, Ignasi Camprubí, tenía todos los números, y al morir fue como si lo certificara. ¡Un inocente no se muere de miedo! ¡Nosotros hicimos bien nuestro trabajo! —Mantuvo la ira y le acusó con el dedo índice de la mano derecha—. Hace un momento ha dicho que teníamos que haber profundizado más en los detalles del caso. ¿A qué detalles se refiere?

—Amadeo Coll.

—¿Quién?

—El conductor de tranvía que encontró el cadáver.

—¿Ha dado con él? —Mostró toda su incredulidad.

—Sí, he dado con él.

—¿Y qué ha podido decirle que haya sido tan importante?

—Que Indalecio Martínez tenía lágrimas en su rostro.

—¿Lloró al morir?

—No. Las lágrimas eran de su asesino. Él lloró al matarle, porque estaba por encima de él. Como Indalecio tenía el rostro y el cuerpo lleno del polvo que flotaba en el ambiente tras la explosión, quedaron esas huellas impresas.

—De acuerdo: eso prueba que quien le mató le conocía y le quería. Ignasi Camprubí encaja.

—¿Por qué no interrogaron más concienzudamente a ese hombre?

—Que yo sepa, se le tomó declaración.

—En el lugar de los hechos, y luego en comisaría. Dos preguntas. Me acaba de contar que nadie profundizó en los detalles y se limitaron a los hechos.

—¿Y qué quería? ¡Ese hombre sólo encontró el cadáver!

Pese a los gritos, Elena seguía sin aparecer.

Una mujer cansada.

—Hizo algo más que encontrar el cadáver. Vio lo suficiente para delatar al asesino.

—¡No fastidie, hombre!

—Indalecio tenía la pedrada en el lado izquierdo de la cabeza. Si el asesino le sorprendió por detrás, eso prueba algo evidente. Algo que corroboran las marcas de su garganta. Una vez en el suelo, le dio la vuelta para tenerlo de cara. Tenía una huella grande de nuevo en el lado izquierdo del cuello, y otras más pequeñas en el derecho. ¿No le dice nada esto?

—¡Que le ahogó!

—Con una mano.

Logró atravesar su defensa.

Hundirle, finalmente, el golpe de la verdad en su razón.

—Una sola mano —dijo Miquel levantando la izquierda—. Cuando se aprieta una garganta con las dos manos, las huellas son simétricas. Hay un pulgar y cuatro dedos a cada lado. Pero si la garganta se aprieta sólo con una, el pulgar queda a un lado y los cuatro dedos en el otro. Por si faltara poco, Indalecio estaba cubierto de polvo, así que no sólo se trata del daño que hizo la presión, sino de la evidencia sobre ese polvo. —Se tomó un segundo antes de agregar—: El asesino era zurdo.

—¿Y por qué no usó la otra mano?

—Porque no podía.

Pere Sellarés frunció el ceño.

Habían pasado doce años, así que no llegó a comprender más allá de lo que sus escasos recuerdos debían de proporcionarle.

—¿Quién lo hizo?

—Eso es cosa mía.

—¿En serio?

—¿Llegó a ver la autopsia de Indalecio Martínez?

—No lo recuerdo.

—Si la hubiesen visto antes de detener a Ignasi Camprubí, a lo mejor habrían reparado en esos detalles. Y desde luego, o no la miraron después o Miranda prefirió callar para que no le acusaran de haber provocado indirectamente la muerte de su sospechoso.

—¡Eso es una falacia!

—Ya no importa, Sellarés. Con Miranda muerto, da igual. No le estoy acusando de nada. —Quiso ser benevolente con el inválido—. Si no lo recuerda es porque Miranda no se la pasó o, como acabo de apuntar, con el caso cerrado ni siquiera le echó un vistazo. Marcelino Martínez se ganó a pulso el engaño.

Contemporizar con él hizo que se calmara un poco.

Sólo un poco.

Miquel le vio tragar saliva, apretar los puños, las mandíbulas.

Rehuyó la mirada de su visitante.

—¿Sabe ya quién tiene a su mujer?

—Sí, pero no sé cómo liberarla.

—¿No dice que tiene al verdadero culpable?

—Lo que sé y lo que he de hacer no van en la misma dirección.

—Maldita sea, Mascarell... —Suspiró el viejo subinspector.

—Las cosas nunca son sencillas cuando intervienen más de dos en una partida. Y me sigue faltando el motivo, aunque empiezo a tener mi propia teoría. La única plausible para que sucediera lo que sucedió.

Otra pausa.

Pere Sellarés mirando al otro lado de la ventana.

Hacia la nada de su futuro.

—Mierda de guerra...

Miquel pensó: «Mierda de paz», pero no se lo dijo.

—He de irme. —Se puso en pie.

—¿Ha venido sólo para restregarme su éxito?

—No. He venido para saber si en esa maldita autopsia había algo más.

Fue extraño.

Los ojos del paralítico se llenaron de luces.

Lágrimas de derrota.

Miquel esperó.

Y, entonces, Sellarés se lo dijo.

—No había nada más.

Finalmente, la confesión.

Miquel continuó de pie.

—Vimos ese informe, y la autopsia, sí. Todo después de la muerte de Camprubí, cuando ya se le había declarado culpable. —La rendición del viejo subinspector era total y las palabras brotaban pausadas, casi como una letanía—. Miranda lo justificó todo, dijo que la pedrada se la había dado de cara, lo cual implicaba hacerlo con la mano derecha. Luego, según él, Camprubí no soltó la piedra, por si Martínez se rehacía o luchaba. Por eso le ahogó con una sola mano.

—¿Le creyó?

—Sí, le creí, no era descabellado y tenía su lógica. ¿Por qué iba a dudar de mi superior?

—¿Y ahora?

No hubo respuesta.

Tampoco era necesaria.

Miquel se acercó a él. Le puso una mano en el hombro. Sólo eso.

—Cuídese —se despidió—. A ver si por lo menos vivimos más que ese hijo de puta.

No hizo falta que dijera de quién hablaba.

Lo dejó en la sala y enfiló el camino del recibidor. Elena le esperaba allí, oculta en las sombras, apoyada en la pared, brazos cruzados, rostro hierático.

—No vuelva, déjelo en paz —le pidió con ira.

—No puede andar, pero sí pensar —repuso Miquel.

—¿Y de qué sirve pensar ahora mismo?

—¿Quiere dejar de hacerlo y que ellos perduren cien años?

—A mí ya me da igual.

—A muchos no, por eso resistimos.

La mujer de Pere Sellarés abrió la puerta.

La última mirada fue glacial.

Su marido estaba inválido. Ella, prisionera.

Miquel pasó por su lado y bajó la escalera en silencio.

35

No tenía ni idea de si Jonás Satrústegui trabajaba. No había quedado claro en su visita de veinticuatro horas antes. Sin embargo, una mujer malhumorada que le llamaba «idiota» delante de su hija y él en el bar en pleno día, no presagiaban lo mejor. Con el brazo derecho impedido, por más que fuese zurdo, probablemente las oportunidades menguaran cada vez más. Concha Alba le dijo que lo del Tibidabo había sido tiempo atrás.

No tenía otra opción que ir a su casa y probar.

Le abrió la puerta él mismo, despeinado, la barba ya de tres días, con el torso desnudo y unos pantalones viejos. La herida de su brazo derecho era ostensible. Alguien había hecho una chapuza al curársela.

Se lo quedó mirando con extrañeza no exenta de recelo.

—¿Usted otra vez?

—Sí, yo otra vez.

—¿Qué quiere ahora?

—Hablar.

—Ya hablamos ayer, déjeme en paz.

—¿Puedo entrar?

Jonás volvió la cabeza, asustado. Un ruido procedente del interior del piso hizo ver a Miquel que la esposa estaba allí.

—¡No! —bajó la voz—. ¡Ya le dije todo lo que sabía!

—No todo.

—¿Cómo que no todo?

—Diez minutos conmigo o...

La velada amenaza surtió efecto. Su mujer podía aparecer en cualquier momento. Se mordió el labio inferior y se lo dijo antes de cerrarle la puerta en las narices:

—En el bar de ayer.

Miquel se quedó en el rellano unos segundos, por si oía algo.

Luego bajó los dos tramos de la escalera, salió a la calle y caminó hasta el bar.

—Tranquilo —se dijo a sí mismo en voz alta.

¿Lo estaba?

Sí, lo estaba. Curiosamente, una vez alcanzada la verdad, lo que le quedaba era la calma.

Tenía que saber manejar la situación.

O eso o Patro sufriría las consecuencias.

Entró en el bar y se sentó en la misma mesa del día anterior, sólo que esta vez ocupó la silla más alejada, de cara al local, para dominar la situación. Cuando llegó el camarero le pidió una cerveza. No quería más cafés, o achicorias, o lo que le camuflaran impunemente. Una cerveza fría. Como en los días en que Quimeta y él tomaban el vermut en el Zurich, el Canaletas o cualquier otro bar selecto. Los añorados vermuts de los domingos, con aceitunas y patatas fritas, anchoas y almejas.

¿Y si Jonás no acudía?

No, acudiría. Él no podía imaginar que un viejo policía hubiera dado con la verdad doce años después. Una verdad sin pruebas, pero verdad al fin y al cabo. Seguiría siendo el mismo tobogán del día anterior, con su carácter inestable y su punto de agria locura. La forma en que reaccionara era imprevisible.

Ahora tenía que hallar el modo de decírselo.

Decírselo con las manos desnudas.

Un minuto, dos, tres.

La cerveza aterrizó en la mesa.

Miquel bebió un largo sorbo.

Maldito Valentí Miranda.

Todo estaba en la autopsia. Todo.

No tenía más que mirar a su alrededor para ver al culpable. Pero el caso ya estaba cerrado. Punto. ¿Para qué complicarse la vida teniendo a un sospechoso muerto a su espalda?

Cinco minutos.

Diez.

Jonás Satrústegui apareció finalmente en la puerta del bar. Lo localizó y fue hacia él con cara de pocos amigos. Si se había peinado, no lo parecía. Tanto la camisa como los pantalones estaban arrugados. Los zapatos, viejos y sucios. Se sentó en la silla frontal a la de él y lo atravesó con una mirada cáustica.

—¿Y bien?

El camarero debía de conocerle de sobras, porque ya le traía otra cerveza sin preguntarle nada. Se la dejó en la mesa, estuvo a punto de decirle algo y, al ver la cara de Miquel, optó por retirarse.

Jonás bebió medio vaso de golpe.

Entonces le tocó el turno a Miquel.

—Seis amigos lo comparten todo —comenzó a hablar—. Son diferentes, vienen de esferas sociales opuestas, pero se conocen desde hace años, han jugado juntos al fútbol, forman un equipo, se sienten fuertes, como todos los jóvenes a su edad. Tanto que ni siquiera la aparición de un ángel como Herminia Salas perturba del todo la relación, aunque algunos se enamoren de ella y la muchacha escoja a Ignasi Camprubí.

—Oiga —lo detuvo—. ¿Me va a contar la película de nuestra vida?

—Cállese. —Fue terminante—. Narcisa se queda con el corazón roto de Salvador, Lorenzo acepta la derrota y Casimiro se resigna, probablemente como siempre se resignaba. Usted, en cambio, era diferente. Reflexivo, centrado, fiel a Indalecio, al que seguía con los ojos cerrados... —Hizo una pausa para beber un sorbo de su cerveza—. Al estallar la guerra se abren las brechas. Salvador se refugia en el poder de su futuro suegro para no ir al frente, Ignasi tiene el corazón débil, Casimiro se incorpora a la marina y ustedes tres, juntos, van a pelear como soldados de a pie. El problema es que Indalecio enloquece, se radicaliza. Para él la guerra no es un juego ni una aventura, es un ideal, la lucha contra el fascismo. Tanto es así que se enfrenta a su padre, se va a vivir con su abuela y es capaz de todo por defender aquello en lo que cree. —Lo repitió—: Capaz de todo. Por eso desprecia a Salvador o llama cobarde a Ignasi y le golpea en una discusión tremenda cuando su amigo le dice que la guerra está perdida. Para Indalecio, el derrotismo es un cáncer. En el frente habría hecho fusilar a Ignasi.

—Me está aburriendo. —Jonás se echó para atrás y cruzó las piernas—. ¿Adónde quiere ir a parar?

—El día en que muere Lorenzo, el día en que Indalecio se convierte en un héroe, pasa otra cosa mucho más grave. —Los ojos de Miquel no se apartaban de los de su oponente—. La muerte de su amigo hace que Indalecio se llene de rabia... y usted de miedo. Algo comprensible. Primera línea, muertos, explosiones, el pánico absoluto...

—Yo no tuve miedo, y mucho menos pánico. —Apretó el vaso de cerveza con la mano.

—Sí, sí lo tuvo —repuso Miquel—. He estado buscando un móvil para entender por qué uno de ustedes había matado a Indalecio, y sabiendo como sé ahora que el asesino fue usted, el único móvil lógico es éste. —Señaló el brazo derecho—.

Usted mismo se hirió para dejar de combatir y que le mandaran a la retaguardia.

—Voy a irme. —Hizo ademán de levantarse.

—No lo haga.

—¿Por qué?

—Porque tiene mujer y una hija y lo único que le queda ahora es su orgullo —dijo despacio—. Y porque va a escuchar toda mi historia sabiendo que no puedo ir a la policía.

Jonás Satrústegui tragó saliva.

Se acabó de beber la cerveza de golpe.

—Yo no me disparé. Nos hirieron a los dos —proclamó sin mucho convencimiento.

—No. Usted es zurdo. En mitad de aquella oleada de pánico, se disparó a sí mismo de manera que la bala le atravesara el brazo y no se le quedara dentro. Naturalmente lo hizo con la izquierda y el brazo herido fue el derecho. Por desgracia debió de lesionarse los tendones, o tal vez tardaron mucho en atenderle, y en el colmo de la mala suerte perdió parte de la movilidad. Con Indalecio convertido en un héroe, como recompensa fueron enviados a Barcelona para recuperarse. Un estupendo permiso. Y, por lo menos, usted ya con la certeza de que no volvería a combatir. Todo perfecto... de no ser por el propio Indalecio, ¿verdad?

La cara de Jonás ya no era la misma.

Se advertía en ella el odio.

Ni siquiera se trataba de desesperación. Odio, profundo, amargo.

—Indalecio empezó a sospechar. Era de los que le daban vueltas a todo en la cabeza. Tal vez preguntó, tal vez usted metió la pata, tal vez lo intuyó. ¿Qué más da? Imagino que en el frente usted no sería de los más valientes. Con Lorenzo muerto, Indalecio cruzó el límite. Ya no era sólo la guerra, era SU guerra. Por eso se enfrentó a Ignasi, y por eso, al descubrir que usted se había herido a sí mismo, se sintió impulsado por el deber, el honor, y pensó en denunciarle sin importarle que fuesen amigos.

—¡No sea ridículo!

—Vamos, es la única explicación posible. —Miquel abrió las manos con las palmas hacia arriba, sin dejar de hablar de manera tranquila y relajada—. Indalecio estuvo muy preocupado el día anterior a su muerte, debatiendo consigo mismo qué hacer. Usted, lo mismo. Me lo han dicho. Supongo que le acusó de ello en algún momento. Y usted, conociéndole como le conocía, comprendió que sí, que le denunciaría. Eso implicaba ser fusilado. El 17 de marzo, Indalecio salió de casa para ver a un capitán llamado Pelegrí. Usted le seguía, buscando una oportunidad que apareció llovida del cielo con la bomba de Gran Vía con Balmes.

Jonás Satrústegui ya no pudo más.

Se levantó con el rostro airado, lívido.

—¡Siéntese! —le ordenó Miquel sacando de sí mismo su vieja autoridad.

—¡No tiene derecho a inventarse esta historia!

—Usted vio entrar a Indalecio en esas ruinas. Fue tras él. Cogió una piedra y, con la mano izquierda, así —hizo el gesto lateral—, le abrió la cabeza desde atrás, golpeándole la sien izquierda. Pudo habérsela machacado, pero eso le habría puesto perdido de sangre y, además, era peor, más desagradable. Le dio la vuelta y con su única mano sana, la izquierda, le ahogó estando inconsciente. Mientras lo hacía, lloró. Lloró como un niño por matar a su amigo. Sus lágrimas cayeron sobre el rostro sucio de polvo de Indalecio, dejando allí la prueba de su dolor. Pero hubo algo más. Al ahogarle con sólo una mano quedaron las marcas de sus dedos en la garganta. El pulgar a un lado y los otros cuatro al otro. Marcas que únicamente podía dejar una mano izquierda.

Jonás Satrústegui volvió a sentarse.

Más bien se dejó caer en la silla.

—¿Cómo sabe usted todo esto? —gimió al borde de la derrota.

—Lo sé y basta.

—¡Han pasado doce años!

—Un tiempo en el que ha vivido con esa carga sobre su conciencia.

—Indalecio... estaba loco. —Se le quebró la voz.

—Tanto como para enfrentarse a Ignasi y denunciarle a usted, sí. —Suspiró—. A fin de cuentas, un producto más de la guerra.

—Nos jodió a todos.

—Para eso son las guerras, para que los humanos cometamos barbaridades con la excusa de la batalla. Hermanos contra hermanos, amigos contra amigos, padres contra hijos... Usted no hizo más que protegerse.

Ya no se molestó en negarlo.

La verdad regresaba para darle el golpe en plena razón.

—Me habrían... fusilado —asintió más y más hundido.

—Lo malo es que no acabó aquí todo. Para su desgracia, con el padre de Indalecio presionando a la policía y con un inspector decidido a terminar con el caso cuanto antes, detuvieron a Ignasi, le acusaron, murió accidentalmente y se optó por cerrar la historia sin investigar más. Pero fue una tragedia peor para usted, como si también le hubiese matado a él, porque Ignasi era inocente.

El camarero apareció de pronto junto a ellos.

—¿Alguna cosita por aquí? ¿Otra cervecita?

—No, váyase —le pidió Miquel.

Lo hizo rápido, no sólo por la orden. También por el aspecto de su cliente manco.

Jonás había envejecido diez años.

—Comprendo lo que le ha pesado esto durante todo este tiempo. —Fue sincero Miquel—. Habrá miles de historias como la suya en todas las guerras. Historias de valor y cobardía, de supervivencia y locura. De hecho, es el triunfo de la irracionalidad. Pero tarde o temprano las verdades salen a flote, como un corcho hundido en el fondo del mar. No importa la profundidad. Siempre llegan arriba.

—Salvo que se los trague un pez —bromeó sin sentido, arrastrado su amargura.

Les sobrevino un largo silencio. Todo estaba dicho. Quedaban las reacciones, y ninguno de los dos parecía tener fuerzas para más.

El asesino de Indalecio Martínez volvió a ponerse en pie.

Se apoyó en la mesa con las dos manos.

—Ya tiene su verdad —le dijo a Miquel—. ¿Y ahora qué? Después de tantos años, ¿a quién va a importarle? Ya no queda nadie, ¿entiende? Nadie.

Dio media vuelta y salió del bar doblado sobre sí mismo.

Miquel no le dijo que sí quedaba alguien.

36

En el gimnasio Castor sólo había dos hombres entrenando, uno saltando a la cuerda y el otro haciendo sombra delante de un espejo. Miquel subió directamente al despacho.

Damián estaba sentado en el sofá, leyendo una novela barata. Se levantó de un salto al verle y se puso pálido.

—¿Dónde está? —preguntó Miquel.

—No... lo sé —balbuceó el joven.

—Sí lo sabes, pero da igual. ¿Cuándo vuelve?

—Media hora... como mucho.

—Si llega antes que yo, que me espere. Dile que ya lo tengo resuelto todo. ¿Me has entendido?

—Que lo tiene... resuelto todo, sí.

Regresó a la calle y miró a ambos lados. Por allí lo único que había eran naves industriales, solares vacíos y almacenes. Pero si había movimiento de personal, por algún lado a alguien se le habría ocurrido abrir un bar o un pequeño restaurante de comidas rápidas y baratas.

Pensó en meterse de nuevo en el Castor y preguntarle a Damián, pero optó por lo más sencillo: abordar a una persona que caminaba cabizbaja bajo el sol.

—Dos calles más. —Señaló hacia abajo—. Por Pedro IV. Hace esquina.

Tal y como imaginaba, el lugar era típico de la zona. La

mayoría de los presentes eran camioneros, por lo grandes y robustos, brazos como troncos y cuerpos habituados a la dureza de sus trabajos. Hablaban en voz alta, a gritos, y reían con buen humor. El olor a comida se mezclaba con el humo de los cigarrillos y el sudor de los cuerpos machacados por el sol de agosto. No había mesas libres, así que se acodó en la barra y esperó a que le atendiera una mujer que también hubiera podido pasar por camionera, rolliza, sin cuello, pecho enorme y cara sonrosada.

Llevaba ya tres días comiendo mal, así que le pidió algo de carne.

Quizá lo que le quedaba era lo peor.

Había llegado a la recta final.

Poco a poco, en medio del ruido que le rodeaba, logró aislarse, concentrarse.

Tenía al culpable: Jonás. Sabía quiénes habían secuestrado a Patro: Casimiro y su primo Torcuato. Faltaba saber dónde estaba ella y quién lo había orquestado todo.

Las opciones eran escasas.

Alguien que sabía escribir a máquina, con una cierta cultura, y la suficiente inteligencia como para liar a los dos luchadores.

Volvió a pensar en lo que su instinto llevaba horas gritándole.

Y su sexto sentido.

¿Quién no le había preguntado qué?

¿Quién?

¿Qué?

—¿Quién, qué? —Apretó los puños con rabia.

—¿Diga, señor?

La camarera le estaba sirviendo la carne.

—No, nada. Hablaba solo —se excusó.

—Malo. —Ella le guiñó un ojo—. Mi marido empezó igual y ya ve.

—Lo siento.

—No, si no se ha muerto. Duerme en otra habitación y ya está.

Le gustó su sentido del humor.

La carne estaba buena. Dentro de lo que cabía. Y también el puré de patatas que la acompañaba. Bebió agua para no sentirse embotado. Con una sola cerveza podía alegrarse. Tomarla comiendo, en una tarde de calor, para luego enfrentarse a los Sanjuán, no era lo más recomendable.

Para cuando acabó, la mitad de los hombres ya se había ido.

Pensó en Jonás.

¿Estaría tal cual, en su casa?

¿Lo había devuelto al horror de su crimen?

Descubrir el móvil había sido una inspiración, pero sin haber dado con Amadeo Coll difícilmente lo habría intuido. Ahora todo encajaba. La lógica siempre acababa imponiendo su ley.

Pensó en Salvador, en Narcisa, en Mariana, en Concha, en Herminia...

Cerró los ojos.

—¿Todo bien, caballero?

Volvió a abrirlos.

—Sí, perfecto.

—He pensado que iba a ponerse a hablar solo otra vez. —Sonrió la mujer.

—¿Qué le debo?

—La comida es gratis. El agua vale cinco pesetas con cincuenta céntimos.

Le hizo reír.

Y falta le hacía.

—La próxima vez vendré sólo a comer.

—Entonces le cobraré la silla. —Recogió el dinero que

Miquel le iba poniendo en el mostrador, propina incluida—. Vuelva por aquí, la carne es buena.

Salió del bar y regresó al gimnasio.

El número de deportistas se había doblado. Ya eran cuatro. Y además había un quinto hombre que dirigía el entrenamiento de uno de los jóvenes. Nadie se fijó en él. Como un rato antes, subió directamente por la escalera metálica rumbo a las alturas del despacho acristalado. Antes de abrir la puerta, inspiró profundamente.

—De acuerdo —musitó—. Allá vas, Miquel.

Estaban los dos, Casimiro, el último de los seis amigos, y su primo Torcuato. Le esperaban, porque el silencio era una cuña hundida en el aire. Al entrar se lo quedaron mirando con cierta tensión. Eran dos, luchadores, y él un hombre mayor, probablemente lo consideraran viejo. Eso no significaba que no pudiera estar desesperado o llevar un arma.

Miquel se lo soltó a bocajarro.

—Ya sé quién lo hizo. ¿Ahora qué?

Los dos primos se tensaron.

Ninguno dejó de mirarle, sobre todo las manos.

—¿Quién fue? —preguntó Casimiro.

—No, esto no funciona así. —Fue tan claro como seco—. Primero mi esposa.

—¿Cómo sabemos que dice la verdad?

—Míreme.

La pugna visual mantuvo la aspereza del combate. Ya no era un intercambio de golpes. Miquel llevaba una ligera delantera, como si ganara a los puntos.

Casimiro y Torcuato se movieron. El primero se pasó una mano por la barbilla. El segundo se cruzó de brazos.

Dos gestos defensivos.

—Mi esposa —repitió Miquel.

—Usted no da las órdenes —dijo Casimiro.

—Ni tampoco vosotros. —Señaló el teléfono y pasó a tutearle—. Llama y díselo.

—¿Decírselo a quién?

—A quien sea que ha orquestado todo esto. A quien sirves fielmente. A quien llamaste anoche al llegar aquí.

—¿Cómo sabe...?

—Estaba escondido en el altillo que hay sobre la puerta que da al patio. ¿No has visto las cajas y las tablas dispersas por la escalera y por el suelo? —Disfrutó de su ventaja—. No, igual no has salido o entrado todavía por la otra puerta. Da igual. Estaba ahí. Pensaba reventarte la cabeza pero... pensé que a lo peor no me decías nada y preferí irme. Por lo menos ya sabía quién tenía a mi mujer, aunque desde luego no la escondías aquí dentro. —Hizo una pausa para dar un paso y apoyar las dos manos sobre la mesa al tiempo que les abarcaba a ambos con una intensa mirada de mala leche—. Ahora, ¿qué tal si acabamos con esto de una vez?

Eran lo que eran: dos luchadores, dos hombres de pocas luces, quizá un poco sonados, tal vez simplemente infelices. Veía a Casimiro y pensaba en Herminia. El boxeador enamorado del ángel. Una vida mantenida en silencio. El hombre que, los días de combate, se escondía en casa de una prostituta para aislarse y desfogarse. Una criatura oscura.

—Hazle caso, coño —dijo Torcuato.

—¡Cállate!

—¡No, cállate tú! ¿No queríais esto? ¡Pues ya está! ¿No dice que lo sabe? ¡Acaba con todo de una vez, hostias!

Miquel también le atornilló por su lado.

—Tu primo es más listo que tú. O será que tiene familia y se preocupa por ella. —Volvió a señalar el teléfono—. Llama, Casimiro.

—Espéreme abajo.

—No. Me quedo aquí.

Casimiro tocó fondo. Intentaba pensar más rápido, pero no podía. Los acontecimientos se le desbordaban.

—¿De verdad estuvo aquí escondido anoche?

—Sí.

Resopló.

Se mordió el labio inferior.

Luego cogió el auricular del teléfono con la mano izquierda y con la derecha marcó las seis cifras del número.

Al otro lado, alguien descolgó el suyo de inmediato.

—Soy yo.

Alguien debió de decir: «¿Qué pasa?».

—Dice que lo sabe, que no hablará hasta que vea a su mujer.

Breve pausa.

—Está aquí, sí. Y creo que dice la verdad.

Una pausa sólo ligeramente mayor.

—De acuerdo. Sí, lo haré.

No hubo más.

Dejó el auricular en la horquilla y hundió en Miquel sus ojos duros y doloridos aunque planos.

No dejó de mirarle mientras le decía a su primo:

—Ve a por el coche.

37

Ahora, el silencio los devoraba.

Miquel, sentado en el sofá. Casimiro, en la silla de su mesa. El primero, con los ojos fijos en su oponente. El segundo, tratando de parecer tranquilo, incluso duro, algo que no conseguía porque ya no era él quien manejaba la situación. Una batalla perdida por la fría presencia de su visitante.

El luchador acabó moviéndose inquieto.

Apareció el muchacho, Damián.

—Vete —le disparó su jefe.

Visto y no visto. Damián debió irse lo más lejos que pudo. Casimiro ya no resistió más el nuevo silencio.

—Esto no habría sucedido si en el 38 usted hubiera hecho su trabajo. —Suspiró de pronto con los ojos acerados.

—Estaba en un hospital, ¿recuerdas?

—Y cuando se puso bueno, ¿qué?

—¿Para qué iba a investigar un caso cerrado por un compañero, y encima un mes después, al recibir el alta médica?

—Pues sepa que hay gente que ha sufrido por esto. —Intentó culpabilizarlo.

—Lo sé. Y te diré algo: el asesino de Indalecio también ha vivido estos años con su carga, no lo dudes.

—Dígame quién fue.

—No.

—¿Salvador?

—Vas a tener que esperar, Casimiro.

—No me fío de usted.

—¿Por qué?

—Era poli. Y, si ha hecho esto, es porque aún debe de tener alma de poli.

—No seas estúpido.

—¡No me llame estúpido! —Cerró las manos y estuvo a punto de levantarse de la silla—. ¡Ustedes son todos iguales, antes y ahora!

—¿Crees de veras que ahora son como éramos nosotros? ¿Crees que no hay diferencia entre una legalidad y una dictadura?

Tardó un par de segundos en responder.

—¡Bah, déjeme en paz! —rezongó—. No va a liarme.

—Yo estaba callado. Has sido tú el que se ha puesto a hablar. ¿Qué te sucede, Casimiro? ¿Has tenido una vida dura? No eres el único.

—Usted no sabe nada.

—Creo que sí. Basta con tener imaginación y con verte. Por cierto. —Forzó una sonrisa casi maquiavélica—. ¿Quién ganó el combate anoche?

Casimiro, esta vez sí, saltó de la silla.

Se abalanzó sobre él, pero sin llegar a caerle encima. Le amenazó con un puño cerrado.

Un puño que era como una enorme aldaba.

—Cálmate, ¿quieres? —le sugirió Miquel.

—¡Estoy calmado!

Regresó a su silla y miró el gimnasio a través del ventanal. Debía de ser todo su mundo, su vida. Eso y las amigas con las que pasaba las horas previas a sus combates para desfogarse porque nadie, casi con toda seguridad, le había amado a lo largo de su existencia.

¿Cuánto más podría combatir? ¿Hasta los cuarenta? ¿Dependía de su buena forma?

—¿Qué vais a hacer cuando os lo diga? —preguntó Miquel.

Casimiro permaneció igual, mirando por el ventanal de su despacho.

Por alguna extraña razón, Miquel sintió lástima.

—Tú siempre fuiste el sexto amigo, ¿verdad?

—¿Qué quiere decir? —Se volvió hacia él.

—Ellos eran diferentes.

—Eso no es cierto. Y éramos buenos, formábamos un buen equipo.

—Pero dejaste el fútbol y te pasaste al boxeo.

—¿Y qué?

Miquel llegó a sonreír, con mucho aplomo.

—Creo que empiezo a verlo todo claro.

—¿Va a liarme otra vez?

—No, no quiero liarte. Sólo trato de entender, cerrar el círculo.

—No es más que un viejo idiota.

—Un viejo que os ha resuelto el caso, como queríais, así que de idiota nada.

—Se está envalentonando mucho, amigo. Le recuerdo que aquí no es el que manda.

Volvió a abrirse la puerta. Por ella apareció un hombre bajo y musculoso, más o menos un peso medio, con aspecto ido, nariz completamente rota y achatada, un ojo desviado y apariencia de no tener dónde caerse muerto.

—¡Eh, Casi! —farfulló sin más—. ¡Menudo palo anoche!, ¿eh? ¡Qué injusticia!

Casimiro le mostró su irritación.

—¿No ves que estoy ocupado, Blas?

El aparecido se dio cuenta de la presencia de Miquel.

—¡Oh, perdona! —se excusó.

Los dejó solos.

Miquel contó hasta tres.

—¡Será mejor que no diga nada! —le gritó Casimiro de pronto.

Ya no volvieron a hablar. En parte porque Miquel no quiso seguir forzándole, y en parte porque apenas si transcurrió otro minuto antes de que Torcuato regresara asomando la cabeza por el quicio de la puerta.

—El coche ya está abajo —dijo.

—Andando —ordenó Casimiro.

Salieron del despacho y descendieron por la escalera metálica. Torcuato delante, Miquel en medio y Casimiro cerrando filas. Nadie les interrumpió. Damián se los quedó mirando desde el otro lado del gimnasio sin acercarse para nada. Una vez en la calle, Miquel vio el viejo coche de Torcuato. El coche con el que se habían llevado a Patro el miércoles.

—Siéntese detrás —ordenó Casimiro.

Le obedeció.

Luego, él mismo le colocó una venda negra en los ojos.

—¿No va a ser muy alarmante si alguien me ve desde otro automóvil? —le previno Miquel.

—No, porque va a tumbarse en el asiento. Y como se quite la venda, le atizo.

—Átale las manos —sugirió Torcuato.

—¿Se las ato? —le preguntó Casimiro a Miquel.

—No, no es necesario. Quiero ver a mi mujer cuanto antes.

—Bien.

Hizo lo que le habían dicho: tumbarse en el asiento de atrás y mantener las manos quietas. Oyó cómo los dos primos ocupaban los asientos delanteros y cómo Torcuato ponía en marcha el viejo trasto. El motor petardeó a gusto. La nube de gas debió de flotar a su alrededor porque hasta penetró en el interior del vehículo. Finalmente empezó a rodar.

Nadie habló durante el trayecto.

Así que Miquel se dedicó a buscar o imaginar pistas, indicios, como si pudiera hacer un mapa mental del recorrido, hasta que comprendió la inutilidad de su esfuerzo y decidió esperar, sólo eso.

Iba al encuentro de Patro.

Con unos locos inofensivos y que, precisamente por serlo, podían ser imprevisibles y hasta peligrosos.

Todo dependía de quién hubiese orquestado aquello.

De la persona que...

—Dios... —exhaló en un soplo de voz.

Ahí estaba.

Por fin.

La dichosa laguna que no conseguía encontrar en su mente.

—La has tenido ahí, desde el primer momento. —Volvió a susurrar para sí mismo.

Y tenía razón. Su sexto sentido se lo estaba advirtiendo desde el primer momento. No era lo que le habían dicho unos y otros. Era lo que no le había dicho una de las personas a las que había interrogado.

La única que no le preguntó quién era.

Porque ya lo sabía.

Se quedó quieto.

Fin de la historia.

Aunque todavía quedaba lo peor, salvar a Patro y salir los dos con buen pie de todo aquello.

Saber la verdad le dejó un sabor agridulce en la boca.

Y en la mente, el estómago...

Del exterior, pasado un rato, le llegaron algunos sonidos peculiares. El último, el de un tranvía. Después, pocas paradas, como si ya no estuviesen en plena ciudad. Finalmente...

el coche renqueando, subiendo una cuesta o una montaña interminable, con el camino o la carretera llena de curvas.

¿El Tibidabo?

El viaje desde el gimnasio Castor debió de durar veinte minutos. No veía nada a causa de la venda, pero al menos captaba el resplandor del día más allá de ella. De pronto el coche entró en algún lugar muy oscuro. Se escuchó el sonido de una puerta metálica bajando y el motor cesó de rugir.

Se preparó.

Le quitaron la venda y bajó del vehículo. Estaba en una especie de almacén pequeño, mal iluminado. Olía raro, pero no pudo identificar a qué. Casimiro le cogió del brazo.

—Venga.

Le siguió, mansamente, hasta una puerta de madera. Al otro lado, una salita con media docena de sillas, un sofá y una mesa vieja. Las paredes estaban vacías y la luz provenía de una lamparita colgada del techo. Torcuato cerró la puerta. Enfrente había otra.

—Siéntese.

—No, gracias. —Se preparó Miquel.

—¡Que se siente, me cagüen todo!

No pensaba obedecerle, pero Casimiro le empujó y Torcuato le obligó a doblar las piernas. Quedó incrustado en una de las sillas, que por si fuera poco tenía una pata algo más corta y se desequilibraba si se movía.

La puerta frontal estaba entreabierta.

—Ahora díganos quién fue y listos —le pidió Casimiro.

—Mi mujer.

—Ella está ahí al lado.

—¿Por qué he de creerte?

—Porque no tiene otro remedio.

—Quiero verla.

Casimiro se impacientó.

—¡El nombre, joder!

Para Miquel fue suficiente.

—¿Por qué no acabamos con esto de una vez? —Suspiró mirando en dirección a la puerta entornada—. Herminia, salga de ahí, ¿quiere? Esto no es una película de Humphrey Bogart.

Torcuato cerró los ojos. Casimiro dilató los suyos.

Hacía mucho calor, era un lugar cerrado, sin ventilación, pero se quedaron helados.

Tan incrédulos...

El silencio se hizo largo.

Demasiado.

Hasta que la puerta se abrió del todo y apareció ella, Herminia Salas, la novia de Ignasi Camprubí, acompañada de otra mujer muy parecida a ella sólo que unos años más joven.

38

Herminia pasó entre los dos primos. Moisés atravesando el Mar Rojo. Su hermana Teresa se quedó detrás. La principal protagonista de la escena acabó sentándose en una silla, pero con el respaldo del revés, frente a ella. Al hacerlo se abrió de piernas sin el menor pudor, aunque la falda era lo suficientemente larga como para taparle más de la mitad de los muslos, y se apoyó en el respaldo, con las manos extendidas por encima de él.

Miró a Miquel.

Impasible.

De la Herminia dulce del 38 ya no quedaba nada. Ni tampoco, casi, de la mujer con la que había hablado el día anterior. El ángel devenido en demonio. Tenía las facciones endurecidas, los ojos como piedras, el sesgo de la boca amargo. Una mujer perdidamente enamorada era una mujer peligrosa. Una mujer que mantenía viva la llama durante doce años lo era mucho más.

«Se amaban con locura», le había dicho alguien.

Fue ella la que, finalmente, rompió el hielo.

—¿Cómo lo ha sabido?

—¿El nombre del asesino o que se trataba de usted?

—Comience por mí.

—El círculo era muy reducido. Mucho. Uno elimina opciones y al final siempre queda lo más probable. Esos dos —señaló a los primos Sanjuán— no podían haber orquestado todo esto. Imposible. Ni siquiera tienen una máquina de escribir en el despacho. Que había alguien más me lo confirmó la llamada que Casimiro le hizo anoche y que yo escuché porque estaba escondido en el gimnasio buscando a mi mujer. Sólo le faltó decir su nombre. Ni siquiera supe si hablaba con un hombre o con una mujer. Pero hoy, cuando he sabido quién mató a Indalecio, el círculo se ha cerrado casi al cien por cien. La clave final, sin embargo, me la dio usted misma ayer.

—¿Yo?

—Hizo una magnífica comedia mientras hablábamos. Se comportó como una más, respondió a mis preguntas, pero fue tan natural que olvidó algo.

—¿Qué fue? —Mostró interés.

—Cada vez que estos tres días he visto a alguien, lo primero que ha hecho ese alguien ha sido preguntarme quién era yo, mi nombre, y por qué me metía en esto. Usted no lo hizo. Usted ya sabía quién era yo. No me preguntó el nombre en ningún momento, ni en el hospital ni en su piso. Yo tampoco se lo dije. Se limitó a seguir el juego y ayer, en su casa, cuando ya llevábamos un rato conversando, sí hizo la otra pregunta, la más obvia: por qué investigaba ahora después de tanto tiempo. El orden de un interrogatorio o cuándo aparecen determinados aspectos de un caso dice mucho de los implicados. Lo que se da por sabido no sale al comienzo. He tardado en darme cuenta, aunque lo habría descubierto igual tarde o temprano. La lógica suele ser una ciencia casi exacta. Luego, lo único que queda por hacer es sumar dos y dos. Usted no podía hacer esto sola, y Casimiro no lo habría hecho por nadie que no fuera usted, su amor eterno.

—¡Le voy a...!

Herminia levantó un brazo. Fue suficiente para detener a Casimiro.

El luchador se apoyó en la pared, con los ojos encendidos.

—Es usted muy listo —dijo ella—. Lástima que no lo fuera en el 38.

—No sea injusta.

—¿Que no sea injusta? —Extrajo las palabras de lo más profundo de su amargura—: A Ignasi lo mataron entre todos. Nos arrebataron la vida, a él físicamente y a mí emocionalmente. No me hable de injusticias.

—Cada paso que damos afecta a muchas personas, justa o injustamente. Es una cadena, o el efecto dominó. Fíjese en usted misma.

—¿Qué quiere decir?

—Cuando apareció en la vida de esos seis amigos, bien que les revolucionó. La mitad se enamoró de usted, marcó sus vidas, y usted escogió a Ignasi. Salvador prefirió el camino menos malo: casarse con Narcisa y quedar bajo el amparo de su suegro. ¿Cree que habría manejado a Casimiro como lo ha hecho, de no haber permanecido todos estos años silenciosamente enamorado de usted, sin tener la menor oportunidad, contentándose con ser el amigo fiel y leal...?

Esta vez ni Herminia pudo detenerlo.

—¡Cállese!

Miquel le vio llegar, así que se puso en guardia y el puñetazo del luchador no le alcanzó de lleno ni en la cara ni en el pecho. Lo hizo de lado, en el hombro. Y menos mal que fue el izquierdo, no el derecho todavía resentido por el disparo de abril. Aun así, por la fuerza del ataque, se fue al suelo. De no haber tenido las manos libres, el impacto habría sido mayor. Con ellas logró amortiguar la caída.

—¡Casimiro, no!

—¡Hijo de puta!

Le detuvieron entre Torcuato y la misma Herminia. Teresa, más alejada, no hizo más que contemplar la escena con un halo de desesperanza cincelado en su expresión.

Todos bailaban al son de Herminia.

Torcuato alejó a su primo. Se lo llevó al otro lado de la habitación. Herminia ayudó a Miquel.

—¿Está bien?

—Sí. —Movió el brazo para que la sangre circulara.

Volvió a sentarse en la silla.

—Señor Mascarell...

—¿Qué va a decirme, que lo siente? —Ahora el tono amargo fluyó en la voz de él—. Mírense, por Dios. Han vivido marcados por aquello todo este tiempo. Sobre todo usted, que sigue soltera, enamorada de un recuerdo, tan ciega como para orquestar toda esta pantomima.

—No es una pantomima.

—No, cierto. Han secuestrado a una inocente y han puesto en peligro su vida y la del niño que está esperando. De pantomima, nada.

—¿Su esposa está embarazada?

—Sí.

—No nos lo ha dicho.

—Porque aún no lo sabe.

Herminia Salas se quedó muda.

Miquel no.

Ahora la iniciativa era suya.

—Doce años sabiendo que Ignasi era inocente. Doce años callando, rabiosa, consumiéndose, sin poder hacer nada, hasta que un día me ve por la calle y me reconoce a pesar del paso del tiempo. ¡El inspector que cayó enfermo! ¡El inspector que tenía fama de ser minucioso y preciso, que probablemente jamás habría detenido a Ignasi sin pruebas concluyentes! —Hizo una pausa—. Se le hizo le luz, ¿verdad? Habló con Casimiro y en el máximo de su desesperación, contando con su ayuda, ideó este absurdo plan.

—No tan absurdo si, como dice, ha averiguado la verdad.

—Absurdo, sí —manifestó Miquel hundiéndole los ojos—. Si me lo hubiera pedido, tal vez la habría ayudado igual.

—Usted lo ha dicho: tal vez.

—Mire, desde que salí de la cárcel no he parado de meterte en problemas a cuenta de mi pasado por el simple hecho de ser lo que fui: policía. Ya no me hubiera venido de un lío más.

Teresa habló por primera vez.

—Te lo dije. —Suspiró dirigiéndose a su hermana.

Miquel la buscó con la mirada.

—Hola, Teresa —la saludó.

No hubo respuesta.

Miquel chasqueó la lengua.

—Yo estaba con su hermana cuando usted llamó por teléfono ayer. Era la pieza que faltaba. Si mi mujer no estaba en el gimnasio, ni en casa de Torcuato, porque allí vive su familia, ni en su piso —miró a Herminia—, porque no hay lugar para esconderla y, además, sabía que tarde o temprano daría con usted y la visitaría, tenía que haber alguien más. Alguien con un espacio adecuado que pudiera servir de cárcel provisional. —Paseó los ojos por las cuatro paredes—. ¿Dónde estoy, en el Tibidabo, Vallvidrera, Penitentes...?

—¿Quiere dejar de hablar y hacer esto más llevadero, señor Mascarell? —Se cansó Herminia—. Creía que tenía prisa por recuperar a su esposa y marcharse.

—Sí, eso es cierto.

—¿Quién mató a Indalecio?

—Primero, mi mujer.

—Dígamelo.

—No.

—¡Sabe que no le haré daño, y más si está embarazada! ¡Dígamelo!

—Quiero verla.

—¡Déjame que le dé! —gritó Casimiro, peleón, desde el fondo de la sala, donde Torcuato seguía pendiente de él.

—¿Y si luego no me lo dice?

—Le juro que lo haré. Estoy harto de todo esto. No soy un loco ni pretendo enfrentarme a esos dos. —Señaló a los luchadores—. Lo único que me importa es mi mujer. Tampoco sé qué harán con esa verdad. ¿Matarle? ¿Ustedes?

—Usted lo ha dicho —repuso Herminia—. Lo único que ha de importarle es su mujer. El resto ya no es cosa suya.

—Bien. —Miquel se derrumbó.

—Ve a por ella, Teresa.

La hermana pequeña salió de la habitación. Casimiro se quedó donde estaba. Torcuato caminó hasta la silla y se colocó a espaldas de Miquel, para vigilarle. Herminia no se movió.

La espera fue larga.

O quizá se lo pareció a él.

Miraba la puerta por la que tenía que aparecer Patro.

—No le hemos hecho daño —aseguró Herminia.

—En el fondo, ni creo que se lo hubieran hecho de todas formas.

—No, pero usted no lo sabía. Lo siento.

—Es un poco tarde para pedir perdón.

—¿Va a tomar represalias luego? Sabe quiénes somos, dónde vivimos.

—Mire —su voz reflejó el cansancio que sentía—, lo único que quiero es paz y tranquilidad. ¿Cree que puedo ir a la policía y contarles todo esto?

—No, nadie va a ir a la policía —dijo Herminia—. Ni nosotros.

—Entonces... —Miquel frunció el ceño—. Se lo repito, ¿qué es lo que...?

No pudo acabar la frase.

Allí estaba ella.

Patro.

39

La primera reacción de Patro al entrar en la habitación y verle fue la de echar a correr.

No lo esperaba. Dilató los ojos. De sus labios fluyó el nombre convertido en grito.

—¡Miquel!

Casimiro la sujetó por detrás.

Torcuato le aplastó a él contra la silla.

—¡Miquel! —volvió a gritar Patro.

—¡Tranquila! —Logró extender la mano derecha, abierta—. Ya está todo. Tranquila. Nos vamos a casa.

Patro empezó a llorar.

Tenía las manos atadas por delante, el blanco vestido de playa arrugado y sucio.

Miquel sintió ganas de matar a alguien.

Se contuvo.

No eran más que una pandilla de... ¿aficionados?

Miró a su mujer, por primera vez, de otra manera. Ya no sólo era su ángel, la persona que le había devuelto la vida y a la vida. Ahora esperaba un hijo. Todo cambiaba.

—¿Estás bien? —le preguntó.

Patro asintió con la cabeza sin dejar de llorar, con los labios muy apretados. Tenía la piel muy blanca y parecía más delgada.

—¿Y tú? —gimió.

—Siento haber tardado tanto.

—No. —Movió la cabeza de lado a lado y se atrevió a sonreír—. Sabía que lo conseguirías.

Creía en él.

A veces le resultaba tan asombroso...

—Siéntate —le pidió Herminia.

Casimiro le acercó una silla y Patro se derrumbó sobre
ella. Teresa volvió a quedar un poco al margen, brazos cruzados, contemplando la escena desde una distancia más personal que real. Como si estuviera en el cine viendo una película
en primera fila, o dentro de la misma pero sin mezclarse con
los actores.

—Ahora, ese nombre —le conminó Herminia.

Miquel sabía que ya no tenía opciones.

Fin de la historia.

¿O no?

—Jonás Satrústegui.

El nombre cayó como una pesada losa entre ellos.

Sobre todo entre Herminia y Casimiro, que fue el primero en reaccionar.

—¡Eso es absurdo, hijo de puta! —Volvió a caminar hacia
él con los puños apretados—. ¡Estás mintiendo para salvarla!
¡Jonás idolatraba a Indalecio!

Miquel no se movió. Miró a Herminia.

Casimiro se detuvo a un palmo. Destilaba ira, furia, deseos de aplastarle con su manaza. Miquel bastante hizo con
mantener el tipo, sabiendo que las verdades duelen.

Continuó mirando a Herminia, como si Casimiro no estuviera allí.

Todo se detuvo.

—¿Por qué? —le preguntó sin rodeos la novia de Ignasi
Camprubí.

—¿Quiere la versión corta o la versión larga?

—Quiero entenderlo.

Ahora sí, Miquel miró a Casimiro.

—Apártate —le ordenó Herminia al ver que no se movía.

—¡Nos quiere liar! —gritó el luchador—. ¿Vas a seguirle el juego?

—¡Déjale que hable, por Dios! —se desesperó ella.

Una vez más, la obedeció. Se apartó un par de pasos y se sentó en otra de las sillas sin dejar de abrasarle con la mirada. Torcuato seguía a espaldas de Miquel, para que no se levantara ni intentara nada.

—Adelante —lo invitó Herminia.

—No hace falta que les cuente cómo cambió Indalecio desde que empezó la guerra —comenzó Miquel—. Su radicalismo, su defensa de la República, su odio contra el fascismo... No sólo se enfrentó a su padre y se fue a vivir con su abuela, sino que despreció a Salvador, por no ir a combatir, y se peleó con Ignasi, acusándole de cobarde y derrotista por decir que la guerra estaba perdida. Seis amigos unidos en la juventud, compartiendo la pasión por el fútbol, y de pronto separados por lo peor: las ideologías. Un cúmulo de circunstancias que modelaron en él una nueva personalidad, más agresiva, más visceral, en la que no cabían los grises. Todo tenía que ser blanco o negro. ¿Está de acuerdo?

—Sí —dijo Herminia.

—Así llegamos al día del combate en el que muere Lorenzo. Indalecio es testigo de ello. Su amigo salta por los aires reventado y él enloquece hasta el punto de convertirse en héroe por lo que hace. Aniquila un nido de ametralladoras, reúne a los supervivientes, les salva... Qué sé yo. La leyenda cambia según quién la cuenta. En esa refriega es herido en un costado. Y lo mismo Jonás, que aparece con el brazo derecho atravesado por un disparo. La heroicidad de Indalecio sirve para que los dos tengan un permiso y se recuperen en casa, en Barcelona. Hasta aquí... la historia conocida. Pero no la verdad.

—¿No sucedió así? —se extrañó Herminia.

—No exactamente. —Miquel controló el mal humor de Casimiro por si acaso—. A Jonás no le hirió el enemigo: se hirió él a sí mismo en un ataque de pánico.

Las palabras flotaron como copos de nieve en invierno.

Luego cayeron, despacio, para fundirse en el calor del tórrido verano.

—¿Cómo lo supo Indalecio? —preguntó ella.

—No estoy seguro. Instinto, sospechas, dudas... Los días de convalecencia debieron de ir minándole el ánimo. Indalecio se moría por volver al frente. Jonás ya no iba a poder hacerlo. Calculó mal su disparo, o le atendieron demasiado tarde. Lo cierto es que había perdido parte de la movilidad del brazo derecho.

—Él es zurdo —dijo Herminia.

—No iba a dispararse en el brazo bueno —mencionó Miquel—. Cuando Indalecio comprendió la verdad, habló con él. Eso debió de ser como mucho horas antes de su muerte, como pronto el 15 de marzo, aunque lo más probable es que fuese el día anterior, el 16. No sólo le dijo que lo sabía, sino que iba a denunciarle.

—¿Indalecio... denunciando a Jonás? —Descolgó la mandíbula Casimiro, finalmente entregado a su relato.

—Sí, por traidor. Si había sido capaz de pegarle a Ignasi acusándole de cobarde y derrotista, ¿por qué no iba a denunciar a Jonás? Además, para Indalecio su crimen era el peor de todos. Dispararse a sí mismo para no combatir. En su nuevo código, lleno de palabras como honor, deber, patria, antifascismo, ideales, lo que había hecho Jonás no tenía cabida. Habría denunciado a quien fuera. Incluso a su mejor amigo.

—¿Y lo hizo? —vaciló Herminia.

—No sé si habría llegado hasta el final, pero creo que sí —asintió Miquel—. Indalecio pasó el día anterior sumido en la tristeza y la amargura. Su novia me lo comentó. Y también usted, Herminia. Cuando fue a verle para pedirle que hiciera las paces con Ignasi, Indalecio le dijo: «Es la hora de las decisiones», con la cabeza puesta en otra parte. En Jonás. Para uno, delatar al amigo era un tema ético. Para el otro, significaba la muerte, el fusilamiento seguro. Por lo que sé, el día 17 de marzo Indalecio iba a ver a un capitán llamado Pelegrí. Jonás se convirtió en su sombra. Entonces... los acontecimientos dieron un vuelco inesperado.

—La bomba de Balmes con Gran Vía. —Suspiró ella.

—Indalecio entró en esas ruinas, valiente, buscando a los posibles supervivientes. Lo hizo despreciando el peligro, nuevos derrumbes, todo. Debió de ser el primero, envuelto en aquella nube de humo y polvo. Jonás fue tras él, y, de pronto..., vio su oportunidad. No sé si lo pensó o no. Cogió una piedra con la mano izquierda, le sorprendió y le golpeó la sien del mismo lado, por detrás. Una vez en el suelo, inconsciente, le dio la vuelta y le ahogó.

—¿Qué pruebas tiene de eso? —espetó Casimiro recuperando la desconfianza.

—He buscado un móvil. Sin él, nada tenía sentido, y hoy lo he encontrado. —Miquel siguió hablando despacio—. El hombre que halló el cadáver de Indalecio aquel día me ha dicho que el asesino había llorado mientras le ahogaba. Las lágrimas quedaron marcadas en el polvo del rostro de Indalecio, como manchas indelebles. Eso prueba que le quería, que le mataba con dolor, como habría hecho Ignasi, por supuesto. Pero lo más importante eran las huellas del cuello. Cuando uno mata con las dos manos, deja huellas idénticas a ambos lados, porque presiona con los diez dedos. En la garganta de Indalecio sólo había huellas de una mano, con el pulgar a un lado y los cuatro dedos restantes al otro. El pulgar a la izquierda y los restantes dedos a la derecha.

—El asesino era zurdo y no utilizó la mano derecha... —comenzó a decir Herminia.

—Porque la tenía inutilizada —concluyó Miquel.

Se hizo el silencio.

Miquel miró a Patro.

Estaba más calmada.

Quiso abrazarla, besarla...

—Una vez he sabido que había sido Jonás, el motivo se me ha aparecido con claridad, porque era el único plausible —continuó Miquel.

—¿Ha hablado con él?

—Sí.

—¿Lo ha admitido?

—Sí.

Otro silencio. Peor. Más denso.

A su alrededor, al menos en Herminia y Casimiro, seguían derrumbándose muros.

—Dios... —gimió la mujer.

—Todo este tiempo... —balbuceó el luchador.

—¿Nunca sospecharon de él? —preguntó Miquel.

Era evidente que no.

Las dos lágrimas cayeron de los ojos de Herminia.

Los puños apretados volvieron a ser los de Casimiro.

—Si Ignasi no hubiera muerto tan rápido, a lo mejor Jonás habría confesado —susurró.

Herminia movió la cabeza de un lado a otro, un par de veces.

—¿Y todo eso no lo vio aquel inspector? —logró decir.

—Para cuando llegó la autopsia, Ignasi había muerto y el

caso estaba cerrado por culpa de las prisas de Marcelino Martínez —dijo Miquel—. Si tenía algún sentido haber seguido investigando, nadie se lo encontró. El inspector Miranda no quiso empañar su historial teniendo un inocente falsamente acusado a sus espaldas. Barcelona estaba llena de muertos por los bombardeos. Ahí acabó todo.

Torcuato le puso una mano en el hombro.

Una mano amigable.

Después, él también se sentó.

Miquel se dirigió a Herminia.

—¿Qué van a hacer?

Ella le devolvió la mirada, sólo eso.

—Ustedes no son unos asesinos —insistió él.

La expresión de la enfermera se hizo más dura.

Implacable.

No era la cara de alguien capaz de perdonar, ni de tener piedad después de doce años amando un recuerdo.

Miquel se envaró.

—Ese hombre tiene mujer —le recordó—. Y una niña.

—Indalecio tenía a Mariana, e Ignasi a mí.

—¿No entiende que ya ha vivido su propio infierno todos estos años?

—Pero vive.

—¡No vale la pena!

—¿De veras piensa eso, señor?

—Herminia...

Y lo comprendió de pronto.

No, ellos no podían.

Otro, sí.

Fue ella la que se puso en pie tras intercambiar una mirada final con Casimiro.

—Herminia, no lo haga.

La enfermera se dirigió a la puerta de la sala.

—¡Herminia!

Otro paso más, llegó al final de su camino.

—¡No haga esa llamada! —gritó Miquel por tercera vez.

Fue inútil.

Herminia acabó de salir de allí.

40

Lo primero que pensó Miquel fue si la guerra no iba a terminar nunca.

Seguían viviendo en ella, matando por ella y muriendo por ella.

Como si sobrevivir fuese una ilusión, un simple espejismo en el que mecerse para tener esperanza.

Y pensó en sus compañeros, que seguían en el Valle de los Caídos.

Y en los tres años de vida que el destino le había regalado desde su indulto.

Miró a Patro.

Herminia Salas estaba haciendo la llamada que condenaba a muerte a un ser humano, y allí, en aquella habitación, lo único que le importaba a él, de pronto, era regresar a casa con su mujer.

¿Egoísmo?

No. Supervivencia, amor, cansancio... Todo menos egoísmo.

Sabía por propia experiencia que la vida era un laberinto en el que la única puerta de salida conocida era la última: la muerte.

El resto consistía en dar vueltas.

—¿Puedo acercarme a mi esposa? —preguntó.

—No, espere —dijo Casimiro.

Teresa chasqueó la lengua en una clara muestra de cansancio.

—Al menos desátela —pidió Miquel.

—¡He dicho que espere! —tronó el luchador.

—¿Por qué está enfadado?

—¡Yo no estoy enfadado!

—¿Le ha dicho alguna vez que está enamorado de ella y la quiere?

Casimiro se levantó de golpe, arrojando la silla a un lado.

—¡¿Quiere callarse de una jodida vez o prefiere que le cierre la boca de un puñetazo?!

Ni la recogió. La silla quedó con las patas arriba como muestra de su frustración.

—Cálmate, hombre —le pidió Torcuato—. El tipo ha cumplido, ¿no?

—¡Joder! —chilló Casimiro, al máximo de su furia.

Comenzó a caminar, como un perro enjaulado.

Miquel ya no se arriesgó.

Después de todo, el cuadro era surrealista. Una novia llena de rencor, una hermana atrapada en la tormenta, un enamorado con pocas luces y su primo, tan metido en el asunto como Teresa sin pretenderlo, todos arrastrados por el empeño de Herminia.

Además de Patro y él.

Le mandó una sonrisa de aliento.

Patro asintió con la cabeza al recibirla.

Luego, el tiempo se les hizo eterno, como ante cualquier espera amarga y dura.

Las miradas eran huidizas.

Cuando regresó Herminia, mucho después, tal vez diez minutos o más, volvió a convertirse en el centro de atención.

Parecía tranquila.

Se acercó a Casimiro y le abrazó.

—Ya está —le susurró al oído.

El luchador no dijo nada. Bajó la cabeza y se fundió todavía más en ese abrazo con ella.

Veinte, quizá treinta segundos.

El dolor que despedían sus almas era tangible.

Miquel se contuvo.

Hasta que Herminia Salas se separó de su amigo y caminó hasta él.

—Escuche —le dijo—. No va a pasarles nada, se lo juro, pero van a tener que quedarse aquí unas horas.

—Lo sé —convino él.

—Espero que todo sea rápido.

—Claro.

—No puedo dejarles marchar —quiso insistir ella.

—Aunque nos dejara libres, ¿qué espera que pudiera hacer yo?

—Avisarle.

—Herminia...

—No diga nada. —Le puso la mano en los labios—. Ni siquiera le pido que lo entienda.

—Al contrario, entenderla es lo único que puedo hacer.

Entonces ella hizo algo inesperado.

Imprevisible.

Se inclinó sobre Miquel y le dio un beso en la frente al tiempo que con la mano derecha le acariciaba la mejilla.

—Gracias —dijo—. Y perdone.

No hubo más.

Torcuato levantó a Miquel. Teresa a Patro. Les sacaron del lugar y les condujeron por un pasillo angosto hasta otra habitación, más pequeña, sin ventanas, en la que únicamente había un camastro con la sábana revuelta y una bombilla colgada del techo. La celda de Patro durante aquellos tres días.

Una vez en ella, le liberaron las manos y lo último que vieron fue a Herminia cerrando la puerta.

La llave la blindó por el otro lado.

—¡Miquel!

El abrazo fue enorme, reconfortante. Patro se fundió con él. Miquel la estrechó con ansiedad, como pocas veces lo había hecho desde su reencuentro en julio del 47. Ella llevaba la misma ropa de playa de la mañana del secuestro y no se había lavado en tres días, encerrada en aquel cuarto sin ventilación, pero él aspiró su aroma, embriagó cada uno de sus sentidos con la ternura y el deseo que Patro le provocaba. El naufragio, tras aquellos días de miedo, llegó cuando se pusieron a temblar.

Liberando la presión, la ansiedad.

Tuvieron que sentarse en el camastro.

Se quedaron así mucho rato, hasta que las fuerzas cedieron, las respiraciones se acompasaron, se miraron a los ojos y llegaron las primeras caricias.

El primer beso.

—Miquel, ¿qué ha pasado?

—Te lo contaré en casa —dijo como si fuera una súplica.

—¿No quieres hablar de ello?

—Sí, pero...

—¿Tan complicado es?

¿Era complicado?

No. Únicamente amargo.

—¿Te han hecho daño?

—No, me han retenido aquí y nada más. Sufría por ti, tan solo ahí afuera.

—¿Que tú sufrías por mí? —Le dio por sonreír.

—Claro.

—Ya pasó. —Hundió una mano en la espesura de su cabello y apoyó su frente en la de Patro—. Hemos de esperar un poco más y ya está.

—¿Por qué han vuelto a encerrarnos?

Miquel comprendió que, si tenían que pasar horas allí, ella no se conformaría con el silencio. Tampoco tenían nada mejor que hacer.

—¿De veras quieres saberlo?

—Sí, por favor.

—De acuerdo.

La hizo acomodarse, con la espalda apoyada en la pared. También él adoptó la mejor de las posturas posibles. El certificado médico le gritaba desde el bolsillo, pero no iba a decirle aquello en una celda.

Sí, podía contárselo todo.

Así que habló, despacio, narrando día por día y hora por hora su odisea, cómo había resuelto el caso que, doce años antes, su apendicitis le había impedido investigar.

Habló una hora.

Más.

Respondió a las preguntas de Patro.

Hasta llegar a la última.

El fin.

—¿Y a quién ha ido a llamar por teléfono esa mujer, Herminia? —preguntó Patro.

Miquel se lo dijo.

—Al único que hoy, además de ella, todavía siente deseos de venganza y puede matar impunemente a alguien, haciendo que parezca un accidente o algo parecido. La única persona con poder suficiente para dar esa orden sin pestañear: Marcelino Martínez, el padre del joven asesinado aquel 17 de marzo de 1938.

41

El coche ya hacía rato que rodaba por las calles de Barcelona, lejos de las curvas de la montaña, cuando Herminia dio la orden.

—Ya puedes quitarles las vendas.

Casimiro, entre los dos, le obedeció.

Primero Patro. Después Miquel.

Era una precaución absurda, pero todo, en ellos, había sido absurdo. Simples, simples, simples aficionados jugando a la venganza. Averiguar dónde vivía Teresa hubiera sido de lo más sencillo.

Aunque ya no fuese necesario.

Salvo que volviera a meterse en un lío tremendo por idiota.

Miquel miró el reloj.

Las doce menos diez.

La noche era plácida, hermosa. De no ser por el ruido del coche y el humo que expulsaba su tubo de escape, seguro que habría sido silenciosa y estaría poblada de olores urbanos mucho menos ásperos, algunos incluso agradables.

Torcuato conducía con cuidado.

Pero no había tráfico.

El corazón de Miquel recuperó la estabilidad cuando se aproximaron a su barrio, el cruce de sus calles, su casa.

A lo mejor, incluso se iban a la playa al día siguiente.

Le dio por sonreír.

Un hombre acababa de morir. Una mujer estrenaba viudedad, le amara mucho o poco. Y una niña se había quedado huérfana.

Todo por un error cometido doce años antes.

En plena guerra.

Cuando los seres humanos se mataban por sus ideas.

Y unos morían por la libertad mientras otros asesinaban para imponer una dictadura.

Luchó contra la amargura que pugnaba por invadirle.

Patro estaba bien. Patro esperaba un hijo. Y él iba a ser padre.

Con o sin playa, mañana sería otro día.

El coche llegó a su destino y se detuvo en la esquina. Antes de que uno de ellos abriera la primera puerta, Herminia se lo recordó una vez más.

—No haga estupideces, señor Mascarell.

—Sabe que no las haré, de entrada porque no puedo y de salida porque no estoy tan loco.

—Bien. —Le sonrió con un atisbo de gratitud—. Lamento todo esto, se lo juro.

—Yo también.

—Sólo queríamos...

Miquel asintió con la cabeza y ella dejó de hablar.

Estaba todo dicho.

Torcuato continuó al volante. Casimiro salió por su lado y abrió la puerta de Patro con un deje de caballerosidad. Miquel hizo lo mismo con la suya.

Ni una palabra más.

Mientras el vehículo se alejaba, petardeando bajo la noche, juntaron sus manos.

Miquel dejó de pensar en Jonás Satrústegui.

Por salud mental.

Subieron al piso, despacio, con la sensación de que escalaban el Everest pero con la ligereza de saber que tras la puerta estarían a salvo.

El mundo siempre quedaba al otro lado.

Allí mismo, en el recibidor, volvieron a besarse y abrazarse.

Se tomaron su tiempo, en silencio.

Entonces sí, un minuto después, o dos, él la cogió de la mano y le dijo:

—Ven.

Patro le siguió en silencio, suave como una brisa colándose por una rendija. Cuando la hizo sentar en la cama se encontró con su mirada más cómplice.

—Sí —musitó llena de ternura—. A mí también me apetece...

—No, no es eso. —Casi se rió él.

—¿Ah, no?

—Mírame.

—Ya lo hago.

—Más.

—¿Qué te pasa? ¿A qué viene esa sonrisa...?

—Te quiero.

—Ya lo sé. Y yo a ti.

—Serás una madre estupenda.

Primero, no le entendió. Después empezó a abrir los ojos. Y la boca. No pudo ni decir una palabra.

—A tu médico, el doctor Recasens, se le escapó.

Ahora sí le dijo:

—¡Ay!

—Enhorabuena. Seremos padres en marzo.

No hizo falta que sacara el arrugado informe del bolsillo.

Ninguna falta.

Nota del autor

Aunque a poco de comenzar la Guerra Civil española, en noviembre de 1936 Madrid fue bombardeada para acelerar la rendición de la capital y el 31 de marzo de 1937 Durango sufrió la misma suerte, el primer gran holocausto de la contienda (también por su repercusión internacional) tuvo lugar el 26 de abril de 1937 en Guernica. La ciudad fue arrasada con un bombardeo «en alfombra» destinado a sembrar el miedo y el dolor en la población civil. Tras ello, le tocó el turno a Barcelona.

Entre el 16 y el 20 de marzo de 1938, Barcelona sufrió los mismos bombardeos, con aviones surcando el cielo en oleadas intermitentes cada tres horas y un único objetivo: matar inocentes y minar la resistencia de la retaguardia.

Los datos que aparecen, pues, en esta novela son reales. La bomba que cayó en la confluencia de la Gran Vía con la calle Balmes, al lado del Teatro Coliseum, fue la más sanguinaria, probablemente, de la guerra, al coincidir con el paso de un camión cargado de dinamita que estalló y multiplicó sus efectos devastadores hasta el punto de que se creyó que los italianos habían lanzado una superbomba sobre la ciudad.

Así como siempre quise escribir una historia sobre los cuatro días de enero de 1939 en los que Barcelona, entre el hambre, el frío y el miedo por la derrota, quedó a merced de la entrada de las tropas de Franco, y con ello terminó la guerra, cosa que hice en 2006 con *Cuatro días de enero* (publicada en 2008), también he querido muchas veces rendir homenaje a las víctimas de aquellos bombardeos. Y es lo que he hecho con este libro, aunque sea como trasfondo de la historia policíaca. La fotografía de esa esquina junto al Coliseum siempre me impactó.

Gracias, una vez más, a los archivos de *La Vanguardia* y *El Mundo Deportivo* (los luchadores de la velada del 24 de agosto de 1950 en el Palacio de los Deportes son reales salvo Casimiro y Torcuato), a Virgilio Ortega y a Jaume Comas, así como a todos los que me piden, año tras año, que mantenga a Miquel Mascarell vivo y activo.

El guión de *Tres días de agosto* fue preparado en Medellín, Colombia, en septiembre de 2014. El libro lo escribí en Barcelona entre enero y febrero de 2015.